牧耘心田

吴国荣 著

山西出版传媒集团
山西教育出版社

图书在版编目（CIP）数据

牧耘心田 / 吴国荣著. — 太原：山西教育出版社，2024.6
ISBN 978-7-5703-4058-3

Ⅰ.①牧… Ⅱ.①吴… Ⅲ.①中国文学—当代文学—作品综合集 Ⅳ.①I217.2

中国国家版本馆 CIP 数据核字（2024）第 112272 号

牧耘心田
MU YUN XINTIAN

责任编辑	张　平
复　　审	任小明
终　　审	康　健
封面题字	吴国荣
装帧设计	宋　蓓
印装监制	蔡　洁

出版发行	山西出版传媒集团·山西教育出版社
	（太原市水西门街馒头巷 7 号　电话：0351-4729801　邮编：030002）
印　　装	山西新华印业有限公司
开　　本	710×1000　1/16
印　　张	15.75
字　　数	189 千字
版　　次	2024 年 7 月第 1 版　2024 年 7 月山西第 1 次印刷
书　　号	ISBN 978-7-5703-4058-3
定　　价	78.00 元

如发现印装质量问题，影响阅读，请与出版社联系调换。电话：0351-4729588

序

  本书是国荣先生的一部散文随笔集，收集了先生近年来撰写或修改完善后的文章，共39篇，分为"心灵寓所""文化田园""读人评剧""晋阳长歌"4辑。这个归类只是从大的方面说，并没有严格的界线，不少篇章都是彼此两可的。文集里的每篇文章都选题独到，或融情于文，或凝心于事。行文或平铺直叙，以情动人；或亦庄亦谐，寓意深刻。这些精挑细选的作品均是他进入耳顺之年后的成熟之作。

  故乡是国荣先生涵养心灵的寓所。先生从小在农村长大，对故乡的热爱、感恩之心时常催促他心心念念、不敢忘却故乡的人情和事务。他"对传统乡村有着一种特殊的感情"，"家、老家、故乡，在自己的心灵深处"，故乡在他心中是一个虚幻而又真实的存在。他早年曾在"十年九旱的旱垣"上长期生活过，"对故乡的雨情有独钟"；他对乡村农耕文明产生的麦秸垛有着独到的见解："置身于农耕文明的种、管、收、藏，令人难忘的，还是那陪伴了村庄千百年的麦秸垛。""麦秸垛，乡村远去的音符标韵！"他总是关注着故乡的秋天，因为农民秋收的多寡是农耕文明的物质基础："故乡的秋天格外迷人，它有色彩斑斓的景色，它有收获喜悦的场面。故乡的秋天令人格外踏实，它有丰收的果实，它有大地的兑现，它有收藏的思索，它有自忖来年的打算。"作为一个对故乡用情至深的人，最让我感动的还是他撰写的那几篇思念父亲、母亲的文章。"在与父亲阴阳两隔近40年之际，我才逐渐对父亲有了比较清晰的认识"。他以一种忏悔的心态反思和父亲、母亲几十年来相处的点点滴滴，深感岁月不可追，无法进行爱的弥补，借此表达"子欲养而亲不待"的遗憾。他将绵长的思念化成文字，字里行间无不流露出对父亲、母亲深沉的爱，给人以深深的感恩教化，读来令人落泪。

如果说农村的物质基础决定了农民的生活质量，那么对中华民族重大传统节日——春节的关注，则更能反映出他对故乡的一往情深，他要回家与村民一起过年。因为"独在异乡的人，只有回家过年才能体会到家的温暖，才能感受到我们是从哪里来，要到哪里去"，也是因为"过春节实在是一项礼仪繁缛的传统民俗活动"，而春联则是他与村民一起过年联系最为紧密的媒介。多年来，他利用自己的书法特长坚持给村民们写春联，写了大门写二道门，写了二道门还要写福字，甚至还要考虑为村里的公共文化建筑编写对联，为村民祈福，而后将春联带回老家，送给村民，和村民在一起共同举行过年的各种仪式。即便在后来不能回老家过年的那些年，他都要把每年进入腊月后写下的二三百副春联捎回村里，以满足他回家过年的愿望。他给村民写春联的这种行为竟然坚持了几十年。在先生心中，"乡村是民族传统文化的集结地"，那么对于春节的守望就太重要了。"民族的历史是由一个个乡村形成的，民族的文化也都沉淀在这一个个乡村中，而乡村的民风也都很古拙淳朴。"作为一个传统文化守望者，先生更看重如何丰富村民业余文化生活以及增强他们的文化修养，他始终坚持以文化村、以文兴农。长期以来，先生把握机遇，为村里申领到电影放映机、扩大器、调音台等文化设备，帮助村里兴建了图书室。守护农耕文明是他赋予自身的责任和使命，对历史文化的重视则是藏在他灵魂深处的力量。多年来，他广结善缘、多方筹资，陆续修缮、修复了村中多处历史建筑和文物。有一件非常值得一提的事，那就是为纪念1930年考古学家卫聚贤在国荣先生的故乡西杜村闫子疙瘩的考古发掘，他积极调动多方力量在原址建立了纪念亭，此举同样得到了学界知名人士的高度赞誉。主持此次发掘的考古学家卫聚贤是中国考古学先驱，曾任国民政府南京古物保存所所长，著作颇丰，在历史学、考古学、古钱币学、博物学、文化人类学方面的成就很大。国荣先生在拜读了卫聚贤的考古成果后，不禁感慨道："一为我们村90多年前就曾有过比较庞大的国家级的考古事件而骄傲，二为2000多年前我们村即建有规模宏大的祭祀建筑群而自豪。"出于对故乡历史文化的重视，先生还曾协同故乡后学，广泛搜集资料，深入走访调查，多方筹集资金，编撰了《西杜村志》。他对乡村的见解极为深刻和独到："一个村的历史就是一部中华史的微缩史。研究一个村的历史，就是研究中华文明史的一个细胞。弘扬一个村的文化，就是传承中华民族的文明。"实际上，这样的认识高度，这样的行为做法才是真正意义上的"培根铸魂""守得住乡魂"。先生长期坚持继承传统、弘扬文化，将一生的修为回馈家乡，精心构筑着一个传统文化守望者的心灵寓所。

城市生活是国荣先生耕耘文化的源头活水。他离开故乡后，就到省城求学，而后又到宣传文化部门供职，他所生活的城市成了他耕耘文化的新田园。这座城市具有5000年文明史和2500余年建城史，是国家历史文化名城，它就是号称"锦绣太原城"的太原。"独特的地理位置，必然要担当独特的历史使命，独特的历史使命必然依托独特的文化资源禀赋"。他对锦绣太原城的贤者傅山先生极为崇拜，认为"作为17世纪的思想家、医学家、爱国爱民的社会活动家"，"特别是在社会动荡之际，傅山对于太原城的命运更为关注，对中原文脉的守护更加自觉，对百姓的疾苦更加关切，为'锦绣太原城'构筑起了强大的精神支柱"。先生注重精神方面还表现在，多年来，由于工作需要和业余爱好，他对他所生活的城市进行了积极歌颂、宣传和研究。在职时，他就组织编写了《遥远的辉煌》《慈航心路》《亘古一城》《太原：历史深处走来的城》《晋阳宝翰》《太原经济笔谭》等书籍。尤其值得一提的是，20多年前，他组织撰写的《太原赋》，先后发表于杂志报纸，至今仍然是了解太原必读易读、朗朗上口的一篇佳作。

国荣先生华丽转身后，仍一直关心着太原这座他工作、生活的城市的变化和提升："太原变了，太原乘着时代的东风，踔厉奋发，笃行不怠，十年耕耘终不负，翻天覆地，蝉蜕龙变，处处繁荣满目新。"为了体验城市变化给居民生活带来的种种便捷，他坚持早练晨游看太原，"穿越古老街巷，免不了也和路人谈论最近几年并州古城的文化蜕变"。他的《喝头脑去》，就是在宣传太原的饮食文化，因为"在太原，喝'头脑'，就是吃文化，吃营养，享受品位生活"。除此之外，先生亦倾情于太原的名胜古迹，多年来，曾为晋祠、天龙山、龙山、太山、晋阳古城、蒙山、文瀛湖、迎泽公园等文物旅游景点，分别撰写了《读不完的晋祠》《重读天龙山》《佛道相生兴龙山》《高古不凡说太山》《保存晋阳古城的记忆》等具有独特品位的文学作品，予以歌颂和宣传。在歌颂、宣传太原的同时，为了深挖太原这座城市的文化底蕴，他曾组织相关人员，在深入研究的基础上，撰写了《晋阳雄风贯古今》《似曾相识燕归来》《长河纳百川》《探寻历史的辉煌》等多篇有关太原历史文化研究的重要文章，提升了太原这座城市的影响力。长期以来，先生利用外出考察、调研等机会，走访祖国名山大川，拜会文化名流，参加高层次的文化培训。在文化修养和学术水平提升的同时，他的洞察力也更加敏锐。态度决定一切，学习对他来说，就是一个永恒的课题。因为在他看来，无论处于什么境况，无论多大年龄，都应该谦虚求学，拜师习艺："凡'志于道，据于德，依于仁，游于艺'者，都应该破除思想藩篱，创造有利条件，努力在继承前人的基础上成就自我。"先生在耕耘文化田园的同时，还在为讲好太原故事而撰文弘扬："《迎新街》讲述了一个中华人民共和国历史上的太原故事，讲述了一个改革开放的太原故事"。他的作品如同"一道道富有魅力的人文风景，为这座城市实现美好梦想增添了厚重的人文基础"。

读人评剧是国荣先生对"修齐治平"的人生探讨。先生曾说："一个人的生活环境，一半来源于天赐，一半来源于人为。我的成长经过了两个天地，一个是民风淳朴的传统村落，一个是日新月异的千年古城。感谢时代，让我经历了两种不同的文化环境，成全了我对生活的深刻认识。"他虽然出身农村，却深信"知识改变命运"，非常讲求发心和立志。从人生履历来看，他总能想方设法摒弃一切不利因素，克服重重困难求学提升。毕业后，他经过几十年多岗位的工作历练，继而华丽转身、苦牧心田，在文化修养等方面都得到了一定程度的提升。先生对农村和城市这两个天地都极富感恩之心："时代给了我在农村和城市历练的机会，生活给了我对农村和城市充分思考的平台，岁月给了我在农村和城市朝耕暮耘的收获。""我走过农村，农村成为我挥之不去的乡愁；我走进城市，城市伴随着我的沧桑巨变。"在成长过程中，他非常注重与贵人结缘："想要有所作为的人，都应善结贵人缘，不负此生相逢。""贵人也是凡人胎，需要敬重，也需要主动创造机遇，更需要程门立雪般的虔诚求教态度，这样才能结缘问道，取得真经。"他常将梦想寄家山："每个人的基因里都刻着乡愁。越是文化人，这份乡愁就越浓厚；

越是使命感强的人，对这份乡愁的抚慰就越实际"，这也是他自己的生动写照。他还认为："一个人作为的大小，不在于他工作时间的长短；一个人能力的强弱，也不在于他职位的高低。"他自己不就是一个乐观豁达的人吗？他在《心有家国道自宽》中评价一代廉吏、能吏、贤吏和善吏于成龙："他的整个青春年华都沉浸在读圣贤书、行仁义事的'修齐治平'中"，实际上他自己又何曾不是这样呢？对于如何安身立命，国荣先生一直在思考。

因为先生乡愁萦绕、至情至性，加上出身偏远乡村，有着丰富的农村生活体验，对故乡的特殊感情从未减弱，反而随着年龄的增长更加深厚；他走出家乡后，乐观豁达的心态使他一直密切关注着农村、农民生活的点点滴滴，长期与农民交心交往，乡村振兴的使命感油然而生；他在参加工作后，细致严谨的职业操守使他不断深入钻研专业，除了撰写理论文章，也撰写了大量历史文化散文随笔。实际上，先生对剧中、书中，甚至现实生活中和他有过深入交往的人物的评论，也就是他"见贤思齐，见不贤而内自省也"最为直观的写照，虽然"老骥伏枥"，仍然"志在千里"；虽然年逾花甲，仍然历事炼心，仿佛而立之年。在和他接触的 20 多年里，我深深地感觉到他一直在思考中修行，一直在学习和提升，是一位乐观豁达、通透明了的深受"修齐治平"等中华优秀传统文化影响的人。他一生淡泊名利、热爱文化，严以律己、宽以待人，乡愁就是他求学问路的大本营；他坚持与人为善、广结善缘，生活中处处都是他修心悟道的道场；他坚持与古圣先贤为邻，长期寄情怀于文字，黉庐就是他历事炼心的根据地；他坚持提掖后学，匡正后辈，无时无处都在循循善诱、言传身教。这是我对他的粗浅的认识，似乎并不能准确地表述他的修为和成就。

国荣先生长期坚持写作，笔耕不辍。他的《清明追思》一文入选广东省揭阳市2018届高中毕业班高考模拟考试试题，他的《诗风词韵读元宵》被华中师范大学主办的杂志《语文教学与研究》转载，他的《浪漫元夕》被《河北日报》《河北老年报》等转载。当然，先生的好多文章都曾在中央和省级杂志报纸予以发表，在社会上引起了较大的反响。除此之外，先生还把这些文章汇集成册，基本上保持每两年出一本书。近年来，他出版的每一本书我都认真拜读，有的甚至读过好几遍，受益匪浅。20多年前，我离开故乡外出谋生，在工作中和先生有了较多接触的机会。长期以来，作为深受他影响的同乡，我深深地感到，他身上这些优秀的品质是他多年来修身养性、发心悟道的成果，作品则是他成果的表现。

　　是为序！

吴鹏程（"西部之光"访问学者、副研究员）
2024年1月29日

目录

序　　001

第1辑　心灵寓所

故乡的雨　　003
故乡的秋　　007
远去的音符标韵　　011
书房散记　　015
春联写心　　021
乐于清欢　　024
梦居乡村　　031
故乡在何处　　037
守住乡村的"烟火气"　　046
我的母亲　　056
我的父亲　　069

第2辑　文化田园

蝉蜕龙变　　087
我的早练晨游　　092
喝头脑去　　098

居高声自远	102
永锡难老	106
广结善缘	108
欣结善缘	111
随遇而安	114
寻找清净	121
说清高	125
岁尾陈辞	127
耆年始悟	130

第3辑 读人评剧

心有家国道自宽	137
梦系家山	143
随遇生欣	147
曾入沧海品世相	153
阳婆婆上山明晃晃	
——评新编现代晋剧《圪梁梁上》	158
覆水难收	
——评晋剧《烂柯山下》	163
江山已是艳阳天	
——大型现代晋剧《迎新街》述评	168

是非曲直待君察 173
一本读不完的书
　　——《晋祠博物馆大事记》序 177
晋阳自古最奇崛
　　——读《锦绣太原文史丛谈》感悟 181
看似平常却奇崛
　　——读《赵望进文存·散文集》随感 185
气生道成
　　——读《傅山与锦绣太原城》的感受 190

第4辑　晋阳长歌

晋阳雄风贯古今
　　——太原在中国历史上的地位 197
似曾相识燕归来
　　——太原历史文化述要 205
长河纳百川
　　——从历史上看太原的对外开放 216
探寻历史的辉煌
　　——太原在华夏民族鼎盛时期的作用 228

跋 236

第 1 辑

心/灵/寓/所

故乡的雨

雨是大自然的馈赠。对于农民来说，雨就更加重要了，因为它是与收成休戚相关的。我对故乡的雨情有独钟，我对故乡的雨印象深刻，因为我曾经在农村，特别是在十年九旱的旱垣上长期生活过。

小时候，在经过了漫长的冬天以后，老天突然下起了雨，大人们总会说："这是春雨，春雨贵如油啊。"长大后，我接触古典文学，曾读到一首描写春雨的诗："天街小雨润如酥，草色遥看近却无。最是一年春好处，绝胜烟柳满皇都。"这是唐朝文学大家韩愈写给同时代大家张籍的诗。那时的我自然无法充分领略它的美好，更不知道春雨会和人的情感有内在的联系。"一冬无雪天藏玉，三春有雨地生金"，是一副传统春联，不知在谁家门上看见过，相比较而言，我倒是觉得这副联语更能让人感觉到春雨的珍贵。其实，在春雨中，戴上草帽或者打着伞，到街巷、村口或者生产队的场院里，看一看远山的朦胧、田野的葱郁，放飞心情，确实是一件爽心的事。那时我家住在一座陈旧、简易的四合院内，院子的四个角，都是两边的房檐对接起来的大檐头，每个檐头下，都放置着一口水缸，主要是为下雨天盛接屋檐落下的水而准备的。这还不够，每当下雨时，母亲还让把家里能腾空的盛器，比如腌酸菜的小瓮、面盆、洗脸盆等，都放在屋檐下接水。因为我的老家是干旱坡塬，降雨量比较少，地下水层又很深，人畜用水都得靠旱井里的水来解决。旱井里的水，都是由平时雨天流过街巷的雨水蓄集起来的。刚下过雨，流到旱井里的水既混浊，又有异味，得等一段时间，待其沉淀、发酵后才能饮用。对于母亲来说，雨天盛接从屋檐落下的水格外重要。原因有二：其一，如果这些水能吃上十天半月，就能续吃上旱井里澄清的水了；其二，如果能储备相当数量的这种水作为生活用水，就省去每天喊我挑水的麻烦了。我喜欢漫步在春雨中，那清新的空气、那朦胧的姿态、那优雅的物象、那美妙的梦境……

较之于春雨，夏天的雨水就不一样了。晓作狂霖午又晴，来则兴致勃勃、气势磅礴，去则心满意足、艳阳高照。让人感到潇洒随意、淋漓尽致。不仅给大地留下一片清凉，而且还能带来一派雨露滋润禾苗壮的景象。只是夏天的雨太热烈、太狂放，大地还没有做好充分接收的准备，雨水已经倾盆而下，顷刻间满街巷都是水，继而就都流到沟壑、田间。如果农田不平整，低洼的地方就可能积满水。如果低洼的地方有田鼠窝、野兔洞、塌陷的古墓，洪水就会循着隐形的水路，将这些洞穴越冲越大，最终形成很大的沟壑。在生产力低下的自然经济时期，这些沟壑长期得不到填埋，成为历史遗留问题。后来，在生产队时期，开展"农业学大寨"运动，通过平田整地，才将它们彻底根绝。现在以一家一户作为生产单位，有时也可能出现这种情况，但是采用各种机械化的生产工具，随时就可以扼制沟壑的形成或道路的冲毁。夏季的大雨，也为农村的池塘带来了充足的水源。小时候，一下暴雨，故乡的池塘里就蓄满了水，甚至还可能溢出来又流到田间或沟壑去。满满一池塘水，对年轻人来说是一种福利。在农村,它既是澡塘也是游泳池,当然还是浣纱、洗衣的地方。1968年以后,我们村来了一伙北京插队落户的知识青年,一个个也就十七八岁。池塘一旦蓄上了水,无论白天还是晚上,他们就会在里面游泳或洗澡。那时,我们一群五六年级的小学生,也跟上这伙北京知青下水嬉戏。午饭后上学前,我们总会先到池塘里玩一会儿水,下午放学后,又要到池塘去。就这样,我们自学了"狗刨式"游泳。故乡,你夏天池塘里蓄积起来的雨水,曾带给我无穷的乐趣。那时,游泳倒是学得挺起劲儿,可往往耽误了上学。我们的班主任是一位1949年前毕业于山西大学的老教师,他非常负责任,因为纪律散漫,我们曾受到过严厉的批评,并且还被罚过站。现在回想起来,我都会为自己年少时的无知而自责与忏悔。故乡,你每次"初经一雨洗诸尘"的过程,都带给我诸多的感受。

  写秋风秋雨的诗词,大多以"愁"字为主题。比如,清代纳兰性德的《浪淘沙·夜雨做成秋》一词,是这样写秋雨的:"夜雨做成秋,恰上心头。教他珍重护风流。端的为谁添病也,更为谁羞……"对于农村人来说,秋天是收获的季节,也是播种的季节,虽然这时候也需要适当的雨水,但秋雨缠绵,一下就是好几天,庄户人眼看着庄稼成熟却不能进地收割,一个个怎能不愁眉苦脸?老百姓靠天吃饭,如果天不助兴、雨违人愿,眼看着一年的收成没了着落、适时的播种难适时,一个个怎能不哀怨连连?当然,"雨打芭蕉""竹窗凉雨",带给人的则是另外一种感受了。而我,少时也曾在秋雨中面临着人生的迷茫和焦灼。1973年前后,在毛泽东主席的倡导下,新出版了《红楼梦》,我从驻村干部那里借到了此书,放在床头。《红楼梦》似乎与绵绵秋雨有着相近的气质,正是在乡村的飒飒秋风、绵绵秋雨中,我通读了《红楼梦》,

在对人生的一次次思考中，多了一份笃定。

在北方，冬天自然下的是雪。但雪的本质是雨，它是雨的一种艺术表现形式。冬天是农闲的季节，因此，无论是农民，还是地里的冬小麦，对于雪，都没有太多的渴求。现在回想起来，只有孩子们盼着下雪，觉得新鲜和好玩。我们村在一个坡塬上，一场大雪过后，高望远眺，满目皆白。在冰雪的覆盖下，村野像极了童话中的世界。而村庄的建筑，依坡就势，高低错落，犹如琼楼玉宇，极像了神话中超凡脱俗的天宫仙境。好漂亮啊，故乡的雪景！

对于雨，农民无论喜怒哀乐，都是真情流露，因为它和各类农事活动息息相关。而对于市民来说，下雨不下雨，雨的大与小，下雨的季节合适不合适，这和他们并无直接的关系，至于影响出行、调节气候，那就是人力可控、可把握的事情了。

这几年，我回故乡小住的次数多了，今秋又回了一次。在家闲着的日子里，秋雨连绵，隔三差五下个不停。对我来说，再下也没什么影响，路是水泥路，出行也有农用车，该去哪儿就去哪儿。如果待在家里，一边听着秋雨，一边看书写字也极为惬意。间或也有故乡发小来家里小坐，除了嘘寒问暖，各述家境，便是抱怨这秋雨下得没完没了。苹果到该着色的时候了，树下面已经铺满了反光膜，没有太阳，便没有效果。眼看到了出售期，如果苹果着不了色，就会影响品相，品相欠佳，价钱就上不去。辛苦一年，却因品相而影响了价格，真是让人心痛不已！还有玉茭、谷子等秋粮，都到了成熟期，等着收割。

故乡的雨离我愈来愈远，也不再影响我的心绪了。但故乡仍然有我栽植的树木，有我的菜畦花圃，有我的魂魄气息，更有我的父老乡亲，愿故乡云蒸霞蔚、风调雨顺。

第 1 辑 心灵寓所

故乡的秋

在黄河中下游地区,四季虽然分明,但是长短不一。就我的家乡来说,冬天显得漫长,春天却一晃而过。而夏天不但侵占了春季的尾巴,还拖到立秋后的一伏,它谢幕的脚步总是慢腾腾的。真正的秋天,也就只是收获和贮藏的季节了。

"暑退九霄净,秋澄万景清。"秋天虽然短暂,却是一个五彩缤纷的季节,处处收获的律动,使劳作一年的乡民心生喜悦。我的故乡地处黄土高原,在晋西南的峨嵋岭上孤山脚下。丘陵沟壑、梯田梁峁构成了我们村的地理风貌。这样的生态环境,孕育了草本植物的多样性,也为乡村绘就了一幅色彩浓郁的画卷。特别是在秋天。

秋天的田野,是油画家的调色板,大红大绿;是张大千的山水画,浓墨重彩。颜色过渡得大胆,色彩运用得惊人。如果没有对生活细心的观察,特别是对特殊的地貌、植物颜色变化的心领神会,很难相信大自然或人为耕植的景色,是如此真实和美妙,我们村便是这样。由于耕地类型的不同,所种植的庄稼也不同;由于地貌的不同,所生长的植物也不同。传统的本土树种加上改革开放以后植树造林引进的适宜树种，一到秋天，漫山遍野，不是大片的红，就是大片的黄；不是大片的绿，就是大片的橙。更多的是由于不同植物对光线的反射，所形成的变化多端的色素，你数也数不清，说也说不准。这些色谱便构成了田野上的异彩纷呈，体现着秋的绚丽和斑斓。

在乡村，秋天的主角依然是农作物。农作物在秋天的色彩主要是黄色的，特别是在秋收时节。不管是玉茭、高粱、谷子，还是农民现在普遍重视的黄芩、丹参和生地等中药材。这些农作物插花似的分布在田野，要么是潦草一笔，要么是方方正正一块，要么是不规则的多边形，颜色有浅黄、橙黄和褐黄，给农村秋景涂抹上季节性的底色。

我们村的特色种植业应该是林果业，三分之二的好地，都栽种着杏树、桃树、梨树和苹果树，这其中最多的还是苹果树，而苹果树又分好几个品种。立秋之前，其他水果和早熟的苹果都已采摘出售。到了寒露和霜降，重中之重的，就该是红富士苹果的登场上市了。如果说秋天是一个繁忙的季节，那么对于果农来说，则更辛苦。这时无论是早已摘完果实的果园，还是正在采摘着的果园，都是一片由绿变黄、由黄变红的色彩。不管这些色彩的转变处于何种程度，细分起来，绿分深浅，黄呈明暗，红现浓淡，比赤橙黄绿青蓝紫的七彩斑斓，要丰富几十倍、上百倍。在这样的美景中劳作，能不是一项乐滋滋的体验吗？如果说，秋庄稼的颜色是整幅画作的底色，那么，果园则是画作的主题和中心，它的颜色更多彩、更细腻。

说到秋的颜色，故乡田野的多样性，更能体现色彩的悬殊和生动。我们村靠山，或者说孤山是我们村的背景。由于这么多年的封山育林，整个山坡上都是次生树种和不断栽植的柏树，近看仪态万方，远看郁郁葱葱。近年来，我们村新修了一条从村口到集体陵园的道路，两边栽植的都是侧柏、桧柏和雪松，足有几百棵。再就是沟边、崖畔和谁家的祖坟地里，也有松柏树的点缀。加上村里公共活动场所，早有的几棵古柏，这些点、线、面的常青树，既是一年四季村庄生机盎然的标志，也是秋天翠色的代表。只是它们的颜色已从春夏的碧青变成秋冬的墨绿了。故乡更具文化色彩的，应该是深秋柿子树的颜色了。"千年古槐问老柿，道尽人间多少事。"柿子树是远古先祖种植的，大多生长在崖畔，生命力非常旺盛，有些树龄已经几百年甚至上千年。它的果实成熟于秋季，或做柿饼，或腌泡成乡民祖祖辈辈的美味食品。柿子树的叶片肥厚，似小孩的手掌大小，一到深秋，便慢慢变红，直至红得绚烂动人，成为历代的文人骚客歌咏的对象。唐朝诗人杜牧的《山行》中有"停车坐爱枫林晚，霜叶红于二月花"，这应该是对秋霜红叶的描写。如果说这种指向还不够具体，那么，元曲大家王实甫的"晓来谁染霜林醉，总是离人泪"的曲词指代，则是准确无疑的了。因为《西厢记》故事的发生地就在山西省永济市普救寺，而普救寺就在峨嵋塬上，和同在峨嵋岭上我们村的那一带，都栽植着相同树种的柿子树，且霜叶似火的时间也相同，都是在"碧云天，黄花地，西风紧，北雁南飞"的深秋季节。那一片片"霜林醉"的柿子树，就像一抹抹红霞，或是晨曦或是晚照，成为这幅山水画上最浓烈的暖意和亮色。你可别说，经过这么多年的绿化美化，我们村也确实栽植了一些到了秋天叶片的颜色会逐渐由绿变红的树种，如黄栌树、五角枫和火炬树，这些树夹杂在常青树中，在秋景中，像用红色颜料点点滴滴洒在宣纸上，绚丽无比。在我们村里，更多的是那些长满野植的沟壑、丘陵，一经霜杀百草枯，它们的颜色就几近虚无。恰好，这正成为图画中的留白，或画家用水渲染出的衔接，以期达到删繁就简、取舍省略的效果，让观者在有无山色中沉思、遐想。

四季轮回，秋天的景象年年呈现。故乡的秋天格外迷人，它有色彩斑斓的景色，它有收获喜悦的场面。故乡的秋天令人格外踏实，它有丰收的果实，它有大地的兑现，它有收藏的思索，它有自忖来年的打算。

故乡的秋。

远去的音符标韵

置身于农耕文明的种、管、收、藏，令人难忘的，还是那陪伴了村庄千百年的麦秸垛。

小麦一年一度的夏收碾打，犹如一场盛大的交响音乐会。从收割开始，再经过载运、碾打、储藏，一直到对麦秸草秆的堆聚塑造，才算达到高潮。一番起承转合后，实现交相辉映。起麦秸垛是整个夏收的一项技术活，先由老农站在要堆积麦秸垛的地面上画出麦秸垛的形状，然后由年轻小伙子用铁杈或木杈往上挑，愈挑愈高。而站在麦秸垛上的老农，则忙碌地出檐或收束，不断变换着麦秸垛的形状，以便将之拨出新的高度。麦秸垛愈高愈讲究技巧，要横平竖直，环环相扣，要压住茬口，以防偏废溜坡而前功尽弃。特别是到了收束阶段，或圆锥形，或窑洞形，四五米或五六米高，都要坡顶出檐才能遮风避雨，地久天长。这就需要大国工匠般的水平。于是，上边的老农在麦秸垛上小心翼翼、亦步亦趋地平衡拨挑，下边的老农则不断地转来转去目测指导，直至完美收官，上边的老农才慢慢地踩着梯子下来，然后，绕着他的新作品转来转去，看有没有什么瑕疵，再用杈或手平衡凹凸，雕塑修整，直至最终成为一件完美的艺术品。麦秸垛是乡村千百年来的时令物象，是原野上风情生动的妙笔点染，是田野里娓娓动听的优雅乐章。在村口的打麦场周边，矗立着形状各异的麦秸垛，体现着人间烟火。赶路之人，远远望见它，便知道已接近一个村庄。麦秸垛伟岸高大的造型，类似象征电气化的塔架、工业化的烟囱，在古老的乡村，它是农耕文明恒久的标志。

农村生产队时期，麦秸垛体现着小麦收成的丰与歉。丰收年间则大且多，遇到天旱少雨则小且少。麦秸垛的形状，是根据地形、地貌而决定的，宜圆则圆，宜方则方，宜长则长。往往一个打麦场，周边会有好几个麦秸垛，有当年的，也有往年的，以丰补歉，麦秸垛则成为农民维持生产生活的压舱石。麦秸垛的体积衡量着小麦的收成，小麦颗粒归仓后滋养着辛勤劳作的乡民。麦秸垛又有着广泛的用途，和农民朝夕相伴的牲畜就须臾离不开它们。为了给牲口准备饲草，生产队过一段时间，就需要在打麦场上的麦秸垛前组织一次铡草劳动。铡草是力气活，需要一个人入草，一个人按铡把。入草是一个技术活，一般由老农把握；按铡把则是一个力气活，高抬猛按，需要年轻人来操弄。再有一个人，就是把铡下的草，担送到生产队的饲养室。尽管后来有了铡草机，虽节工省时，但还是需要按时组织铡草，以备农忙时不误牲口饲草的供给。年年岁岁，麦秸垛就是牲口的粮仓；祖祖辈辈，麦秸草垛延续着农耕文明。不仅如此，麦秸草秆还是最基本的建材。无论是盖厦修房，筑屋泥墙，都少不了麦秸草秆的加盟，这样才能增强泥巴的黏性和张力，才能保障建筑的持久和永固。因此，麦秸垛又是农村土木结构建筑的一种必要的建材。麦秸秆的用处还有很多，普通毛边纸的原料就是麦秸秆，制造纸箱等包装品也离不开麦秸秆。在缺乏煤炭资源的地方，麦秸秆还是一种主要燃料。尤其是在北方冬天的田间野外，麦秸秆的火堆里，总会有烧烤着的食物，给人以惊喜，或红薯，或土豆。当然，这是物资缺乏时期的记忆。……凡此种种用途，便要求作为储存物的麦秸垛的搭建要扎实、坚固和美观。

　　麦秸秆的实用，成就了农耕文明，而麦秸垛的审美则孕育了淳朴乡村的风土情趣。"秋阳泻金彩，远树铺黛青。闲憩倚草垛，笑喧响溪汀。"此情此景，反映了农耕时代，乡村草垛的恬淡安适、宁静致远。历代好多诗词美文，也都以乡村麦秸入题，或茅屋、草庐，或蓬门、草垫，抑或草帽、草鞋和草庵，……反映出乡村世世代代的古朴和浪漫。以草垛为主题的画作，古今中外都有。特别是在欧洲，以油画为主要形式的美术作品，更适合乡村题材的表现。19世纪印象画派创始人之一——法国绘画家莫奈，从1890年开始，进行了持续两年的田园写生，创作出几十幅以草垛为主题的油画。在莫奈眼里，阳光让大地草垛流光溢彩，色调在瞬息微妙的变化中，充满玄幻。每一墩草垛在每一寸光阴里都充斥着不同的情感，或庄重威严，或欢快愉悦；或恬淡沉默，或寂寞独孑；……大师笔下的《草垛》，皆作为艺术瑰宝而传世，但他的艺术灵感则来自乡村的麦秸垛。

　　乡村的麦秸垛除了具有艺术审美价值，还是孩子们游戏的乐园。或假期，或放学，打麦场上的麦秸垛总会成为孩子们捉迷藏、过家家的场所。偶尔也会有年轻人在这里谈天说地、谈情说爱。在冬天，老年人总会背靠向阳的麦秸垛，晒着太阳，聊着家常，满足着心理诉求。在夏秋两季，轮值的村民，往往也是把铺盖卷放在麦秸垛旁，下夜护场，一个个带着不一样的心事进入梦乡。麦秸垛似乎总是展现着乡间田野的幽韵，因此反应农村题材的舞台作品和影视剧目，总是把有关麦秸垛的物象作为背景要素，来展开故事情节，有意无意地把观众带入一个个农业古国。

麦秸垛，乡村远去的音符标韵！

第 1 辑 心灵寓所

书房散记

对于一个文化人来说，人生的一大乐事，莫过于把书房打造成自己心仪的样式，以此表明自己向往文化的态度。我这里说的文化人，并不是指文化水平已达到一定高度的人，或能弄通儒家道统的人，只不过是一辈子和文化打交道的人而已。我作为这样的一个人，在很长一段时间里，一直都在梦想着能有一个独立的书房。

20 世纪 70 年代初，我高中毕业后回到农村，除了参加农业生产劳动外，还以努力上进的回乡知青的身份，积极参加农村的各种活动，写写画画，在那片文化贫瘠的土地上播种着希望。物以类聚，我和村里年轻的乡村教师、北京知青，以及"文化大革命"前返乡的"老三届"们聚在一起，晴耕雨读，吟诗作赋。其间，我就让村里一个会做木匠活的朋友，用他干活剩下的边角料给我做了一个书架。说是书架，现在回想起来，甚是简陋。它大约有 40 多厘米长，20 多厘米高。共两层，底下一层可放大 32 开本的书，上边一层没有封顶，可以放一些开本大小不同的书籍。书架做成了，粗糙而又稚拙，我感到很荣幸。这可能也是当时农村文化人的一种标配吧。其实，书架摆在家里，放的也就是一套四卷本的《毛泽东选集》、当时"文化大革命"中的一些政治读物，以及我高中时的一些课本。当时的新华书店，也有一些应时应景的文学书籍，但是我买不起，倒是也向别人借阅过。真正读书，是在"文化大革命"后期，我向驻村干部借了一套内部出版发行的《红楼梦》，放在炕头，时常翻阅，一年半载之后，被书主索回了。

对知识的追求促使我不断求学，上了中专上大学，大学毕业后参加工作，这样的到处奔波，是不可能有安身立命的独立空间的。这时的书籍积累，只能是用纸箱子做计量单位。每搬去一个地方，就要搬动这些纸箱子；每住到一个地方，床下面就塞满了这些纸箱子。后来，我调到宣传部门工作。那时正值改革开放初期，追求知识，成为全社会的一股潮流。机关开始不断地发各类图书，过一段时间就发一次。出于对书的渴望，我自己也到新华书店去买书。那时的书很便宜，定价一般都不到一块钱，打折下来，几毛钱就可以买到。当时我国实行的还是"单休制"，为了买书，我把星期天都耗到书店了。在宣传文化部门工作，打交道的大多数是文化人。在崇尚文化的年代，著书立说、美术书法作品结集出版，成为文化人的广泛追求，于是免不了过一段时间就有熟悉的朋友送来自己的新书。也有不熟悉的人出了书，自己硬着头皮向人家索要的。有时也和一些书痴互通有无，进行交换。为了成龙配套，我还专门订阅了一些杂志，比如《新华文摘》等，一直到现在我还年年订阅。总之，书越积累越多，一箱一箱在床下已放不下了，于是就在单身宿舍的墙根堆了起来。

收藏书籍是个过程，人的生存环境改善也是个过程。后来我分了单元房，但卧室只有两间。那时孩子小，我们一家人共同住一间，把另一间作为书房。作为书房的当务之急，首先是要做书柜。因为房子小，量体裁衣就只能做两个，其次还要放沙发、桌子、单人床等。这样安排下来，纸箱子里的书只能放三分之一，只好把一些随时要用的工具书、资料汇编性质的书先摆上，其余的书只能再受一受委屈，等待以后有机会再露面了。过了几年，单位又给我调整了一套房子，面积是比以前的大了一些，但格局差不多，还是两间卧室。大就大在有了客厅，卫生间和厨房也宽敞了一些。这时孩子大了，老家的亲人也经常来我这里小住，因此，我也无法在书房再增添新的书柜，只能保持原有书房的面貌，让固有的书籍和近年新收藏的书籍该享受光线的继续享受，该在黑暗中沉睡的继续沉睡。这之后，我在单位已有了独立的办公室。机关规定给每个办公室只配备两个书柜，我向负责人申明，自己花钱给自己办公室加配两个书柜。这样，我放在单位的书就都能摆到书柜里了。长期在宣传文化部门工作，我曾到几个前辈家里参观过，那满墙的书柜，满柜的书，让人看了真是羡慕。我也曾参观过我一个大学同学的藏书。在他的藏书中，政治类、经济类、哲学类、历史类、文学类等方面的书籍，都是成系列的。以政治类为例，马恩列斯毛的著作，他是按版本收藏的，社会主义国家领袖的著作他都有，《求是》杂志是从创刊时期的《红旗》到易名后一本都不落，光他藏书的故事就能写一本书。这些都让我在收藏图书方面长了见识。

　　随着社会的发展，人们的住房条件也得到了不同程度的改善。10多年前，我又分到了一套四室两厅的房子。机会来得迟了一点，但对书房的打造却有了比较丰富的经验。毋庸置疑，把一间最适合的房间确定为书房，我亲力亲为设计，改了房门的位置，量好房间的尺寸，专门定做了三面墙的书柜，这才将大部分的书籍摆放上。还有一些整套的图书没地方放，比如《二十五史》《资治通鉴》《中国通史》《世界通史》

《鲁迅全集》《大不列颠百科全书》和大量的书法集子，索性给客厅又定做了一面墙的书柜，这才把所有的书全摆上。

我终于有了一间独立的书房。所谓独立，就是完全由我坐拥，完全由我支配。她是一片精神自留地。那一排排书架，就像层层梯田；那宽大平整的桌面，就像处理庄稼的打麦场；那笔筒里的各种书写工具，就像用于田间劳作的农具，任我自由挥洒、孜矻稼穑。书房里的书香墨韵，就像田野上的别样风景，陶冶着我的心灵。书房清新静谧，就像月下的故乡庭院，开启着我的心智。书房里的文化碰撞，就像是收获时节的兴奋激越，归结为美美与共的丰硕果实。我把书房作为人生的驿站，工作之余、劳累之后，便在这里坐享孤独、寻古探幽。这里有笔墨纸砚、四壁图书，像开阔眼界的港湾，亦像制作文化产品的作坊。我除了在书房季节性地耕作，亦把临时落脚于我家的学子，安排在这里歇息，目的是让他们也经受书香墨韵的熏染。他们不一定能成龙成凤，但见识过学海书山，也是对他们文化修养的提升。我也曾将自己牙牙学语的孙辈领到我的书房玩耍启蒙，有时教一教《朱子家训》，有时教几句唐诗宋词，试图让其从小就领略古时私塾和书院的魅力。而更多的时候，则是我自己在书房，沉浸于那嘉竹扶疏、鸟语花香中。

"书房兀坐万机休，日暖风和草色幽。"在职场时，总是忙于俗务，少暇独坐书房。及至谢职，独坐书房时，又想到自己既不是学者要著书立说，也不是教授要传道授业，不免羞涩，遂说服自己：只当需要一个独处的空间。如果说要阅读，翻那些过眼云烟似的作品，又太浪费时间；看那些经世间检测依然还鲜活的典籍，又缺乏悟性和慧根。何况心静随处净土，闭目即是深山。过去想读书的阶段，一直没有自己的书房，现在有了书房，却心在红尘，难于自静其心。原来书房就是修身养性的道场。

我有一位年届八旬的朋友，我和他聊天，他不是谈老庄，就是谈佛典，动不动还告诉我手机上喜马拉雅音频讲什么，余秋雨的《周易简释》《老子通释》中，他认同和存异的是什么，听得我一愣一愣的。这位老先生只是中师毕业，可和他交往，总感到先生"本应不是人间客"，实在令人敬佩。我想他当年和我一样，也不一定有书房，后来退休了，有没有书房都一样，反正他那个小二楼的房子，都是他老两口的，读书关键是要心静。我还有一位朋友，不过现在他也从领导岗位退下了。他本是学理科的，可和他雅集时，他不是讲欧美文化，就是讲亚非文化。他确实是行过几万里路的人，国内三四线城市他跑过有百分之七八十，世界五大洲他几乎跑遍了。他很有学问，经常谈论西方哲学、儒释道，还有世界史，特别是欧洲史等。像他这类人，学理科，当领导，还能读这么多的书，并且能融会贯通、理解记忆，这确实和天赋、修心持戒有关。他说："学理科的人，似乎更容易接受哲学之类的书籍。"我认同，这和有没有书房关系不大，但须保持幽谷逸林般的心境。

现在纸质阅读的人不多了，老老少少一人一部手机，从早看到晚，几乎占据了他们全部的业余时间。甚至团队圈开会、线上教学、远程诊断等，这些都加快了生活节奏，提高了工作效率。但对读书人来说，两相比较孰优孰劣，或者各有千秋，但纸质读物的存在价值到底还有多大，实在让人难以评说。对我来说，就自家书房的书，现在也很少翻看了。至于儿孙辈则根本无暇顾及。不管名著经典，还是专业参考，甚至连过去翻的不怎么整齐的工具书，也都静静地躺在那里，十年八年也无人问津。我曾剔除过一些没有收藏价值的书籍，但舍不得扔，也舍不得卖了废纸，于是不远千里拉回常年无人居住的老家，放在新购置的两个大书柜里。七八年了无人翻阅，起不到任何作用，只能满足我当年连一个小书架的书都放不满的孱弱心理。我每年探亲似的回两次老家，只能让那些在城市陪了我几十年的古旧书籍，固守在老家宅院给我看守门户。当我回到老家时，再给我装点门面，在那些乡邻故旧面前炫耀一番：现在，我家也是有书有酒、有歌有弦、有地一方、有竹千竿的耕读之家了。

我说书房的尴尬，只是说书房里的书籍没有了当年尊贵的地位，而书房本身应该还是一方净土。阿根廷作家博尔赫斯说过一句话："如果世界上有天堂，那一定是图书馆的模样。"图书馆太大，书房足以抚慰我们的心灵。每两年我便完成一本著述，这都是在书房里操持的结果。闲暇之余，厚着脸皮还一些文人之债，写几幅书法作品，也是在书房里涂鸦。"人事有代谢，往来成古今"，我积攒了一辈子的书籍，不管是经典的还是通俗的，有参考价值的还是应时应景的，该如何处理，成了我的心结。显然在子女们的眼中，这些书籍收藏大部分是鸡肋，弃之可惜，留则无用。送亲戚朋友，又有"己所不欲，勿施于人"的古训。自己和夫人现在到旧书市场摆摊，又羞于和书生们磨嘴皮子。人到老年万事休，却有烦事罩心头。

心有所虑，终有一得。虽然我对书房的归宿多有担忧，但现在还不到了结的时候，还可以和我几十年来收藏的图书"同眠共枕"。还能在我的书房享受天堂般的美妙。至于将来，我可以把这些书籍捐献给图书馆，或捐给我老家的图书室，何乐而不为呢？

第 1 辑 心灵寓所

春联写心

过春节贴春联是我们中国老百姓的一个重要习俗，特别是在民间，年年岁岁，历久弥新。早在 2005 年，国务院就把楹联习俗列入第一批国家非物质文化遗产名录了。旧时代的乡贤，往往把写春联当成一件神圣的事情，或绘景抒怀，或传承家风，或培元励志，或瞻望前景，常常是自撰自书，总要把一个传统的民俗形式，演绎成极致的乡情表达。

我出身农村，凭着坚定的毅力继承了乡贤的衣钵。不仅在农村时就年年为本村的家家户户写春联，进城以后，仍然坚持每年给老家的乡亲们写。我家的春联当然也是我自编自写。这个庚子年，也就是 2020 年，我已谢职好几年，享受着自由自在的退休生活。因此，这一年我家的春联是这样写的：读书悟道远俗务，临池修身近名林。横批是：自得其乐。可不，党的十八大以来，我们的国家风清气正、海晏河清，老有所养，壮有所为，少有所教，岂不乐哉。可是，就在这一年的年初，发生了新冠疫情，接着全民总动员，全国各地除了自防自保外，还很快组织了卫生医疗战线的精兵强将，支援湖北，支援武汉。党中央运筹帷幄，决胜千里，三四个月后，就控制住了疫情，恢复了生产。这一年，由于疫情引发了世界性的经济衰退，导致民不聊生。唯有中国的社会主义制度和党中央的正确领导，才保证了中国经济在非常困难的情况下，实现了明显的增长，从而保障了人民生活的富足。疫情期间，好多人宅在家里，除了线上教学、线上办公之外，还开始了读书学习、艺术创作，充分发展自己的兴趣爱好，以获得锻炼、成长。

萧瑟秋风今又是，花开花落又一春。转眼到了辛丑年，也就是2021年。这一年，我家的春联是这样写的：瘟君逼人临静气，牛郎催我近古贤。横批是：随遇而安。因为这一年是牛年，而新冠疫情在去年底当年初又发作。我家的春联就是在这样的背景下构思的。内容既是对我本人前一年生活状态的总结，又是对新的一年生活状态的期许。这副对联，虽然有借鉴，但也有个人情怀，拟人化用典，写意化状人。对联的横批，一般是画龙点睛，表达主题，或者是表达中心意思。这副对联的横批，传递了一种社会心态。因为在2020年抗疫斗争中，人们积累了经验，也增强了承受能力，进而心态也平和了许多。客观上加强防疫不松懈，主观上工作还要努力干。我在2020年，除了日常安排外，还静心地阅读了几部珍藏的传统经典，完成了一份阅读心愿。

回想2021年，我们的祖国大事、喜事不断。中国共产党成立100周年，发扬革命的优良传统，掀起学习党史的热潮。这一年，中华大地已全面建成小康社会，国内生产总值突破百万亿元大关，全国粮食总产量再创新高。"双碳"工作开启了我国生态文明的新阶段。我国经济发展和疫情防控全球领先，"十四五"开局良好。科技创新日新月异，中国航天进入"空间站时代"。虽然，一些敌对国家处心积虑设置障碍，妄图阻止我国的发展，但是，华为首席财务官孟晚舟安全回国，就是我国和某国"长臂管辖"斗争取得胜利的缩影。虽然，我们也遇到了一些困难和自然灾害，但是，全国人民发扬"为民服务孺子牛、创新发展拓荒牛、艰苦奋斗老黄牛"的"三牛"精神，取得了辉煌的成就。

壬寅年的年关即将到来，也就是说我们将迎来2022年虎年。老天爷似乎还要考验我们勤劳、勇敢、智慧的中国人民。新冠疫情又在我国一些省份的部分地区疯狂肆虐。但是，我们有2020年、2021年的防疫斗争经验，有我国优越的社会主义制度，有党中央的正确领导。我想，无论是哪方面的困难或自然灾害，在虎虎生威的壬寅年都能克服、都能战胜。于是我想，壬寅年，也就是2022年春节，我家的春联应该拟为：天下无大事，事在人为；人间有真情，情暖天成。横批应该是：行稳致远。是否对仗？是否合律？是否意境融彻？容我再仔细推敲。

反正，给自家写对联，本身就是一个学习的过程，是一个总结的过程，是一个提炼的过程，也是一个提升境界的过程。曹植的"惊风飘白日，光景驰西流"这两句诗，就是我心态的呈现。时不我待，除旧布新更应是每个人的心态。龙腾虎跃，王气归来，祝愿壬寅年每个国人都吉祥如意、心想事成。

乐于清欢

按我卸任赋闲后的生活习惯,每年都要回两趟老家。清明节就不用说了,中秋节的时段,天高气爽,云淡风轻,又是一个我例行回老家的时节,何况,这次回老家还有一项任务要完成。辛丑年秋季,由于阴雨连绵,积水浸泡,我家院子东墙基底出了一些问题,几乎要倾覆坍塌,修墙是今年的迫切任务。由于清明节回家受阻,国庆节前后,回老家变成了我热切的期盼。到了9月份,我就隔三岔五地和老家的人联系。终于在9月17日,我们回到了万荣老家。

一进院门,首先映入眼帘的是一丛青竹,生机盎然,挺拔而秀丽。它对面的几畦月季,开得正盛,五彩缤纷,姹紫嫣红。院子中间的两棵红豆杉,长势茂盛,一串串的红豆,正在由绿变红,这过渡时期的颜色绚丽多彩、灿烂斑斓。它们的旁边还有一棵山楂树,不大也不小,树杈层次分明,果实稠密,压弯了树身的山楂果,像刚抛光的红玛瑙。散布在院中的几棵银杏树,春天开过花的两株樱花树、五棵紫荆和四株圆球形的冬青,由于今年雨水好,又施过肥,都长得异常茁壮,它们都是院里绿色的点缀和植物隔离的屏障。对了,还有一棵生长于黄河以南的桂花树,长势羞于形容和恭维,五六年了,还在驯化阶段。院墙上一副楹联赫然在目:"含笑怡情盈小院,疏影叠韵悦清风。"当初本想以此概括院子里的风情,但是总觉得还是不太妥帖,只能求形式上的画龙点睛罢了。就是在这样的环境下,启动了对院子东墙的维修工程。我们找来一支施工队,具体事宜由我的内侄张罗。而我和妻子两个人,每天除了一日三餐,就是各自干着各自喜欢的事情。我的日常仍然是看书看报,有时给亲朋好友卖弄书法。偶尔也和妻子到地里转一转,或挖挖野菜,或干干农活,也串串门子。当然也接待一些来宾访客,喝喝小酒。修院墙的事,一个多星期就完工了。打扫完施工现场,恢复了原貌,就算了却了今年回老家最大的一桩心愿。剩下的时间,就打算和妻子外出,在县域之内或周边,参观一些新开发的旅游景点,顺路再访亲拜友、混吃混喝,放飞一下人间晚情。但是,人算不如天算,疫情防控工作在老家启动了。

正在此时,我那90多岁的三婶去世了。根据现实情况,乡村对丧事都有具体要求,三婶的灵柩在家里只能放三天。按说这样高寿的老人,家里对身后的事都是有所准备的,只是按照丧事简办的原则,给村里帮忙办丧事人员的餐饭,只能就地取材,因陋就简。好在这时还能联系上乡里的超市、菜店,他们随即送来一些简单的食品和蔬菜。家里不搭棚、不设席、不上酒,一人一碗大烩菜,便匆匆忙忙把三婶的丧事办了。送葬的人,就是三婶去世前在身边轮流侍候的子女。而我因缘巧合,自始至终参与了对三婶的祭奠活动,既了却了我的心愿,也表示了本族侄辈的心意。

三婶丧事当天的一大早,我的一个侄女婿也前来奔丧。他们村离我们村不远，但不是一个乡镇。由于其他孙辈都在外地不能回来。所以，他的参加代表性极大，尽管他的年龄也老大不小了。丧事结束之后，他即留宿在我家，顺便帮助干一些家务。真是天助我也，我不禁心中暗喜。

一进我家的院门，就能看见正对面挂着的一副楹联："房依汉唐古树，院临孤峰道山。"这副楹联实际上是反映我家周围环境的。我家房子后面的东北方向，确实有一棵古槐，苍劲挺拔。传说是汉代栽种的，但并没有做过碳-14测定，泛泛而讲是汉唐时期栽种的。我们村子的西边，就是孤峰山，离村子二三里地远。站在我家院子里往西眺望，天际线最高的就是孤峰山。我为什么沉湎于回老家，除了乡情、亲情，很重要的一个因素，就是闲来无事，在老家不管是近观远望，入目走心的，都是四时佳兴。一切都不会影响我在书房的从容随意，也不会阻止我到院子里的赏心悦目。暂居的侄女婿也并没有被束缚住手脚，他仍然不停地干着需要他干的活。

有一天，我们三人在吃早饭时，妻子无意间说了一句，再过两天就是她的生日了。说者无意，听者有心。多少年了，不是忙，便是不用心，从来没有给妻子筹办过庆生的事情。现在赋闲无事，而且又回到老家，何不一门心思为妻子过一个特别的生日。于是，我便悄悄地告诉我那厨艺不错的侄女婿，从现在开始，用两天的时间集中精力秘密筹备妻子的生日宴，到时给她一个惊喜。

筹办事宜分工明确，我做文案。趁妻子到客厅做针线活之时，我便走到书房，认真地在四尺斗方的红宣纸上，开始用斗笔写庆生的中堂"寿"字。接连写了好几张，通过对比斟酌，最后选出一张，并且把剪下的白底篆刻的引首章和名章贴在适合的地方，落款为女儿、女婿、儿子等祝贺。因为我已悄悄给儿子、女儿发过短信，让他们给我转过来为他妈妈过生日的费用。然后，我又在裁成A4纸大小的红宣纸上，编写生日议程：第一项，宣布庆生活动开始；第二项，宣布祝贺者名单；第三项，宣读贺词；第四项，致答谢词；第五项，敬献寿桃、共唱生日歌……另一个案头工作，是在统一大小的红纸上写祝贺庆生者的名单。由于我已给儿子、女儿通报了此事，并且他们也转来了庆生费用，祝贺者不能没有他们的名字。侄女婿在和我共同筹办具体庆生事宜，祝贺名单上理应也要有侄女和侄女婿。不知在哪一个环节上走漏了风声，在村里统一居家静默的堂兄弟姐妹以及他们的配偶，虽然不能亲自到场，也都通过手机发来了贺词和贺礼，礼金当然不能接收，但祝贺名单上必须把他们一一列出。我还杜撰了几位，是妻子娘家侄子和侄女们。他们确实没有表达祝贺，但他们如果知道自己的亲姑姑过生日，也一定会用不同的方式表达祝贺，打断骨头连着筋，中华传统文化最看重的就是亲情。如此说来，这也只能算是善意的谎言。写完祝贺者名单，还得用心安排庆生的食谱，仍然是写在A4纸大小的红宣纸上。虽然就我们三人，吃不了多少，但不能因此而草率，不能没有仪式感。因此，我苦思冥想，编写罗列如下：1. 出水芙蓉（其实就是洋葱拌黄瓜）；2. 一清二白（即小葱拌豆腐）；3. 多子多福（油炸花生米便是）；4. 麻姑献寿（借谐音，麻花炒凉粉是也）；5. 全家福（搜罗家里能下锅的食材，做一锅大烩菜）；6. 六六大顺（即主食，长寿面，面要和好、醒好，要劲道）。文案的工作大致就是这些，但议程里还安排了一项我给妻子的贺词，这可是一项慎重的工作，既要赞扬到位，又要符合情理。于是，我用了大半天的时间写了改、改了写，反反复复，抄写工整，定稿后，全文如下：

娇妻杨××，结伴四十年。

持家不畏苦，处人多友善。

敬亲又孝老，养育不辞倦。

教书恪守责，终成高职衔。

而今德大成，安不受人赞？

完稿之后，我又以书法横批的形式，写在六尺对开的红宣纸上，以备宣读时之遵循和营造氛围之张贴。

生日当天上午，我和侄女婿忙活了大半天。首先我郑重地嘱咐妻子："今天，你放假一天，不用干任何事情，坐享我们俩对你生日的祝福、贺喜。"然后便是营造氛围。我把所有书写的文牍制品都贴到餐厅：北墙上是一个大大的"寿"字，南墙上是我的贺词书法作品，通往厨房（即东边）的门上是食谱，通往储藏室（即西边）的门上是生日议程，祝贺者名单放在我（宣读者）的位置上，这样布置下来，整个餐厅喜气洋洋，呈现出一派红火热闹的节庆气象。还有一项大动作。不知家里啥时存放下的一个大花盆，宝瓶状，黄底色。院子里又是花满园蹊，各种颜色、各种形状应有尽有。还有竹子、红豆杉，这些都是插花的天然良材。是的，按照我的安排，侄女婿一大早就在院子里准备插花，作为生日祝贺礼品。我布置好餐厅，走到院子里，看见侄女婿正手里拿着剪子，在按需取材。不一会儿工夫，他就剪下一大捧鲜花，有大红的、紫红的、粉红的、鹅黄的、豆绿的，大部分是正盛开着的，也有蓓蕾、半开的。作为陪衬和背景的竹叶纤丽精巧，红豆杉叶典雅华贵，配上各色鲜花，应该会成为一件生动有趣的作品。我和他一起商量，互相启发。试想，他对厨艺有研究，对园艺也一定有潜能，因为艺术都是相通的。果不其然，最后完成的作品，疏密有致，搭配合理，主题突出，特色鲜明，实属巧夺天工的呈现。我们俩把制作成的插花花盆，小心翼翼地抬到餐厅，摆在一个类似花盆座子的圆凳上，果然满室生辉。

时间不早了，应该开始准备餐宴了。照着食谱来安排，应该是不费事的。侄女婿也早已心中有数，于是他进了厨房。这时，还有一个极具生日标志的蛋糕没有着落。我家有亲戚送来的晋南大白馍，像饭店菜盘子那么大，可以权当仿真寿桃。有寿桃没蜡烛就没有过生日的气氛。于是就翻箱倒柜去找，幸好有以前为应对停电准备的蜡烛，而且是红颜色的。虽然没有专门欢庆生日蜡烛的小巧玲珑，但颜色还喜庆。非常时期，能找到一根替代的也就很给力了。然后，我就开始加工。在大白馍正中间挖出一个直径为5厘米的圆形孔洞，再把一个苹果切成同等体积放进去，在苹果上面插上蜡烛，这就是一个自制的生日蛋糕了。万事俱备，就等吉时良辰到来。

中午12时，生日宴正式开始。按食谱中的5个菜品安排，不是偶数，侄女婿又很有创意地增加了一个菜，他把院子里自产的葱、芫荽和辣椒切碎调和起来，我赋名为"青春永驻"，随后把自制蛋糕摆在餐桌的正中间。经推选，确定侄女婿为主持人。他虽然参过军，但离开军营后一直以务农为生，这对他来说，应该也算是新媳妇上轿——头一回了。但他还是有板有眼地主持起来，并且还能巧妙地发挥。主持人宣布议程开始之后，接着是宣读祝贺者名单，我自告奋勇承担起了这个义务；当宣布由老公宣读贺词时，我当然又是义不容辞；当宣布由夫人致答谢词时，妻子已是激动不已，她站起身来，就像当年站在讲台上一样，开始致答谢词，言辞恳切，饱含深情，而且声情并茂，丝毫没有因为有些被感谢的人不在场，而敷衍了事，真不愧为站了一辈子讲台的高级教师。议程的高潮，是点蜡烛、许愿、唱生日歌和吹蜡烛。虽然庆生宴就我们三人，但大家唱得还是格外认真、卖劲儿，也不失抑扬顿挫。我们三人的平均年龄已60大几了，也被自己的行为所感染，乐得前仰后合，几乎夹不成菜、吃不成饭，完全陶醉在共同营造的氛围中。最后是"六六大顺"，吃长寿面。侄女婿做好面舀了三碗，我以为调上拌料就能开始吃了，但侄女婿却端起碗，拿上筷子，站到我妻子跟前，夹起一筷子面，一边往她碗里放，一边说："婶子，给你添福添寿。"他的举动让我不禁为民俗文化的丰富意蕴所感动，我也赶紧站起来，给妻子碗里夹了一筷子面。妻子反过来，又分别给我们俩碗里各夹了一筷子面，她说："也给你们添福添寿。"整个庆生宴，虽然在山村小院举行，但它独特、庄重。这些热闹的场面，我们通过自拍视频留存，并且将之发给相关人员，激起了强烈反响，大家纷纷表示要收藏留念。当然，这仅仅是一场自编自演、自娱自乐的生日宴，实在有点万荣精神。

宴会结束，意犹未尽，我们到院子里静享余欢。满院子的怡情叠韵，花正红，果飘香，叶泛黄，几株春天才满树开花的紫荆树，竟在十月中旬的深秋，也星星点点地冒出梅红色的小骨朵。仰观古槐，鸟聚雀跃，啼鸣喧天。再望孤峰，秋山如黛多妩媚。我想，它和我们此时的情绪，应该是很相似的。

第 1 辑 心灵寓所

梦居乡村

我对传统乡村有着一种特殊的感情,它始终令我魂牵梦萦。随着岁月的变迁,我对它的认识也在不断深化。早在前些年,我就曾对散落在中华大地上的乡村,有过简单的概括,说它们是中华民族传统文化长河中的点点浪花,当然也可以说,它们是中国优秀传统文化大厦上的片瓦只檐。

就拿我们村来说吧,虽然规模不大,又处在运城盆地的峨嵋岭上孤山东麓,但运城市地处黄河金三角的大拐弯处,肥田沃土,那么,我们村也就很有必要追根溯源了。

是的,我们村的历史确实很悠久。小时候,我就关注过村里的古树、古民居和碑刻,还有村周边的新、旧石器时代遗址。20 世纪 30 年代,中国古史研究先驱卫聚贤先生,到我们村进行考古发掘。据有关资料介绍,在近 10 天的时间内,卫聚贤就领队发掘出土了铜五铢钱、铁刀、铁钉、陶壶、陶釜、陶温器等古物,还发掘有"千秋万岁"砖、几何纹砖,以及刻有"宫宜子孙""长生无极""长乐未央"等吉语瓦当及大砖大瓦等大量器物。之后，这些发掘出来的几大车实物，又都运至位于太原的山西公立图书馆展出。展出之后，这些实物又分别由中央、省有关单位收藏。按卫先生的研究结论，这里是"汉汾阴后土祠"遗址，其前身是介子推祠。1949年后，卫先生流寓香港，后期又移居台湾。他的发掘成果，再也没有人做过进一步的研究论证。但根据在"万泉县西杜村阎子疙瘩"发掘规模和地形地貌来判断，作为汉代的一处庞大祭祀建筑，却是真实无疑的。这就说明，我们村在汉代就已热闹非凡了。尽管如此，中国历史朝代的序列，在我们村总还是不能有序链接起来。前儿年，我们村里来了两位文物考古专家，一位是山西省考古研究所的所长，一位是运城市文物局的副局长。这两位研究员，到我们村进行田野调查，一路走来，在村子西边的沟坡崖畔上，发现了大量的春秋战国时期的陶片、陶器以及蚌骨等遗存实物，还发现了秦代的墓葬。当然，此行他们还有一个重要目的，就是考察卫聚贤先生当年的考古发掘地。他们在卫聚贤先生的发掘地检视之后，根据地形地貌，又得出新的论断：在卫先生发掘地的东边一大片地域，应该是汉代大规模祭祀建筑群的配套生活区，而且紧邻这些遗址的道路，应该是当时的官道。综合当年卫先生的考古发掘和这两位专家的论点，进一步说明，我们村在汉代应该就是区域性聚居地。

说来也巧，2021年上半年，万荣县文物局在我们村也就是"汉汾阴后土祠"发掘地正南方向200米左右的地中间，镌立了一块保护性的碑刻，名为"西杜村古遗址"，遗址存续时期为"东周—汉代"。我甚为存疑，现在的一片庄稼地，根据什么标志，就命名为古村落遗址呢？后来通过认真探访，才得知是通过卫星遥感探测，经专家辨识方予以确定的。它记载得很详细，围绕保护碑刻，北至多长，南至多长，东至多长，西至多长，并精确到米，这就是科学技术了。讲到这里，就不能不说，我们村的历史犹如一条奔腾不息的河流，清晰可见，源远流长。新、旧石器时代就有人类活动，夏、商、西周时期就有部落在孤山脚下的我们村渔猎生活，到了东周、秦、汉，古村落的遗址说明，社会已经发展到封建社会的生产力和生产关系相适应的时代。之后，我们村不知何故，便搬迁至距离古村落遗址正东 200 米的现址。村中现在还挺立着的一棵苍劲葱茏的汉代古槐，就是我们村"立村建庙"、绵延千年的物证。1949 年后，农村不断地平田整地、兴修水利，时不时就能挖出一些陪葬的古物陶器，请专业人员辨认，不是汉唐的，就是宋元的。怪不得，前几年，盗墓活动猖獗时，便有好多窃贼明目张胆，趁着月黑风高之夜，在我们村周边的庄稼地里盗掘。看来，宋元之前，我们村的历史还是比较辉煌的，不然，为何会富在深山有人找呢？到了明清，我们村的发展脉络就更清晰了。庙宇、宗族墓冢的碑刻，以及古老的民居，上面都有详细的说明和记载，只不过随着改朝换代，特别是天灾人祸，几千年下来，传宗接代的并不一定是相同的宗族和姓氏，不变的仍然是这方山水和地脉，是这中国传统文化的涓涓细流。

　　乡村文化的历史都很悠久，因此乡村文化的面貌都很传统。就拿我们村来说，如果是汉代以后移居到现址，那么它的格局很早就形成了。因地制宜，有横贯全村的主巷，更多的是南北走向的小巷。小巷两边都是居民家舍。直至往北走到头，就是从西向东的一脉高崖。凡是靠崖的住户，都是很早以前掏挖的土窑洞，冬暖夏凉，穴居了十几代，甚至时间更长，只不过是随着时代的变迁，或加固或提级上档，抑或也有土崩瓦解、人走院空的。村子往南也有一条主巷，是历代多子多孙的家庭向往繁衍发展而形成的。村子因为古老，所以长期以来也就坚守着道法自然的原则。比如说，村子的中央，有一座寺庙，寺庙的对面有一座舞台，过去叫乐楼。在乐楼的旁边是一个池塘。池塘的作用，一是助力于乐楼唱戏时的声腔共鸣，相当于现在的音响；二是供牲畜用水，是人与自然和谐共生的体现。至于建筑方面，坐北朝南、东高西低、后靠前阔、曲径通幽等有利于生存环境的营造法式，这些祖先们的智慧结晶，已体现在每户的院落里。其中，最讲究还是乡村民居，乡民一生最大的价值追求，就是建造自己的宅院。在古老的乡村，一辈一辈传下来的院落，更多的是四合院。即使因地理位置或面积的制约，也是三合院或者其他形式的建筑。不管是硬山式还是歇山式，都是厦脊崛起，兽头高昂，筒瓦包边，磨砖对缝。并且在大门上都镌刻着"耕读传家""晴耕雨读""积善之家""钟灵毓秀"等字匾，处处彰显着传统文化魅力。不仅如此，就我们小小的村庄，文物古建原来就有十几处，或在村子中央，或在路口道旁。不仅造型各异，而且匠心独具，配以砖雕、石雕或木雕等构件，呈现着传统技艺，满足着村民的心理诉求，装点着巍峨参差的街巷，使村庄愈显古色古香。村里还遍布着碑刻，不是贞节牌坊，就是乡贤碑楼，要么就是公益建筑的修缮碑记，更多的还是遍布田野的墓碑。这些民族文化的根脉，记载着村志村史，伴随着一代又一代的乡民，走过年年岁岁。可惜这些璀璨的记忆，经过自然和人为的疾风骤雨，大多都被湮没，仅留下一些凤毛麟角的印记，虽经历代乡贤呵护，也已江河日下，不知还能行走多远。

　　是的，民族的历史是由一个个乡村形成的，民族的文化也都沉淀在这一个个乡村中，而乡村的民风也都很古拙淳朴。就拿对文字的敬畏来说，有两本古籍，一本叫《惜字征验录》，还有一本是《惜字图说》，都是传播明清以来流传极广的"惜字"和文字崇拜观念的。我小时候在村小念书，每到下午放学前，都要值日打扫卫生。一开始年龄尚小，听高年级同学说，要把打扫的垃圾，里边有废纸烂书的，倒在一个"字纸篓"的地方。当时，我也不知道这几个字咋写，更不知道是什么意思。只知道这是一个教室和院墙夹角的地方，只是待废纸垃圾积累到一定的程度，再一起用火烧掉。长大后，才知道这是"火祭"，是对文字的敬畏。小时候，那是物资匮乏的年代，我在家里上厕所的时候，不是扯一页废书，就是抓一块旧报纸，母亲看见了，总是笑眯眯地用一只胳膊挡住我的去路，将一片棉絮递在我手中，以行动阻止我对文字的亵渎，引导我对文化的敬重。乡村对传统文化的演绎，更集中地展现在民俗活动中。无论是婚丧嫁娶，还是祝寿添丁，都是一场风俗大戏。事主们忙忙碌碌、进进出出；帮忙的尽职尽责，各展技艺；看热闹的交头接耳、谈笑风生，好一派集会景象。乡村的节日活动更是有滋有味。每逢春节、中秋节，乡民们都会自弹自唱、自娱自乐。这些节日既是团圆日，又是狂欢节，整个乡村像一幅宏大的民俗图，尽情地展现着农耕文明的文化积淀。其实，在乡村也有严肃文化，集中地表现在祭拜方面，这应该是传统文化的核心。《朱子治家格言》曾曰："祖宗虽远，祭祀不可不诚。"意思是说，祭祀要庄重，要虔诚，要用心。过去每个乡村都有宗祠，每个家庭都供奉着牌位，无论是丧葬嫁娶，还是逢年过节，都要祭拜祖先。虽然时过境迁，多有简略，但现在的乡村还不失这些礼节。从国家层面来看，中华人民共和国成立前夕，就在天安门广场上举行了人民英雄纪念碑奠基典礼。2018年，中央又将每年的9月30日确定为烈士纪念日。同时，近些年来，每年的清明节，炎黄二帝的陵寝所在地都要举行隆重的国祭。上下同心，都是对民族传统文化的弘扬和坚守，都是对民族精神血脉的赓续，实乃善莫大焉。

乡村是民族传统文化的集结地。几千年来,从形成到完善,从普及到提高,从扬弃到创新,中华文化生生不息。置身于古老乡村,宛如在传统文化的海洋里濡染洗礼;生活在古老乡村,似乎时时处处都在见贤思齐。但是,随着时代的变迁,传统文化的呈现形式和载体,有的因发展而移植,有的在不经意间被毁弃。殊不知,传统文化习俗,是经过多少年代的沉淀,才达到今天这天人合一的境界,才避风遮雨地滋养了我们一代又一代人的精神世界,给我们留下了挥之不去的乡愁和萦绕心头的记忆。如今,那些"传统村落"和"美丽乡村",仍然不失她的亘古魅力,仍然是原乡人的诗与远方。

故乡在何处

父母在的地方才是家,和父母在一起才叫全家团聚。独在异乡的人,只有回家过年才能体会到家的温暖,才能感受到我们是从哪里来,要到哪里去。

小时候,自己当然是和父母一起在故乡生活,一起过年。长大后,在故乡过年,自己就成了主力军。按照乡俗,过年前,要洒扫庭除,要帮助家里把坛坛罐罐搬到院子里,把被褥铺盖搭到院子里的铁丝绳上晾晒。然后,找一根长杆子,把笤帚绑在上面,从北屋扫到南屋,从屋顶扫到四面的墙壁,要忙活整整一天。不用说,按照传统,从腊月开始,哪天要干啥,哪天该干啥,大致也有个安排。就自己应该参与、应该担当的事情就不少。还有过年之前,家里要炸麻花、炸油饼等等,拉风箱烧火就是一个力气活,也非自己莫属。还有,过年前要耗费大量的时间洗洗涮涮,还要储水,把家里的大小水缸都要装满,这可不是一件小事。那时,村里还没有自来水,家家户户都要到村子中央的旱井挑水吃，那井十几米深，要一桶一桶地往上绞。绞两桶水，挑一担。一缸水，需挑五六担。来回往返，需要个把小时，遇到挑水高峰期，还要排队，这耗费的时间就更多了。准备对联也不是一件小事，一则，老百姓对过年贴春联都非常重视，有钱没钱，红红火火过年，图个吉利。二则，农村人对于传统文化习俗都很重视。除了要给大门、二道门、厢房门上准备，还要给灶王爷、土地爷准备，有的人家甚至还要在水缸、面瓮、风箱以及牛棚、猪圈上张贴。这对我来说，就是一项非常繁重的任务。因为自己在村里还算识得几个字的人，能写了毛笔字。不要说给自己家里准备对联，光是应承门前屋后乡里乡亲的需求，就不只要花一天两天。往往到除夕要贴对联了，才能腾出时间给自己家里写。这期间，还有一些帮助别人家过年办的事情，以及村里的一些义务劳动。

过春节实在是一项礼仪繁缛的传统民俗活动。正因为繁缛，才显出中华文化的博大精深、源远流长。其实，觉得过年有趣的还是小孩子们。进入腊月后不久，学校就放假了，小孩子们抓紧时间写完作业，从腊月二十三小年开始，就可以进行过年的各种预热活动了，或帮家长到村里的小卖部买一些过年的必备品，能享受的就先偷着享受一下。或召集几个小朋友点上香，带上小鞭炮，一边跑一边点，噼里啪啦的爆竹声响彻整个小山村。或在街巷里跑过来窜过去，在生产队的打麦场上捉迷藏，在刚搭起的秋千架子前排队荡秋千，在村中舞台前的广场上放风筝、滚铁环……把过春节的氛围烘托得淋漓尽致。其实迎新春的重头戏还在后边，除夕这一天，家里的大人们忙着检点、完善、衔接过年的每一个环节，小孩子们忙着帮大人贴春联、贴福字、贴窗花，帮大人们架旺火、挂灯笼、扫院子、扫门前巷道。待这些营造气氛的事情干得差不多了，就该帮家里包饺子了。包饺子是一个家庭非常有仪式感的大事，意在团圆协作,各司其职,以增强家庭的凝聚力。而小孩子的参与则纯属凑热闹,除了学习技艺之外,他们更感兴趣的,是在饺子里包上钢镚,争取在煮好饺子后,能吃出钢镚,图个好彩头。忙活完这些,就到晚上了,除夕家里要祭祖,接祖先回来。要敬灶王爷,"上天言好事,回宫降吉祥"。孩子们参与这些事,一是感到新奇,二是赶热闹,耳濡目染中,心中滋生着敬畏,增强了传统文化的修养。在老家过除夕,有一种习俗,叫"熬寿",全家人坐在暖烘烘的热炕上,说呀,笑呀,看谁睡得最晚,谁的寿命就最长。现在我想,这其实就是一种一年到头,全家人难得一聚的思想交流、家风传承、生活展望。可折腾了一天的孩子,哪经得起这种传统风俗的历练,早就在迎新年的兴奋中觐见周公去了。因为明天大年初一还要迎接更大的喜悦,穿新衣,燃旺火,点鞭炮,挣压岁钱,还有放开肚皮吃那准备了一腊月的美食。

大年初一,果然是新气象,除了放鞭炮、煮饺子,便是跟着大人们拜年。拜年是千百年来雷打不动的重要乡俗和标志性的过年仪式,小孩子跟上大人,先在自己家里,等同宗族的人都到齐以后,在族长的带领下,先在中堂下的牌位桌子前给祖先磕头,之后,再给父母亲磕头拜年。履行完这些仪式,大人们便开始发压岁钱,以及核桃、花生、枣之类的东西。一场家族祭拜结束之后,便成群结队地走到街巷里,挨家挨户到本家族兄弟家里,给长辈们磕头拜年。那时,拜年很讲究,记得每年大年初一的拜年,长辈们都戴着礼帽,穿着长袍,领着宗族的一支,浩浩荡荡,出了这家,进那家,好不热闹。在街巷里碰到拜年的人群,双方都要拱手互拜。孩子们更乐意,不仅能挣压岁钱,还能收获满衣服口袋的美味小零食。过了初一,便是走亲戚。今天姑姑家,明天舅舅家,有时约定的时间还有冲突,因此,一家人还要分开几拨,一正月,总要把亲戚都走遍。在那个年代，走亲戚就是加深彼此之间的了解、联络感情的一种方式。这就是过年，这就是家乡的温暖，这就是一年一年之后，到了我们都不知道漂泊在什么地方的时候，对家无限眷恋的原因。

我对家的眷恋，不仅体现在父母在世的时候，要回家过年，而且还体现在父母仙游之后，仍然坚持回家过年。大学毕业后参加工作，在远离家乡的城市。一进入腊月，我就开始准备回家过年的事宜。首先是写春联，不仅要为自家写，而且还要为整个家族甚至半个村子的家家户户写。因为长期以来，每年过年我都在老家支起摊子，为老家人写春联。有时候，一写好几天，尽可能地满足乡里乡亲的需求。参加工作后，公职人员春节放假只能从初一算起，即使请假，提前一两天回到家，还要帮助年迈的父母亲干过年必须要干的事情，实在没时间支应写春联的事情了。因此，一进入腊月，我便充分利用业余时间给家乡的老百姓写上几十上百副春联。除了准备春联，还要准备车票。那时交通不便，过年回家又是春运高峰期，能千方百计买到回家的火车票，得动用多少人脉资源。何况那时交往的，都是和自己年龄差不多一样大的、百无一用的书生。回家的火车票千方百计通过人情关系解决之后，还得准备回家过年要带的东西。那时物资比较匮乏，只有把单位发的、朋友送的、自己货比三家买的一些比较便宜的食品和其他一些物资带上。其时的回家过年，主要是抚慰父母的心：全家团圆，红火门第。具体体现在：能帮父母履行过年的每一项程序和事务，但最重要的是把同学发小请上十个八个，在岁末年初到家里喝一个天昏地暗，最好能醉上一个或两个，才能感到心满意足。目的是让家里更具烟火气，让父母感到在家乡有人缘、有依赖，并给下一年留下念想和期盼。

看望父母是回家过年的动力，父母在，家就在。随着一年又一年自己排除各种困难，千里奔波回家过年，父母也因一年又一年的风雨剥蚀而故去。父母接连归道山，家就被一把锈锁而封门。我还有家吗？有，在故乡。父母虽然都先后去世，但去世后的头三年，每年春节我都要回老家举行祭奠仪式，即使三年过去了，但父母及祖先的牌位都还摆在我家中堂的桌子上需要擦拭祭祀，家里的亲戚关系还需要维系，邻里族亲的喜忧哀乐，该分享的还要分享，该分担的还要分担。不仅如此，老家的每一块土地上都洒有我的汗水，每一个沟沟岔岔都留有我的足印，每一条巷道都留存着我的生活气息，甚至可以说，进入新世纪以来，村里的每一项文物古迹的修缮和村容村貌的提升，都凝聚着我的心血。

就这样，在父母去世后的20多年里，我仍然坚持每年回家过年。这种为了回家过年什么都不管不顾的执拗劲儿，也曾引起了同事和朋友们的大惑不解和背后议论。后来，我的一位领导就曾揶揄地问我："我就是不理解，你父母都去世多年了，老婆孩子都在身边，你为啥还要每年回家过年？"言外之意，我每年回家过年还有什么猫腻。我是他的副手，也分管着好些工作，虽然春节放假，但难料会有什么突发的事件。有我在，他放心，可这些事我都安排好了。但回家过年这种精神需求，很难几句话说清楚。于是，我半开玩笑地回答："关键是组织上没有把我安排到一个更重要的岗位上，这里的那一片云是我的天啊。"他笑了，他深知我的倔强。我亦笑了，也算请了假，同时坚定了自己的选择：就是要在故乡过年。

现实中的回家过年远比概念上的要复杂得多。尽管当时我已经混出个人样，交通问题不需要过多考虑，通讯也时兴起了手机，但回到家里一个礼拜中的氛围营造、生活必需品的筹办和祭祀程序的履行，都是具体事务，同时，还要给孩子们做适应艰苦环境的思想工作。我们家除每年过年回家住一次外，常年门都锁着。院子里的野草长得有半人高。房子又是老房子，走风漏气，寒冬腊月根本谈不上保暖。家里不但不能洗澡，而且茅厕还在院子里的东南角。定下回家过年后，先要告知本家兄弟和邻里乡亲，让他们提前把院子打理整齐，把房子打扫干净，把门窗用纸糊严实，再把炉火生上。与此同时，夫人在城里也开始紧锣密鼓地筹办回家要带的东西，这可是一件系统而复杂的事情。下班回到家，我和夫人就一起筹划带什么。吃的，熟食、半熟食，主食、副食，待客小吃，走亲戚礼品，还有厨灶用品，比如抹布、钢丝球等，甚至有调味品。然后由夫人慢慢来采购。食之外就是穿，虽然是回农村过年，但也要讲究焕然一新的过年气象，所以夫人还要把全家人过年穿的新衣服也都准备好装在箱子里。营造氛围的准备，就是把作为营销赠品和宣传物品的春联、福字、窗花、挂历、台历、年画之类的统统收罗起来，再购买一些灯笼之类的东西。还要准备祭祀用的物品，兑换崭新的人民币……这些都是好办的，只要能想到，只要有时间，基本上都能办到。而回到老家的事情办起来就辛苦多了，先是屋里屋外需要进一步加工提档，无论是卫生环境，还是生火取暖，以及优化摆设，都需要重新过一遍手。晚上女儿上厕所，还必须让我作陪。在漆黑一片的院子里，我打着手电照到南墙上，女儿才敢上厕所。晚上睡觉，虽然生一个火炉子，并且还烧了火炕，但为了防止煤气中毒，在窗上还需留一个通气口，加之门窗都是几十年的老物件，变形走样，寒风见缝就钻。一个小火炉，晚上还要封住，屋里的一点热气根本抵挡不住从屋外灌进来的冷风。睡下之后，往往是身子下面燥热发烫，鼻子尖和耳朵却冰凉发冷，头缩进被子里又憋得慌，只好在头上再苫一块毛巾或围巾。做饭，也是一件令人头疼的事。那时，农村既无煤气灶，也无电磁炉，家里就是一个火炉子，灶具、炊具又不齐全，往往是菜炒好了，主食还没有做，汤做好了，菜又凉了。家里又是人来人往，没吃过一顿囫囵饭，也没有周到地待过一次客。好在都是亲戚朋友、邻里乡亲，他们都知道我家的实际情况，相反，还把到我家吃饭当成笑话到处宣扬。整个过年期间，所有的布置、安排、待客、杂活，都需我和夫人亲力亲为，孩子们都是在城市长大，既不会干农活，又不熟悉乡情。就是在这种逼仄窘迫的条件下，我依然要把在老家过年的所有程序、仪式和礼节都履行完毕，然后在正月初五之后，心满意足地打道回府，因为正月初七要上班。年复一年，我一直坚持回老家过年。老家是我的精神家园，是我皈依传统文化的平台，是我实践民族礼俗的课堂。过年是传续家风家教的节日，也是祭祀父母、祖先的一个难得的机会。回到故乡，我的心绪才能安宁，我的魂魄才能驰骋，我的形神才能合一。

一年又一年，我渐渐老去，老家的房子也愈加衰败。没有改造，也没有更新，基本上也不适宜居住了，特别是过年时的数九寒天。更主要的是女儿到了谈婚论嫁的年龄。这一年女儿要订婚，正月放假的几天里，男方父母要到我家来提亲，这样我就不能丢下妻儿独自回家过年。而且过年是要讲团圆，我再执拗，也不能做这种不近人情的事情。加上女儿订婚后，本年度的下半年就办婚礼，这样，不但当年过年回不去，今后恐怕也回不去了。起码是春节期间回不去了。因为按传统风俗，出嫁的女儿春节要回娘家。原来我的家在故乡，如今我的家便成了女儿和儿子的家。何况女儿第二年又生下孩子，这可谓是喜中生忧。我不仅过年回不成老家，连夫人还要搭上侍候月子看外孙。在春节放假期间，不能回老家过年，这样的日子实在难熬。吃的东西无论是发的、送的，还是网购的，已经把冰箱装满。穿的戴的，柜子里除了淘汰送人的，还有几身替换的，就这，年前，夫人、女儿又买下新的放在床头。至于环境营造，街道上、小区内该挂的已挂，该贴的已贴。至于楼房里我自己百十来平米的房子，平时就打理得井井有条，给窄窄的门框上准备的一副春联，我也已提前编撰写好。就是张贴，也是催逼好几次，儿子到除夕晚上才能给贴上。虽然不能回老家过年，但进入腊月，我依然为老家的大大小小写了好多好多春联，有给我老家写的，但更多是给邻里乡亲写的，并且在腊月二十三就快递回去了。在城里，春节放假无所事事，履职期间，我仍旧按部就班到机关办公室该干啥干啥。转身之后，我依然在自己的工作室里自由发挥。夫人抱怨了我半辈子："你把家里当成旅店，就是吃饭、看新闻时才回来。"我不予反驳，心里却想道："这就不是我的家。"特别是现在的春节，又不祭祖接福，又不熬夜守岁，又不点炮燃烛，又不串巷拜年，又不亲友欢聚。真的，过年期间在城里，想请几个人雅集，有的已回老家，有的外出度假，就是我的孩子有时也要利用春节旅行放飞自我。这哪里是我的家？我的家在故乡。

　　如今，随着社会的发展，村民们有的移民外村，有的进城落户。即使单门独户的老人，春节期间，也都到城市儿女家里避寒团聚。古老的乡村，有史以来就凝聚着先民的生存智慧和创造才能，传达着民族传统文化的基本精神和深厚意蕴，表现着中华优秀传统文化价值中的民族心理机制、思维方式和审美理想，记录着传统哲学思想、宗法观念和环境意识。我的故乡，在脱贫之后，又建设美丽乡村，虽然街道干净整洁，房舍院落宽敞明亮，但过年期间还是显得冷冷清清，荒凉寂寥，烟火气式微。特别是像我们这些过年回不了老家的人，院门紧锁，满院荒芜，杂草疯长，房漏墙裂，早已成为鸟禽的乐园。我的家在何处？

"此心安处是吾乡。"我想,这是诗人的境界,空灵而不着边际。有人说:"家,就是扎根的地方。"我认为,这虽然讲的实在,但安慰不了那份"举头望明月"的乡愁。有人说:"社会在变革,一代人有一代人家的概念。"我无语,在茫然地接受现实的同时,默默地告诫自己,家、老家、故乡,在自己的心灵深处。

守住乡村的"烟火气"

"归去来兮。"不是每一场归来,都是满心欢喜。我出生在一个小山村,现在村里的户籍人口五百多,实际常住人口只有二三百,有一半或者一多半的人常年在外。家里有老人的,逢年过节还断不了回来看一看,走一走传统风俗的程序。家里没有老人的,就拖家带口常年在外,门上的钥匙留给邻居,承包的土地也转包给他人,一两年,甚至更长的时间也不回来。于是,我就想起了很久以前我们村外出闯荡的那些人。

村人甲,以前我在农村时,既没听说过,更未见识过。只是20世纪80年代后期,台湾海峡两岸"三通"之后,才听说我们村有一位从台湾回来的老兵来探亲。当时村里还有他的一位侄子,和他年龄相仿,也是70大几的岁数了。他归来,自然有吃、有住,有侄子一家接待,也有发小、亲邻聊天忆旧。他除了在祖居发呆,到祖茔祭奠,可能也拜见了一些亲戚朋友。近乡情怯,尽享乡情。如果说他是1949年前当兵,后来被裹挟到台湾,那么他应该是近40年后才归来探亲。其时,他应该是有妻子、孩子,甚至也应该有孙子了。但他归来时却是孑然一身。也许家人都在各忙各的,也许除他之外的其他家人根本和故乡就没有感情,反正他是一个人回来,又一个人走了。听说,他走了之后,没过几年就在台湾去世了。他的侄子在他去世前后也去世了。在老家,他的侄孙有三个,大侄孙现在已70大几,二侄孙早已在多年前因车祸离世,三侄孙已离开村子到镇上谋生。而这位台湾老兵,已身葬异域,魂游外乡,就他的生平,再过十年八年,估计在这小小的山村也就无人知晓了。1949年前,村里像他这样外出当兵或谋生的还有几位,1949年后就再也没有音信了,有的甚至在老家还有老婆和孩子。直到20世纪八九十年代后,就再也无人惦叨,因为家里的配偶以及儿女都去世了,谁还会惦记外出多年的游子,是因病离世,还是隐居他乡。除此,1949年前,还有个别类似走西口谋生的,因在当地娶妻生子,便扎根异乡。1949年后也曾回乡探亲,但随着时间的推移,年老体衰,本人就再也没有回来过,而子孙早已改变籍贯,随遇而安。

村人乙,在我们村是声名显赫的人物。他1949年初在西安上完大学后,就被分配到国家水利电力部门工作,工作期间,渐次升为高级工程师。从我记事起,他已把夫人和女儿带到北京,就留下老父亲在村里务农。他们家在1949年前也只是自耕自足的人家。但是小小的山村,由于偏僻和闭塞,人们的思想普遍守旧和偏颇。其时,为了迎合上边土地改革的指标要求，硬是把他家定为富农。因此，在那个讲阶级斗争的年代，他家的成员在政审时都受到影响，特别是他父亲在村里的一些言行也受到限制。不过他父亲确实是一位善良的老人，邻里乡亲淳朴厚道，大多都能善待老人。老人虽然年迈，但他每天都能积极参加集体生产劳动，干一些力所能及的农活。后来，也就是20世纪60年代末70年代初，他的父亲已年老体衰，身患疾病。可能他那时正是工作单位的中坚力量而脱不开身，便让妻子带着10岁左右的小儿子回到村里，一边照顾老人，一边供孩子在村里上学，直到老人寿终正寝，由亲戚邻里帮助打发埋葬，他也没能回来。之后，他的妻子关锁大门，把钥匙留给同族本家，带着孩子又去了北京。从此，春去秋来，各自奔忙，很长一段时间里，他们一家都没有回来过。直到有一年，我回村探亲，看见他们家正在收拾破败的房子和院墙。经打听，才知道是他委托亲戚代他修葺，以此来延续烟火，安抚乡愁。此时，他可能刚退休，儿女正在干事创业，他已没有亲自组织协调的能力，只能如此。再后来，我也没有时间回老家，只是听说，他和他的老伴过几年回老家转一转。回来就住在二三里地外的邻村——他老伴的娘家。白天他回村里，到他家的院子里坐一坐、看一看，在堂族家里吃吃饭、歇一歇，晚上又回到邻村的丈人家。好像这样的返乡探望，他曾有过好几次，一直到最后，老两口行动不太方便了，才终止了这种乡情释怀。但这时，他们已经80开外了，没几年老两口便相继驾鹤西游，客逝京华。他的孩子，女儿现在也该70大几，大儿子也应年届七旬，小儿子也该到退休年龄了。这些年，他的这些儿女们也都没回过老家。他家的院子很大，现在是一位本家族的侄子，也已70大几了，在里面圈养着十几只羊。

我们村像乙先生这样，1949年初、"文化大革命"前靠念书走出去的还有好几位，有的退休后，回到故里，和老伴儿女共同生活，待身老病亡之后，自然有儿女养老送终。有的后来把家中妻儿的户口都转出去了，老人在世时，还经常回来探望赡养，待老人去世后，也都客居他乡，谁知道将来魂归何处，反正现在他们的家都大门紧锁，任凭风雨的冲刷和岁月的剥蚀。

村人丙，20世纪60年代，十八九岁的他参军到西安，5年后转业到陕西汉中的一家三线兵工厂工作。在那个1000多人的工厂当过宣传部长、工会主席，也当过后勤服务部的党支部书记。他年轻时就在当地结婚生子了。那时交通不便，两三年回一次老家，看望父母。父母去世后，好多年没有再回过老家。改革开放后，他下海做生意。由于有经验、有基础、有平台，他一上手，生意就做得风生水起。没几年，他的化妆品生意就垄断了汉中地区。当然，这期间生意场上规律性的困难、矛盾和竞争他都经历过。有过辉煌，也有过焦灼。只是后来的生意越来越难做，他的生意就再也没有过超越。不管怎样，瘦死的骆驼比马大，直到现在还能维持原来的规模就已经很不错了。时至2015年，四通八达的高速公路网络已经形成，他清明回老家祭祖，看见院子破破烂烂，去年修东墙，今年补西墙，房子年年修、年年漏。于是他索性把院子里所有的建筑和院墙都推倒，重建了一座宜居的院子。院子当年开工，当年建成。只是因原院基的限制，显得很狭小，但是设施一应俱全，比较现代，也很有品位。第二年清明，他就带全家回来祭祖，并在小院小住。之后，也就年年如此。只是这两年来没回过。其实，还有一个最主要的因素，就是他10多年前患脑出血，虽然当年治疗康复得差不多，但由于年龄的增长和遗留病症不断发作，近年来行动愈来愈不方便了，说话基本听不清。回老家一直是他的一厢情愿，但无人陪行护送，他是寸步难行。只能自己喋喋不休，进而生气发火，但是谁听他的。家人都在各忙各的，他已严重失去了言行自由。也许机缘巧合，他在家人的陪伴下还能回一次半次，再享受一下老家的温存。但毕竟年龄不饶人，病魔不饶人，他还能回几次？最终身归何处还很难说。因为他老伴的籍贯就在他的客居地，并且他老伴现在还执掌着他的企业。试想一下，即使他满怀乡情，现实仍旧如此骨感，他及他的子孙如何能挣脱这种世事沧桑的缰索？

在我们村里，参过军的人还有很多，特别是20世纪六七十年代以来，断断续续算下来总有十几个，大部分都复员转业回村，也有少部分像村人丙一样，到精彩的外面寻梦织锦，并成家立业，生子诞孙。根据以往的规律和当今的现实，一般都会反认他乡是故乡，在另一片天地里延续血脉。

我是"文化大革命"后到外地上学，继而在外地工作的。几十年后，由于乡情所系，临近退休时，在父母已经逝去多年的情况下，仍把老家的院子收拾了收拾，基本做到能生活、能待客，为的是退休之后每年能回去祭祖，能回去小住。现在退休近十年了，基本上年年如此。但每年回乡祭祖，并不一定每次都能让儿女同行。原因是，如果清明单独放假一天，回家祭奠则会影响儿子上班。由此，我想到，如果我和老伴行动方便时，我们还能年年如此；当我和老伴行动不便时，这样的乡愁感受，让我们情何以堪？毕竟城市的生活比较方便，毕竟儿女都在我们所生活的城市。如果在行动不方便的时候，我们硬要回到偏僻的老家居住，这样既拖累儿女，又麻烦乡亲。光阴似箭，人生易老，对于每个人来说，行动不便的这一天，迟早都会到来。我们村像我这种情况的家庭，也有好多户，将来的命运基本上是相同的，很难做到身回故地，魂安乡梓。

现在,我们村到外地谋生的,差不多每家都有,而且基本上都在外地买了房子,结婚生子。试想一下,让这些人若干年后再返乡生产生活,估计是很不现实的,充其量过年过节回来看一看老人还差不多,就这也很难保证妻儿都能相随。不是工作脱不开身,便是孩子要补习功课。如果妻子是外乡人,本来和小小的山村就没有什么感情,你用传统的道理来说服她,恐怕也起不了多大作用。至于他们的下一代,出生地也和这个小山村没有什么关系了。归去来兮,对他们来说,简直就是一种心理折磨。现在固守在老家耕田种地的六七十岁的老人,若干年后,如果一个个都安卧故土,那么,这些外出的游子,谁能为古老的乡村传续烟火?

今年年初,因邻居一位百岁老人寿终,我赶回老家送葬。在追悼会现场,一位和我同岁的乡贤悄悄地告诉我:"村里'大庙'的一根柱子出了问题,如果庙塌了,村里就没魂了。"他的话引起了我的重视,先说他对"村魂"的认识。我们村的"大庙"是明末清初的建筑,为什么叫"大庙"?是相对于村里1949年前的十几个小庙而言。叫"大庙"的这幢古建筑矗立在村子的中央,面阔三间,进深三椽,有前后檐,斗拱翘昂,壁画斑驳,里面供奉着关公、观音、财神和土地爷,是我们村保存下来的一处比较宏伟的古建筑。它是乡村农耕文明的标志,是传统文化综合艺术的体现,是乡民膜拜的圣地,也是村民逢年过节、婚丧嫁娶的聚会地点。其实,我们村比"大庙"古老的遗存、遗址和古树还有很多。有新石器时代遗址,有春秋战国时期的遗物,有"东周—汉代"时期的古村落遗址,有汉唐时期的古槐,及至唐宋以后的历朝历代遗物也都有呈现。中华民族不断繁衍发展的脉络在我们村都很清晰。

这位乡贤把"大庙"作为"村魂"来看待,可见当今村民对历史文化的认识有了很大的提高。但是,遍布乡村的"村魂"如何守?谁来守?这让我茫然。

"大庙"在明末清初建成之后,曾修缮过几次,这在修庙碑记里都有记载。1949年前,最后一次修缮是民国九年(1920年)。后来世事沧桑、改朝换代,便无暇顾及,当然,"大庙"也就非常破败了。及至2006年,我因工作关系便于和省文化系统沟通协调,最终为我们村申请到了有关部门划拨的资金,这才对"大庙"进行了修旧如故的缮茸。完工之后,村添魅力,乡增光彩,村民无比欣慰。现在"大庙"又出了问题,而这位乡贤又专门告我,是否还是期望我协调?但是社会变化得太快了,从那时对"大庙"的修缮到现在,情况发生了很大变化。

当年缮茸"大庙"时,我正值青壮年时期,满腔热忱,不畏困难。现在的我已年届古稀,不要说没能力,而且还怕事躲事,因为已欠不起人情了。再说村里的情况,和20年前已有了很大的区别。首先是撤乡并镇,把本不该撤并的我们村合并到八里路外的乡镇所在村。不要说村民办事不方便,就连村里议事决策的机构也撤销了。一个五百多口人建制的村子,虽然规模不大,但自成体系,延续千年,宜居宜业。当时,只为减少农村干部补贴的职数,说撤就撤,实际上严重影响了我们村村民的生产和生活,这让文化传承和文物保护等一系列工作也终将失去依托。撤销我们村的建制,更加剧了人口流失的现象。最大的流失事件,是上边借解决村里贫困户危房改造的问题,把有关农户迁出村。事情是这样的,在扶贫攻坚中,中央对贫困户的危房进行改造,每人按2.5万元补助。如果贫困户平均四五口人,这样计算下来贫困户每家能得十几万元,自己再筹措一些,在村里完全能建上好新房。但是上级部门没有把这些钱直接补助给农民,而是将有关农户安置到乡镇所在地的开发商的小区里。每户按补贴多少选择房子的大小,并且将贫困户的院子铲平,说是要复垦为农田。贫困户本来就住在村子的小巷里,你能够想象得出这样的复垦、这样的农田,在村子里会呈现出一派什么样的景象?再说,贫困户分到楼房后,还要装潢,还要买家具,也不知道这些钱从哪里来。贫困户本来就困难呀!再者,贫困户中的老人,有的已经70开外了,分了个六七层的楼房,又没电梯,面对这几十上百个楼梯,他如何爬上去?还有贫困户作为农村最困难的阶层,往往婆媳关系都不正常,住上楼房,又加剧了婆媳关系的恶化。这还不算,农民都是以种地为生,特别是贫困户的农民更是离不开土地,这样,从镇上到村里七八里路,他们每天如何往返?如何放置农机具?如何储藏从田地里收获的农作物?更谈不上百年之后,如何身归故土,魂安祖地?

在修"大庙"的2006年之前,那时,村里虽然也有外出的、打工的,但每到年底、每逢重要节日都要回老家团聚。遇有婚丧嫁娶,"红事请,白事到",大家都要自觉赶回来帮忙,谁家没有个生老病死呢?但是,这么多年来,外出打工的越来越多,走得越来越远,村子里有什么红白喜事,赶回来的人也越来越少。在老家的村子里,只剩下六七十岁的老年人来种地、来守家。50岁左右的人留在村子里的都是凤毛麟角。前些年,村子里还有图书室、电影放映室、篮球场,晴耕雨读,年轻人还搞一些文体活动。节假日、农闲时村口、"大庙"前还坐满人,谈天说地,发布村里的新闻。现在文体设施都成了摆设,村口巷口空空荡荡,农忙时,村里很难见到人。当年"大庙"修成时,开光剪彩,唱戏庆典,那一排排整齐的摊位前人头攒动,好不热闹。现在再把"大庙"修成,还会有这样的盛况吗?

虽然我们村人口不多，规模不大，但它历史悠久，农耕文明源远流长，抑或是中华民族传统文化洪流中的涓涓细流。在几千年的历史脉动中，有时它可能处于区域中心或临近于体制管理中心，则放射出时代的光华；有时它偏离政治中心或被社会忽略，但它仍然恭默守静、孜孜不倦地耕耘。无论辉煌和暗淡，无论芬芳和静笃，在历史发展的长河中，它始终脉络清晰，朝朝代代都留下深刻的印记和遗迹。如今进入新的时代，我的老家仍然不失农耕经济的勃勃生机。虽然是黄土高原的丘陵地带，但有2000多亩农田，再加上日照时间长，昼夜温差大，非常适宜庄稼、水果等农作物的种植。虽然是处于峨嵋岭上孤峰山脚下的旱垣，但引黄工程、自备深井的灌溉渠管都修到了田间地头。虽然不是广袤平原，但是农业机械化程度已经很高。虽然农业生产长期影响着农民经济效益的提高，但是经过多年的农村产业结构的调整，现在村里已经形成了水果、药材、养殖和农业的多元经济发展态势。虽然广大村民还没有完全致富，但日子还能讲得过去。农村守得住清净，然而很难斩获富裕。原因就是流失了人才，带走了财富。农民把每年收入的大部分都奉献给了在外打工的儿女。给孩子在城里买房子，供孙子在城里上学，帮孩子在城里消费。谁还有心思在乡村施展拳脚，安身立命。

这么多年来，政府在农村打扶贫攻坚战，确实使广大村民摆脱了贫困，随之也解决了一些致贫的基础设施问题。对于我们村来讲，说贫困，但早已解决了温饱问题。说富裕，却难以改变自己的旧面貌。制约的瓶颈是什么？我想，一是集体经济薄弱，或者说就没有集体经济的来源。二是每家每户的收入也还可以，但绝大部分都给外出打工的子女做了贡献，很少能投入到自身的生产生活中去。三是农村经济还属自然经济，抗拒不了自然灾害，也经不起市场经济的摔打，一遇到这些问题，一年的收成就很难转化成收入。而留在村里的务农者，一年比一年岁长体衰，如何让乡村产业转型、提质增效，如何发展新质生产力，特别是如何开发劳动力资源是个大问题。如果不解决这个问题，弘扬优秀传统文化没有多少实际意义。

新的时代，中央把乡村振兴提到重要的工作日程，任务落实在各级体制机制运行建设中，目标导向明确为乡村建设、乡村人居环境与乡村产业发展。具体措施聚焦在产业振兴、人才振兴、文化振兴、生态振兴和组织振兴上。如果说，扶贫攻坚是摸清底细、清除障碍、解决温饱、打好基础共同起跑的话，那么，乡村振兴则是提质增效、标本兼治、着眼长远、同奔小康的宏伟工程。在此基础上，弘扬优秀传统文化，增强乡村文化自信，建设美丽乡村就是一项实实在在、抓铁踏石的工程，就是一个功在当代、利在千秋的伟业。我想，关键还是人才培养，筑巢引凤，后继有人，永续接力，才能够青山永驻，守住乡魂。

我的母亲

在我很小的时候,就被过继给我的伯父、伯母,自那以后伯父、伯母就是我的父亲、母亲了。当时,我还处于懵懂的状态,现在基本记不起这些事情了。我的生身父亲和养父的居所只有一墙之隔,他们是亲兄弟。我的养父排行老大,住在祖宅——一座四合院内。这座四合院里还住着我的堂叔,也就是我父亲的堂弟。二祖父家就只有我堂叔一个男丁,因此他们两位,各自继承了先祖遗产的一半,住在同一个院子里。我就是在这样的环境下长大的。

我母亲是外路人,说是外路人,但祖地也在我们镇上的村子里。追根溯源,应该是,我母亲的祖父辈就到甘肃西峰镇(现庆阳市西峰区)做生意了。到我母亲成年时,我的外祖父就去世了,随后,我的外祖母又嫁了人。当时,我的父亲就在西峰镇跟着老乡做生意,后来他另起炉灶,生意仍做得风生水起。随着年龄的增长,在热心人的撮合下,父亲便和母亲成了家。母亲跟上父亲,过着无忧无虑的生活。然而,平静的日子过久了,家里没有个孩子,未免也有些孤闷。于是,因缘巧合之下，父母领养了一个女婴，这便是我的姐姐。到了中华人民共和国成立初期，全国工商界实行公私合营。这时，父亲以及跟上父亲做生意的三叔，他们已经背井离乡好些年了，而且，父亲亦帮三叔娶了亲，成了家。兄弟俩在社会变革时期，经过反复权衡，最终还是决定回乡归根，侍奉老人，重新开启新的生活。于是，他们各方安顿，打点行装，领上家眷便回到了山西老家。

回乡归根，对于父亲和三叔来说，意味着全家团聚，三邻四舍无不相识，发小亲戚皆是熟人。天还是原来的天，地还是先前的地。但是对于母亲来说，西峰镇已经是久居的客家，现在嫁鸡随鸡又来到一个新的客居地，况且又和她的母亲——她在这世上唯一的血亲远隔千里。记得父母亲讲过，当年他们从西峰镇回老家，坐轿子，骑毛驴，步行，坐船渡过黄河，一走就是一个多月。囿于那时的交通条件，背井离乡的母亲，心情应该是非常复杂的。

从有记忆开始，我就和养父母生活在一起。我的爷爷、奶奶已经去世，我父亲同胞兄弟三人，二叔分家在我们院子的隔壁，三叔住在村子的另一头。我家和堂叔住在老宅院里。那时，母亲40岁左右，但是在我的印象中，母亲一直就是那个样子，不老也不年轻，手巧，利索，要强。由于她跟着父亲在生意场上经见得多，所以女红样样都行，因而也受到邻居们的热捧。除此之外，母亲在厨事方面也比较讲究。冬季，她总要腌制好几种咸菜，有腌韭菜、腌芥辣丝、腌白菜、腌辣椒和腌酸菜等。因此，当时村里来了下乡干部，派饭一般都安排在我家，有时村里的干部也借机到我家作陪。父母亲都是厚道人，所以，和村里干部的关系都搞得不错。1949年前，父亲在西峰镇做生意，因受到过土匪的打劫而致残，因此，我们家一直受到村里的照顾。由于父亲左胳膊伤残，加之，整天在村里忙一些公务，家里的事很少过问和操持。我家屋子里的墙壁，多少年来烟熏火燎，很不雅观。母亲很要强，于是她便安排我和泥，她掌泥瓦刀。那时，我还是个十二三岁的孩子。我们娘儿俩硬是把这个应该是农村有技术、全劳力的活儿干完了，而且母亲泥的墙很平整，还抹出了光泽。至于生产队的农活，母亲虽然不是本地人，但是割麦子、种棉花、收玉茭、点瓜种豆，毕竟不是什么技术含量很高的活儿，母亲跟上干几次就都学会了。其实，农活儿并没有多少技巧，只要肯出力气就行。

　　尽管如此，母亲的内心却是孤独的。在此地，她没有亲人。有个娘家，就是镇上村子里的祖亲，还是回到老家靠自己才攀上的。其实，和母亲平辈的舅舅，是已经快出五服的亲属，或者已经出了五服的亲属。每年春节，我跟上母亲走亲戚，总好像是到邻居家串门似的。那时，虽然我不太懂事，性格也比较内向，但现在想起来，母亲总好像是在走程序似的，为寻得心理上的一种满足。我们这个家族，父辈同胞兄弟三人，加上同堂兄弟一共四家，热闹倒是热闹，但是，妯娌之间，无论从哪个角度讲，总会产生一些磕绊，有些能说出来，发泄一下，平息怨气。有些难于启齿，只能窝在心里发霉变味。母亲作为长房长媳，处在一个特殊的位置，是矛盾的集散地。父亲又是一位不惹事、不管事、不多事的人，虽然有老大风范，但积压在母亲心里的负面情绪，也只能由母亲自行消解。令人叹息的是，母亲没有嫡生子女，我和姐姐都是抱养的。这种没有血缘关系的家庭，最难将就，打不得，骂不得，说不得，我们无论做得对还是不对，无论表现的是卓异还是不佳，母亲总好像是寺庙里面含笑的菩萨，不做任何评价。其实母亲心里很苦。

　　母亲心里确实很苦，她不仅得忍受没有能掏心窝子说话的血亲的苦闷，而且还得忍受当时农村贫困的生活带来的不便。母亲身材娇小，又是小脚，身体健康状况也欠佳。她每天不但要参加生产队的劳动，还要给全家做一日三餐。全家的衣服也是她从纺线、织布，然后到裁衣，流水线式地完成的。记得当年，在我"玩心大"和爬山下沟干活多的时候，一个月就会穿破一双布鞋。在我的记忆中，母亲很少有开怀畅笑的时候，唯一一次能带给母亲喜悦的记忆，是我的舅父带上外祖母千里迢迢，从甘肃泾川（现在甘肃平凉市下辖的一个县）来到我们家。什么缘由我记不清了，应该是应我们的邀请而辛苦赶来的。这可让母亲喜出望外，因为这是分别20年后的母女重逢啊。舅舅是外祖母的养子，对外祖母也比较孝敬，这是母亲感到欣慰的一点。但是，泾川属陇西地域，当时比晋南还要贫困一些。舅舅待了一段时间，就带了一些东西先行回去了，留下外祖母和我们同吃、同住，停了将近一年的时间。这段时间应该是母亲一生中最充实、最具幸福感的时光。虽然那时候母亲年纪也不小了，但是在外祖母面前，她依然是女儿，可以撒娇，可以尽孝，整天脸上带着微笑。可惜，那时我少不更事，不记得曾为外祖母做过什么令她喜悦的事。及至外祖母要回甘肃了，由于我那时候还没有出远门的经验和护送老人的能力，是我家出路费，母亲请我四叔送至西安，然后，让外祖母搭上长途汽车回到甘肃泾川县的。

外祖母回去之后，我们家的日子又归于平静。这种平静没有维持几年又发生了一件大事。有一天，我父亲收到一封来自甘肃泾川的信件，他打开一看，是通报我外祖母逝世的消息，而且已经办完了丧事儿。这对于我母亲来说，是犹如天塌下来的事情。怕母亲接受不了，我和父亲就把这件事暂时压了下来。其实，这时的本家、邻居慢慢已经都知道了此事，只是母亲还蒙在鼓里。现在推想，可能那时母亲已经从周围人的言谈举止中感觉到了一些什么,只是不想问、不愿问、不敢问而已。有一天,在巷口,听父亲跟别人说,他把炮给点了,当时我在场,并未意识到我们家将要发生什么。回到家,只见母亲已经哭成一个泪人。她一边哭一边给自己缝丧服,缝好丧服,又准备冥衣冥币,然后又烧纸又祭奠,整整哭了好几天。可不,母亲唯一的血亲,虽相隔千里,总还是个念想,而且也是她的精神支柱。可如今外祖母已离她而去,造成母亲心灵上的彻底孤独,她怎么能不悲伤呢?

那时,由于父母对我放任自流,因此,在生活中我作风散漫、不轨不物,办什么事很少从全家考虑,偷懒、逃避是我的习惯。记得小时候,也就是十几岁的时候,正处在"文化大革命"时期,我们上学总是上一上、停一停,在农村也不是全劳力。每天空闲的时间,不考虑帮母亲干一点活儿,而是一有时间不是胡写乱画,就是偷看闲书,要不就是学拉二胡。对了,我家的那把二胡,还是当时我在家庭经济很困难的情况下,跟母亲要了钱,到县城花三块两毛三买的。后来,学二胡学得入了迷,不分时辰,甚至严重影响到了家人和邻居的休息,也因此耽误了好些家务活。本来我父亲就身体残疾,再加上上了年纪,挑水已经很费劲了,而我还和父亲暗中推托。一直要到做饭时,瓮底朝天,无水为炊,母亲才不得不到处喊我挑水做饭。最后,她气得把我的二胡给藏了起来。我问起,她就说:"添到火门里给烧了。"窥斑见豹,这就是我那时在家里的表现,亏得母亲的宽容和包涵。

之后,我们家的变故,带给母亲的苦难和忧愁更是难以诉说。1971年,本地恢复高中招生,我有幸被推荐上了学。上学就意味着不仅不能在生产队劳动挣工分了,而且还要给学校交学费和生活费。当时我的父母亲已经上了年纪,父亲身体有恙,家里的活和在生产队劳动挣工分的事全靠母亲。好在父母亲长期以来善作善成，能够得到村干部的照顾，他们总是给父母亲派一些力所能及的活计。春天里，生产队轮作倒茬，总要把生长了好几年的老苜蓿根刨出来，然后由父母亲用斧头劈开，再分掰开来，供饲养员铡了喂牲口。夏天碾麦时，社员们回家吃饭，父母亲更多的时间是看场。到了秋天，庄稼成熟了，父母就到生产队的玉米地、谷子地、棉花地看庄稼或者看柿子。到了冬天，农业学大寨修田整地，父母便干一些烧开水之类的事。每当星期天放假，我便从十里地外的学校赶回来，看父母干什么活，便帮他们干一干。我一边帮他们干，一边看着他们苍老的面容，不禁心酸。再往后，我高中毕业，回到村里参加劳动，虽然能替父母减轻一些负担，但不幸的事又发生了，父亲患了脑血栓。在求医治病半年之后，他仍落下了半身不遂的毛病，这就又给母亲带来了沉重的负担。父亲虽然能自己如厕，但衣服上的扣子，每天都要靠母亲来解、来扣，至于洗衣服、做饭和家务活就全靠母亲了。虽然我在父母身边，但当了个村里的小干部，整天跑东跑西，很少能为母亲减轻一点负担。就这样到了1976年，我被推荐到中专上学，学校在稷山，离家五六十里地，不能每礼拜都回家，可想而知，两个老人在农村的这种空巢生活，在几十年前，我家就是活生生的标本。不要说干活挣工分，就是用水都是一件大事。黄土高原普遍缺水，根本没有自来水，做饭、洗衣、人畜用水，都要到旱井里挑。试想，父亲偏瘫，母亲只好央求亲戚来帮忙。农耕社会，几千年来都是自给自足，年迈的母亲，还要伺候父亲，这种请托求人的事，不知有过多少回。不仅如此，我又是一个不安分守己的人，师范毕业后，是"社来社去"，就是从哪里来又回到哪里去。一气之下，我不考虑家庭的实际情况，又报名参加了1978年的高考。学校倒是考上了，但是临别之际，母亲表现得很无奈。她既没有能力支持我上学，当时家里可以说是一贫如洗，又不愿阻止我去上学，毕竟这是在走正路，也是时代潮流。万般无奈之下，我拿着乡友提供的赞助，和母亲含泪分别。

上学后的第二年，农村实行联产承包责任制，把麦子在青苗时就分配到户了。这个消息是我在家信中看到的，同时这个消息也提醒我，收麦时，我是无论如何都要回老家的。到了麦收的时候，我到班主任那里请假，班主任一开始不同意。现在回想起来，班主任不同意是有道理的：一是恢复高考后，要争分夺秒地把功课学好；二是大学不比农村的学校，它不考虑农村和学校的关系。农村学校，麦收要放麦假，秋收要放秋假。班主任太不了解农村，也太不了解我这个特殊的家庭了。情急之下，我和班主任争辩得非常激烈，甚至没能控制住自己的情绪，最终班主任决定放我一马。回到家，我和母亲一起割麦子，割完麦子又一个人往回拉麦子，拉完麦子又和母亲在场里开始第一家碾麦子，碾完麦子又请几个兄弟和姐夫扇麦子。我们老家的农事习惯是用风车扇场，不是扬场。晚上连轴干，把麦子扇出来，还要把扇出去的麦壳担走，把场地收拾干净，天亮后别的农户还要摊场碾麦子。就这样，我和母亲30多个小时没合过眼。母亲靠吃镇痛片来支撑，而我不习惯这种连续的强体力劳动，等把场里的麦壳担走后，便累倒了，还住了几天医院。假期结束归校之时，我问母亲还需要啥时，母亲说："不需要啥，只要把麦子晒干装到瓮里，我心里就踏实了。"生性要强的母亲，能跟我要啥，要钱吗？而我还在花钱的阶段；想要我陪在她身边，明知道我还在上学。她老人家只能以最低的生活要求填饱肚子为满足，令人尊敬的母亲。

尽管家里的生活非常窘迫，母亲仍然还要为我男大当婚而操劳。本来上大学之前，我就已经到了结婚的年龄，但由于我不满足生活的现状,仍想成龙变虎,害得父母抱不上孙子。但是,母亲却在默默为我准备婚事,买了新席子,请人擀了毛毡,自己纺线、织布,缝了被褥等。为了同父亲的身体抢时间,亲戚、本家纷纷现身说法,硬是让我在大学毕业的前一年就办了婚事。婚事的费用,尽管是我5元、10元,最多50元筹借的,但是,母亲在那样的年纪和身体状况下,还操劳、费心,并承受着生活异常困顿的压力,现在想起来实在令人心酸。好在我的未婚妻当时已经参加了工作,每月有30多块钱的工资。感谢她既成全了我家的圆满,又解救我家于水深火热之中,而且在结婚一年多后,还给我家生了一个可爱的小姑娘,这诚然给父母带来了无比的欢乐。父亲在身体非常羸弱的状态下,还喜滋滋地把孩子抱在怀里。当然,伺候月婆和吃奶的孩子,又给母亲增加了一份辛劳。

天有不测风云。毕业分配工作的时候,原想能分回老家工作,以便为家里分忧解难,但因各种因素未能如愿,依然留在省城太原。就在我工作半年多的时候,老家来了长途电话,说父亲病危,让我立即回家。从此之后,一听说有我的长途电话或电报,我就心跳加速。回到老家,父亲已经昏迷不醒,当时农村的医疗条件和我家的经济状况都极其糟糕,即使有村卫生所的抢救,也只能看着父亲遥走天国。料理完父亲的后事,正逢中秋节。那天晚上,母亲在院子中间,摆上小方桌,桌上放了几碟祭品。皓月当空,我和母亲坐在桌子的两边,默默无语。我在想,父亲在世,这个家还是圆满的。家有两老,犹如两宝。即使颤巍巍的父亲对于母亲来说是个累赘,但是长期以来老两口相濡以沫,毕竟能够给彼此带来精神上的慰藉。现在父亲辞世,只有母亲一人,这个家就破碎了。以后母亲如何生活,以什么样的方式生活,这将会造成母亲内心的迷茫。中秋的月亮是圆满的,可我们这个家不圆满了。此时,母亲一定是沉思着，自己是从哪里来，要到哪里去，哪条路是自己的归宿，哪里的环境能抚慰自己孤独的心灵。中秋的月光洒满我家清冷的院落，我和母亲相对无言，心里却翻江倒海，用不同的生命密码思忖着、思忖着……

自从父亲去世后，我才感到母亲确实老了。她满脸皱纹，疲惫不堪，愁绪一直笼罩着她。我仍然在太原上班。我夫人带着孩子在老家的乡校教书，礼拜天或者假期回到家里，让母亲管着孩子，自己帮着母亲干些家务，或者到地里干一些农活，这些似乎能给母亲带来一点快乐。夫人上班后，母亲仍然是一个人守在家里。我家的四合院里，好几年前，四叔他们家分到了一块新的宅基地，拆了属于他们的房子已经迁走。整个院子，平时就是母亲一个人。想那漆黑的夜晚，满院寂静，只有一盏孤灯陪伴着她，世界对她来说是如此的凄凉，生活对她来说就是一种煎熬。好在，过了几年，我夫人又生了一个男孩儿，当时正是麦收，我亦请假回家，夫人坐月子就在我家，这无疑使我家又有了一些生气，也给我母亲带来了喜悦。两个孩子相隔两年，一个哭一个笑，一个吃一个喝，忙坏了母亲，也乐坏了母亲。

又过了一年，我在太原调动了工作。新单位的领导非常热心，我一报到就要为我解决两地分居的问题，并及时为我夫人联系了工作单位。看来我是调不回老家了。于是，我就回老家商量全家何去何从的问题。我对母亲说："我媳妇调到太原后，我们只能管一个孩子。如果您跟我们去，咱们就带上小的，把大的留在老家让亲戚带。"母亲说："我不去，我就在家照护小的。你们把大的带上，到太原就能上幼儿园了。"无论我们如何劝说，母亲始终不愿意跟我们去。因为小儿子当时只有一岁多，我们想让母亲跟上我们看儿子，我们俩就都放心了。这也是我们反复商量后的不二之选。但是，千说万说，母亲始终不同意。可能母亲认为，她在家看小儿子不拖累我们，不影响我们上班。也可能母亲在考虑，人生的最后一站，不能再漂泊了。本来这个世界对她就太刻薄，父亲早逝，母亲再嫁，没有兄妹，孤身一人。现在老了，再把老骨头葬在异地，连自己生活了半辈子的地方也难以回归。母亲到底是怎么考虑的，我已无从得知。如果按我的安排，情况可能会好一些，但是面对老人的固执，我们只能顺从。临走之时，我爱人号啕大哭，一步一回头，虽然儿子已被他的堂姐哄着玩去了。夫人的伤心痛苦在于，那是她肚子里掉下来的肉，才1岁多，今后如何吃、如何睡？想起妈妈时，在哪儿才能找到？身体不舒服时，谁领他去看病？我的悲哀在于，母亲这样的年纪、这样的身体，我不但不能奉养她，而且还要她为我分愁解忧。母亲此时此刻是如何想的？在这双重的母子分离之际，我确实绞尽脑汁也无法想象得出来。

那一年是1985年，我领上夫人和3岁多的女儿八月份回到太原，为的是九月份新学年的开学，我夫人可以到学校上班。从此，两地书，长思念，情更怯，意难泯。夫人每天哭哭啼啼，我每天愁眉不展。就在这度日如年的煎熬中，家里突然来了电话，说母亲去世了。这个噩耗对我来说，犹如晴天霹雳。我立即从单位回到家，安顿好夫人和女儿，便独自先行赶往老家。母亲突发肠梗阻，这种病一旦发作，心腹绞痛，如锥刺，似刀刮，欲吐不吐，欲泻难泻。尽管患此病的原因有好几种，我也弄不清母亲到底是因为什么而患此病。但可以肯定的是，一个六七十岁的老人，自己身体不好，家里生活拮据，还要照护一个嗷嗷待哺的幼儿，总是担惊受怕，心急火燎，吃不好，睡不宁，可能是患病的主要原因。其实，从我们分别到母亲病故，也才两三个月时间，但从母亲当时所处的实际情况来看,她又何尝不是像在炼狱中度日,像在刀尖上生活,像是在和恶魔博弈。母亲太弱势了,她哪里是当时恶劣生活环境的对手。我对母亲当时的生活能力估计过高了,可我也实在没办法,是我和家里的现实情况早早地葬送了母亲。

料理完母亲的后事,我在家又待了几天。这几天,一是完成农村丧事的各种程序,二是归置院子和房屋里的家什物件。我家的院子,母亲在这里生活了几十年。她和父亲在这里不仅守家护院,而且添砖加瓦;不仅辛勤劳作,而且还友善邻里;不仅让我成家立室,而且还含饴弄孙。这里有她辛勤的汗水、悲伤的泪滴,也有她无奈的叹息。这个院子充满母亲的生活气息,也留下母亲不同阶段的影姿,也必将成为我精神的洼地和今后朝圣的祠堂。丧假期限已满,我锁上大门,留下空荡荡的院子,含着泪水,向远方走去。

如今,母亲已经去世30多年了。这30多年间,我一直想写篇怀念母亲的文章,以报答母亲的养育之恩。可我怎么也理不出个头绪来,总是无法下笔。想写母亲和我之间的真挚感情,可母亲与我之间从来没有过动人心弦的互动情节,她是一个内敛、矜持的人;想写母亲对我的谆谆教诲和点拨,可在我的追忆中,丝毫找不见母亲有哲理的语言和引经据典的话语,她是一位讷于言而慎于行的人。因此,怀念母亲的文章,总是像一座云雾缭绕的圣山,让我欲写不能,欲罢不休。是的,我的母亲,不同于天下的母亲,题材太纠结,内容太复杂。无奈,在我思考了几十年后,只能以记"流水账"的方式来开笔。在叙述的过程中,为了突出怀念母亲的主题,我删减了同我家相关联的一些人和事。其实,在我同母亲共同生活的岁月里,亲戚们都给予了很大的帮助,特别是我到太原闯荡之后,我的同胞兄弟、我的生父生母、我的同堂兄弟姐妹,都守护、关照着我的父母亲。在母亲患病之时，就是我的生身父母把我的儿子进行了接管，我的至亲好友把我的母亲抬上担架送到乡里的医院。

耳顺之年后，我对母亲的思念更加强烈。子欲养而亲不待的现实常常让我陷入无限的焦虑和痛苦之中。我在想，如果母亲仍在世，她应该在城里和我们一起生活，我和夫人会一天三顿换着花样给她做美食，也可以陪她到街上的超市、公园、影剧院来消遣美好的时光。如果母亲在城里住不惯，我可以陪她在故乡。现在，我的儿女都独立生活了，我有大把的时间。在老家，我们同吃同住，同在街头巷尾和同村的老人谈论家长里短。如果厌倦了，我可以用平车拉上母亲到她曾经劳动过的田地，看一看庄稼长势，看一看农业现代化所取得的成就。如果还有兴致，再陪她赶一趟集，买几个油糕，再吃一碗羊肉泡馍。

可惜，人事有代谢，往来成古今。前面讲过，我的外祖母在后来的家庭里，还养育了一个舅舅，20多年前已去世，可他的儿子以前和我曾保持书信来往，后来就音信全无了。我想做的一件事就是，找一个合适的时间，到甘肃泾川县，替我母亲给外祖母上一上坟、烧一烧纸，以了却之前未能表达的心愿。于是，我就给远在千里的表弟写了一封信，谈了我的想法，寻找联系的方式，询问目前的情况。地址很详细，县、乡、村都是原来信封上的，并且，还在信封上写了我家座机的电话号码。信寄出去之后，我算着时间，一直在等。等啊等，总是不见回音，因为信封上的座机号码，是随时可以联系的。就是给我回信，半个月也可以打个来回了。况且现在的交通、通信条件比过去要好多了。突然有一天，我家座机的电话铃声响了，看到是甘肃的区号，我喜出望外。来电话的是表弟村里的县乡包村干部，这个年轻人很负责。他告诉我，我的表弟半年前已经去世。他有两个儿子，一个到新疆打工去了，一个在县里工作至今。表弟的媳妇，也到县里给儿子看孩子去了，他家现在没人，门也上了锁。人生无常啊！

在天国的母亲，你放心，我一定替你表达我的心愿。2007年，在我家陵地，我已给父母立了碑，并且年年清明上坟，逢年过节祭奠。追念天国里的母亲！

第1辑 心灵寓所

我的父亲

在与父亲阴阳两隔近40年之际,我才逐渐对父亲有了比较清晰的认识。

父亲是1982年秋在老家病逝的,那年他73岁,我28岁。在他处于昏迷状态时,我才收到电报从太原匆匆赶回家中。其时,距我大学毕业参加工作还不到一年,无论社会阅历还是经济状况,都还处在人生积累的初始阶段。急急忙忙赶回老家,除了悲伤、着急,就是请村里的赤脚医生输液、打针,这样忙活了几天,仍然没有把父亲从"死神"的手中拉回来。万般无奈之下,父亲在乡邻亲朋的临终关怀下,从容地走上了去往天堂的路。办完父亲丧事的第二天,也正是那一年的中秋。夜晚,我和母亲搬出小饭桌,摆上贡品,坐在院子中间,各自陷入对父亲来去匆匆一生的回忆之中。

一生向善崇礼

在我有记忆能力的时候,父亲就已经年近50了。那时,我就感觉到父亲对谁都好。父亲兄弟好几个,他是老大,到我这一辈,侄儿侄女就更多了，有十几个。谁到我家，父亲都要给好吃的，赶上饭点，一定会拉住不让走。在20世纪60年代末70年代初，留客吃饭并不是一件简单的事，因为在那个困难时期，每个家庭的口粮都是非常紧张的。因此，我们家族的每个孩子都愿意上我家来，都愿意和我结伴。我们村是一个小村，四五百口人，绝大部分为吴姓。父亲把每家都视为族兄族弟家。后来到我们村落户的其他姓氏的人，不是河南、山东逃难来的，就是搬迁上门入赘的，因为每个人都不容易，所以，父亲都格外眷顾。村里人春夏之交粮食接不上茬的、婚丧嫁娶需要资金凑急的，父亲能帮就帮。邻里乡亲有婆媳闹矛盾的、兄弟不和吵架的，父亲能劝则劝，能说和尽量说和。和父亲结缘20多年，没见过父亲和哪一家吵过架，也没听说过他和哪一家有矛盾。不仅如此，父亲对邻村找上门的陌生人也一样热情。20世纪六七十年代，吃饭是个问题，我们村人均土地稍多一点，还因地理位置的特殊原因，特别是人口多、孩子小的农户，粮食略有宽裕。因此，邻村有些人就到我们村来籴粮食。凡籴粮食的到我们村一打听，村里人必然会介绍给我父亲。于是，父亲就领上客人挨家挨户问询，一旦找上粜家，就随行就市说合，在双双信任的基础上，各取所需。于是，父亲在邻村也落下一个好人的名声。由于父亲乐善好赐，村里的干部都很信任他，再加上我母亲在农村来讲还算是有厨艺的人，因此，凡是来我们村的县、乡干部，都被安排在我家吃派饭。其实那时的派饭也很简单，只不过是比其他家做得细致、卫生一点而已。这样，每有一位客人吃饭，除了客人一天给我家一斤粮票、两毛钱以外，村里还给补贴三斤小麦。这对我们家来说当然也是一种赐惠，这些赐惠完全得益于我父母的为人厚道和待人真诚。

父亲的善行和善为，当年的我并不赞赏，也不理解，甚至还认为这是一种没能力、没魄力的表现。因为他的博爱影响了对我的挚爱,他对别人的亲善影响了对家庭的关怀。现在回想起来,父亲的这种善行和善为,是人世间的一种大善和大爱,是一般人做不到的。

我的爷爷就是一个善人。听父辈和村里的老年人讲,爷爷在他中年以后,就整天走街串巷,到处传经布道。甚至一出去就个把月,行程几十里、上百里,劝人为善,教人好赐。父亲在这方面可能是传承了爷爷的基因,而父亲的家庭组合则更是一种人间大爱的体现。

母亲的祖籍也是万荣皇甫村,可能她的祖父辈也是因为做生意的缘故,就落户到了甘肃庆阳,母亲也就出生在庆阳县西峰镇。父亲年轻时在那里做生意时和母亲组建了家庭。可能是因为父亲结婚比较晚吧,他到40岁左右了还没孩子,当时他的生意还可以,于是就有人把一个失去了母亲的小女孩抱养给我的父母,这就是我的姐姐。1949年后父母陆续回到老家。老家是人生的大本营,这里一家三代都在一起,亲戚们过年过节常常团聚,当然都是务农。父母只有女孩没有男孩总觉得不美满,而父亲的二兄弟家孩子多,光男孩就好几个。这样经族人说合,祖母同意(当时祖父已经作古),就将二兄弟家的第三个儿子过继给了父亲,这个男孩就是我。父亲和我的生父是亲兄弟,又分别住在一墙之隔的两个院子里,兄弟俩互相帮衬、互相照顾。其乐融融自不必说,就父母一家儿女双全、生活美满,又增添了父亲积德行善的动力。

父亲不仅尚德向善,而且还重视传统礼仪。记得小时候每年大年初一的早上,父亲作为他们兄弟中的老大,在把我们家的牌位敬献了以后,就领上众弟兄和子侄们到我们大家族的每家每户去拜年,并给牌位磕头。给牌位磕了头,父亲又让我们子侄辈给每家的长辈磕头。就这样,父亲领上我们浩浩荡荡的一大家族人走街串巷,跑遍半个村子,碰到同样是拜年的族群，还要打躬作揖。等把拜年祭祖这些程序履行完毕，也就过去小半天了，我们早已饥肠辘辘，可父亲仍乐此不疲。

每年的清明节，父亲先是领上我们参加整个宗族的祭祀。那是在距离我们村七八里路的马家庄，需要翻山越岭才能到达。那时都还是步行，大人、小孩四五十人，一路上踏青赏景，嬉笑打闹，很是热闹。上完宗族的坟，又返回来上我们家族的坟。家族的坟，虽然在我们村的地界，但离村子也有五六里路，不过也在上完宗族坟返回的路上。父亲说："祖宗虽远，祭祀不可不诚。"勉励我们加快步伐，不要嬉闹。把家族的坟上了，就该上我们家的祖坟了。我们家的祖坟离村子不远，安葬的是我的曾祖母和祖父辈，这就需要我们和父辈单独举行祭奠仪式了。到陵地，父辈们一边给我们示范，一边教我们操作，最后是烧纸磕头。如今我们的父辈都已作古，而且也都安葬在家里的坟地。现在我家每年清明上坟的祭奠礼仪，也都是传承了那时父辈们的言传身教。

据说父亲的向善崇礼，在他做生意的时期，就广受当时人们的赞誉。从西峰镇回来的老乡亲戚，也给我讲过好多这方面的故事。这可能与父亲从小受传统文化的熏陶和重视待人接物的礼数有关，也可能是他长期在生意场上历练出的素养。

也曾苦难辉煌

父亲的后半生实实在在是在农村度过的。自1949年以后，他在甘肃西峰镇做买卖的摊档或公私合营或变卖转让，他就回到老家务农。由于在生意场进货的路上，他曾受到过土匪的打劫，当时他的左臂、左眼、下巴各中了一弹，待他治好枪伤以后，做生意还可以，可回到农村干体力活就很受影响了。但由于老乡们的古道热肠，村干部的体恤实情，父亲的德高望重，村里就让他开了一个小卖部。农村自1949年后开始实行集体经济，那时生产队每天组织集体劳动，为了方便群众，小卖部的开办就很有意义了。小卖部里，油盐酱醋茶烟糖以及小学生的文具和其他生活必需品，应有尽有。农村人的生活不规律，村民什么时候用就什么时候去买。有时候三更半夜，还有敲门打窗的。一个小山村，我们家离小卖部总共也没有几步远，为了方便群众，除了吃饭，父亲早晚都在小卖部。而且，晚上就睡在小卖部。父亲公买公卖、老少无欺。有的村民急需而又无现金支付，父亲就先赊给他们。还有买了东西，很长时间又因各种原因不要的，父亲仍按原价退款。林林总总、桩桩件件，父亲总能满足群众的需求，因此，赢得了村民和村干部的高度信任。

20世纪60年代，我们村购买了锅驼机和磨面机，要开办磨坊。这在当时的农村，不仅是个新生事物，而且还具有经营性质，需要找两位既能适应此项工作，又方方面面都信得过的人。于是经过村干部研究，就确定了我父亲和一个年轻人。父亲会算账，又认真，工作是记账、管钱、管理磨面机。那个年轻人是一名退伍军人，共产党员，据说是炮兵，对机械操作熟练，所以他的工作是管理锅驼机。显然我父亲的工作更繁杂一些。既要称粮、记账、收款，还要管理磨面机，而管理磨面机就是一遍一遍地往磨面机里倒粮食，很是劳累。由于我们村的磨坊开办得早一些，邻村的老百姓也拉上小麦到我们村来磨面。所以，父亲在磨坊白天晚上连轴转，紧要关头，吃饭也不能停机。有时候，我还要到磨坊替换父亲去吃饭。晚上，父亲当然也是睡在磨坊，既看磨坊又看群众送来磨面的粮食。

后来村里通了电，锅驼机换成了电动机，磨坊又增加了碾米机，生产工具先进了，经营范围也就扩大了，父亲的年龄也已近60岁，在磨坊已干不动了。后来村里就给他调整了工作，让他在大队部干活。干活这个词实在概括不了父亲的工作，但是，我又找不出一个恰当的词来形容。说他是通信员，村里又没有这样的编制；说他是村干部，村里的大小事他说了又不算；说他是保安，他又不是治保主任，也不负责村里的治安。他实实在在的工作，就是每天守在村里的大队部，来了电话，能转达的就转达，不能转达的就去找人亲自接。大队要开会，他就通知人。如果公社或者县里来了领导，他就接待，并且找村里的有关干部来对接。平时没事，他就把大队部、大队的院子和大队院子门前的巷道打扫打扫。因此，村里的门面总是干干净净、利利索索。冬天里，大队部生一个火炉子，那时，这是村里一件很温情的事情，每天大队部里都挤满了人，俨然一个信息交流处、文化活动室和村里的新闻发布会场。而父亲每天晚上就住在大队部。那个时期的农村体制，也造就了我们村这样一个很有秩序的环境。现在想起来，我还格外怀念。直到有一天晚上，家里做饭时，母亲在擀面，父亲在拉风箱。忽然，父亲说他胳膊使不上劲，拉不动风箱了。我和母亲赶紧围过来，说让他再试一试，父亲仍然右手抓不紧风箱把，更拉不动风箱，于是，我和母亲赶紧把父亲扶上炕，让他躺下。父亲病了，患了脑血栓，这还是第二天把父亲抬到公社的医院，经过检查才得知的，这一年父亲66岁。就在当天晚上，我们凑合着把饭做好，给父亲端了一碗面放在炕上的饭桌上。这时，他右手已经不会用筷子了，我含着泪给父亲把一碗面喂完。就这父亲也没有忘记嘱咐我，让我晚上睡到大队部替他值夜。父亲就是这样一个对工作兢兢业业、认真负责的人。

父亲对待工作确实是兢兢业业、一丝不苟，这应该和他从小就严格要求自我有关。听父亲说，他小时候因为家里孩子多，11岁就跟上人到侯马当学徒。我想,这既是农耕经济时代的追求,也是那个时代的风尚。就和现在农村里每家每户的年轻人都要到城里去打工一样。我粗略地计算了一下,1949年前,在我们村,同我父亲年龄相仿的人中,有一半都有过从商的经历。父亲说他是11岁,现在我想应该是大一点吧。即使是十四五岁,那也是小孩呀,他如何能够独立、自省,如何能够面对挫折,这肯定是一种人生的历练,是一种经验的积累。父母及三叔的现身说法是,父亲曾在甘肃庆阳西峰镇(现西峰区)做过生意。我年轻时少不更事,不要说主动和父母沟通,询问一些父母忆往昔峥嵘岁月的事,就是父母言及往事,自己也懒得听,往往是左耳朵进右耳朵出,及至现在我想弄清楚时,而父母早已作古,何况父亲是一个不愿强人所难又善解人意的人。为了满足我当下的思索和考虑,我曾于2020年10月中旬,从老家专门到甘肃省庆阳市西峰区,去寻访父亲当年开店的故地。好在我是和我的堂兄吴春荣一起去的,他是我三叔的儿子,三婶就是西峰镇人,那里有三婶娘家侄辈的亲戚,陪我们的叫吴凤强,他比我大一岁。至于说我们要找的地方,他也是听长辈们讲述的。他的母亲是我三婶的姐姐。我三婶和三叔结婚之后,就和我父母生活在一起。吴凤强兄的母亲肯定多次到过我父亲的门店,因此,他作为向导是最合适的人选。我们到了西峰区之后,吴凤强热情地接待了我们,并领我们找到西峰区的北大街路西21号,说就是这里。我们欣喜无比,终于找到父辈们创业奋斗、展露风采的地方了,可再怎么仔细看,也找不出当年的模样了。试想,父亲回乡已经70年左右了,70年有多少变化啊。据他说,"文化大革命"前改成照相馆,现在是清真拜戈尔牛肉面馆。他说可能还包括右边的袁记肉夹馍店和左边的笑江南过桥米线馆。这样算起来,面宽有32米,进深有40米,这在当时可是不得了的。回到老家问我三婶，她说没有那么大，当时临街的三四间门面房（东房）就是柜台，进了院子就是一排北房，用来住人、做库房。三婶已经90岁了，虽然思维不像年轻人那么清晰，但毕竟能提供给我们一些基本的思路和起码的概念。加上我这么多年收集到的一些信息，对于父亲当年做生意的概况，基本上还能自圆其说。

是的，父亲的确是在当时的甘肃庆阳西峰镇做过生意。至于是多大岁数、什么时候去的，怎么去的，和谁去的，我没有收集到准确的信息。庆阳县属于甘肃的陇东地区，陇东亦属黄土高原，离我老家的直线距离有1000多里。但过去无论走哪一条路，都要跨过黄河，途经陕西，再翻过子午岭才能到达。在交通、通信十分落后的年代，听父辈们说，无论去还是回都需20多天近一个月。我想父亲那时的年龄一定没有超过20岁，甚至更小。因为父亲到侯马做学徒时年龄就很小，而且他在那里并没有成就什么事业，估计待的时间也不会太长。之后也没听说他回到老家有正式务农的经历，那么，他就应该是年龄不大就走西口了。过去，山西人经商做生意，晋北、晋中一带大多是到内蒙古，而晋南一带大多是到陕西、甘肃、宁夏等地。试想，父亲就是在这样的历史背景下，一步三回头去的陇东。庆阳县的西峰镇在董志塬的腹地，据说董志塬是黄土高原上最大的塬，地理条件较好，现在西峰区的13个乡、镇、街办，共有40多万人口。相较于甘肃，山西除了各市的几大盆地，其余都是沟壑山岳，即使也有塬，也没有董志塬那么大。不过那里也是十年九旱，靠天吃饭。那里的历史也很悠久。远在3000余年前，周先祖率族人路过这里，奔于戎狄之间。其后公刘迁豳，在这块大塬上从事农业开发，古豳国由此兴起。建于西峰区刘家店村的公刘庙至今仍香火不断。唐天宝十五载（756年），太子李亨（继位后称唐肃宗）驻跸彭原，筹谋平定安史之乱，建立大唐新秩序。同治八年（1869年），左宗棠进兵董志塬，肃清庆阳、泾州之叛军，奏设董志县丞。这样看来，西峰镇从历史上讲就是一个区域性的交通要道、兵戎要塞。父亲在民国年间千里奔赴此地，应该说此地早就有商机了。

西峰镇过去隶属庆阳县，清光绪年间就有80多家商铺，并设有商会，试想民国年间应更加繁荣。特别是到了20世纪30年代，这里就更热闹了。先是1935年，国民政府在此设立甘肃省第三行政督察专员公署，统署陇东军政。同年，徐海东率红25军长征经过现在为西峰区所辖的彭原镇，红军进入陕北苏区后，整个陇东即划入共产党建立的苏维埃陕甘宁边区的版图。抗战开始后形成统一战线，西峰镇既有共产党的机构，又有国民党的机构，还有马家军的驻兵。一直到解放战争，这里都是兵家必争之地，西峰镇的历史地位也在不断攀升。我推算父亲应该就是在1930年左右去的甘肃庆阳县西峰镇。

父亲究竟是多大去的西峰镇，我到现在也没有推算出他的准确年龄。但到一个人生地不熟的地方，要站住脚，要干出个样子，而且干了几十年，肯定遇到过艰难险阻，经历过风餐露宿，遇到过同行倾轧，甚至也经历过血雨腥风。何况那个年代，兵荒马乱，盗匪四起。听父辈们讲，父亲刚开始落脚，先是做街头售卖卷烟的小买卖。那时，他在哪里吃？在哪里住？我不得而知，反正不会有现成的居所。现在大城市、小城市都有城管，而那时有没有城管不知道，肯定有街匪路霸、"坐地虎"吧。父亲做了几年小生意，有了一点底垫，于是就和一个同乡，据说是稷山人，合伙租赁了一个小铺子继续做烟行生意。由于父亲为人实诚，买卖公平，声誉良好，生意也随之而逐渐兴隆。可是那个合伙人见钱眼红，想中饱私囊，加上在经营理念上和父亲又有了分歧。于是，就买通兵匪，让其埋伏在父亲骑自行车进货的必经之路上开黑枪。那兵匪打了父亲三枪，一枪打中左眼，一枪打中左胳膊，还有一枪从下巴处穿过。当时，父亲浑身是血，倒在地上。那兵匪跑过来，还以为父亲已经命丧黄泉，于是，急急忙忙抢走父亲身上进货的钱跑掉了。其实，父亲虽然不能动弹，但意识还算清楚，并认出那个人，就是驻扎在街上的一个兵匪，他平时经常到铺子里买货，并且和合伙人勾勾搭搭。劫难之后，父亲在乡友的帮助下治伤养身，之后，就与那个合伙人分开，独自经营。痛定思痛之后，父亲也没有揭露和控告那个兵匪。虽然，从原则上讲，这不能算是"和为贵"，但是，父亲这种息事宁人的做法，确实为他后来在西峰镇站稳脚跟、广结善缘、励精图治奠定了基础。父亲独自经营后，凭借多年的经验、广泛的人脉和良好的信誉，以及他的低调、坚守和隐忍，生意做得风生水起，那时在西峰镇的街上就没有人不知道山西"吴大"的。由于业务的扩大，市场份额的增多，显然，原来租赁的场所不适应需求了，于是，父亲用积蓄以及通过种种渠道拆借的资金，购买了一个新的经营场所，这就是我 2020 年 10 月中旬到庆阳市的西峰区寻访父亲艰辛创业的故地。只不过经历了天翻地覆的变化，原建筑早已不复存在。但是，根据父辈对过去的种种描述和我亲历现场的考查，父亲新的经营场所，在当时的这个小镇上，应该算很有规模了。即使对现在从农村漂泊到城市的创业者来说，也算很不简单了。我三叔在世时，每次谈到他们当时的生意，话语中都满是自豪。

我的大哥在陕西汉中市下海做化妆品生意。20 世纪 90 年代已经声振当地，规模相当大，在汉中市属于垄断行业。我的堂弟、三叔的四儿子也被召到汉中担任经理。我三叔兴奋之至，提出要到汉中看一看侄辈的生意比他们当时的生意如何。到了汉中，三叔看了人家的库房，租用的是企业俱乐部，货物摆放得满满当当，进货是用大卡车一车一车地拉。商店占了两层，光批零营业员就有十几个，再加上分销店员工和超市员工，共有100多人。三叔看了以后默默无语，只是点头。三叔那时已经70多岁了，而且他自1949年20多岁时从西峰镇回到老家，就一直务农，他哪里知道1949年之前到此时，已经过去了四五十年，时代不同，社会制度不同，经营项目不同，做买卖的地点、层级不同，他们过去哪能和现在相提并论。反过来说，如果纯粹用父亲和三叔当时生意的行业规模、营收款额和利润效率来衡量，他们当时在西峰镇确实也应该是数一数二的，加上他们在当时当地的信誉度、美誉度和影响力，父亲和三叔在做买卖方面，也应该是辉煌过的。

父亲在西峰镇做生意时确实辉煌过，不然他怎能从一个街头的小商贩，一开始先摆地摊，再租起了商铺，后来还有了合伙人，一直到有了自己的房产和院落，当起了掌柜，还雇用了伙计？而就从他的生活能力来说，在他拥有了自己的字号之后，把三叔召过来，为祖父母分忧解愁。和母亲结婚，自己成了家，还给三叔把婚事办了，在当地成家立业。同时，还帮助和照顾了很多老乡和亲戚，这些在我小时候都曾听说和见识过。当然，在生意发展过程中，父亲也有过心理的脆弱和行为的软肋。比如说耍牌，曾输掉过生意。好在他能痛定思痛，恒久坚守，坚忍不拔，不断地完善自己，才有了后来的成熟和大家对他的溢美。

凡事利物随缘

人们所说的好人，必定是胸襟宽广、洒脱豁达的人，也必定是善解人意、从容大度的人。这种人不一定能干出惊天动地的伟业，但一定能把小事做好，把具体工作做好。父亲追求的就是有益于世道人心、顺应机缘这样的一种精神境界。

父亲是 1952 年从西峰镇回来的，母亲、姐姐、三叔、三婶等乡亲一行十几人，是 1949 年就回来了。他回来时是如何处理自己的生意摊场的？我不得而知，但社会变革后，他"落了片白茫茫大地真干净"是事实。父亲去时是一个人，回来时也是一个人。这是一次人生的轮回。坦率地说，父亲并不是一个聪明人，也不是一个有魄力的人。但是，以我现在的人生经历来怀想，父亲虽然不能说是行过万里路、读过万卷书、识过无数人，但他毕竟是阅历深厚、交友广泛、屡经荣衰。因此，他对什么理都能悟得透，把什么事都能看得开，遇什么坎儿都能过得去，同什么人都能合得来，活得很通透。他虽然没有嫡生儿女，但他把侄儿侄女都看成自己的亲儿女；他虽然没钱没权，但是他周围还是聚了好多过去在西峰镇结交的（1949 年后回到老家的）和在老家时结交的一些亲朋好友；他虽然是残疾人，但他无论在劳动还是生活中，没有过不去的坎儿。有些活干不了，大家都帮着干、抢着帮。而且还在农业社或生产队承担了好些别人干不了或干不好的事情。他虽然在老家没有建过房置过地，但是日子还是过得有滋有味。然而，天有不测风云。1974 年的一天，父亲病倒了，那一年我 19 岁。第二天早上，我们匆匆忙忙绑了一个担架，把父亲抬到公社医院。经过检查，确诊为脑血栓，于是就开始住院治疗。每天吃药、输液，后来又配合针灸。我在医院陪侍，既看护检点吃药、输液，又帮助父亲如厕，还要给父亲筹措饭菜。记得有一次，父亲要喝酸辣汤，我便找到四叔，他当时在社办企业当联合支部书记，又兼职炊事员。我提出要求，四叔便给做了一碗酸辣汤，其实父亲只喝了半碗，但有饮食需求，就说明父亲的病情明显好转。在公社医院住了有 10 天，父亲将就能如厕，医生便让出院，说是回到家慢慢恢复。其时，我大哥大嫂从汉中回家探亲，我们用平车一起把父亲接回家。父亲患病住院期间，没有急躁过，也没有发过火。按说得了心脑血管病的人，一般都感情脆弱，容易发泄，但父亲始终没有激动过。回到家，父亲就静心养病，每天既吃恢复和预防性的药，也吃民间偏方的药。我到处寻医找药，但是，再怎么看也不能恢复到正常人。父亲残疾又患半身不遂，而我却还在梦想着诗与远方。

在父亲病情稳定后的第二年，我被抽调到公社当社办人员。社办人员的工资比务农收入高，而且办公地点离村里只有几里地，能照顾到家里。在公社干了一年多，到了第二年也就是1976年，我被推荐上了中等师范学校。师范生能够免费接受教育，对像我这样家庭的人，实足是一根救命稻草。那所中等师范学校离我家20多千米，一个星期能回一次家。我回家能做的，就是把缸里的水挑满，把烧水做饭的燃料备足，再就是干一些零碎的活，当然，还有季节性的自留地里的庄稼活。有时候这些事并不一定都能及时做了，父母只能央求本家兄弟和邻里乡亲帮忙。在师范上了几年学，本想毕业后分配到本县本乡，教书挣钱，养家糊口。谁料想到头来，却是"社来社去"，或者叫从哪里来回哪里去。一气之下，我也没有和父母商量，在毕业离校之后，又投入到1978年的高考备考中。这样的一意孤行，恐怕对像父母处于这种状态的家庭，应属忤逆不孝，或者说没有家庭责任感。大学总算考上了，但在离父母千里之外的太原。这可不能一星期回一次家，也不可能一月回一次家。对此，父亲仍然没有一句抱怨，更没有阻拦，也许这就是他的胸怀，也许这就是他的修养，也许这就是他本心对儿女的期许——虽然自己没能力支持儿女的发展，但他做到了一个几乎丧失生活能力的老人的自重、自省和自尊。我带着破釜沉舟的决心到学校报到，怀着无比激动的心情开始了学习。从此卧薪尝胆，分秒必争。为了告慰父母，到大学第二年的腊月，在二叔也就是我的生父的操持下，我和我心爱的姑娘完成了婚礼，让父亲收获了儿成女就的欣喜。直到1982年，我已毕业，虽然没能分配回老家，但父亲在上半年已抱上了他的孙女。也就是在这一年的下半年，他悄悄地离开了这个世界，依然像他一贯的那样，让生活充满了平静。

父亲在第一次患病之后，经过悉心治疗和康复锻炼，病情有所好转，身体也有了一定程度的恢复。但咋说也还是半身不遂，但能自己上厕所，能四处走动。那时，还是集体经济时代，靠工分吃饭。为了生计，为了已经长大成人的我，年老体衰、疾病缠身的父母还在苦苦支撑。好在生产队的领导都很关怀我家。比如收麦打场时，让父母看场；比如生产队的饲养室需要给牲口饲喂苜蓿根时，让父母把苜蓿根捶打撕开，以备饲养员铡草饲喂。总之，只要生产队派给的活，父母亲都尽量干完干好。只要他们能干了的活，生产队都让他们去干，为的是能挣够生产队分粮抵消的工分。父亲临去世的前两年，农村实行了家庭联产承包责任制，土地已经分配到户，这时除了兄弟姐妹的帮助，我妻子农忙时学校放假也回村里当帮手，我每年也请假回家，将就把一年夏收秋播的事情干了。不过那几年的农村，人努力天帮忙，收成还不错，父亲也在丰收的欢乐中，干一些力所能及的活计。直到有一天他又突然病倒，一直昏迷就再也没有醒过来，这一次可能是脑出血。

父亲的去世，对我的心灵是一次冲击。好好的一个人怎么说走就走了？父亲为什么要和我们不辞而别？父亲为什么就不给我孝老敬亲的机会？一位饱经沧桑的好人，还没有充分享受儿成女就、含饴弄孙、坐享高堂的美满生活，就驾鹤西去了。于是，我想到"父母在，不远游"的古训。虽然，我是"游必有方""游必有常""游必有业"，但是，

"不游"不是更好吗？人生追求固然重要，但在亲情和人伦面前，特别是在亲人的健康和幸福面前，就不那么重要了。如果我是一个循规蹈矩、不好高骛远的人，整天守在父母身边，一边参加生产劳动，一边侍奉父母，不是就不会有这种遗憾了吗？如果我是一个本分老实、千依百顺的人，父母让挑水就挑水，让砍柴就砍柴，不就让父母心里更踏实、心情更愉悦了吗？可是，这种不符合实际的假设，只是当时悲伤痛苦之时的遐想。现在，我才意识到，父母所处的风云变幻的时代，是他们那一代人共同的命运，而我和父亲年龄悬殊，则错失了我孝敬、他享福的良好机会。中国的传统文化，鼓励人们去追求功名利禄，但在成功之上，还应顾及更重要的东西，比如人格、尊严和亲情，不知父亲在天之灵做何感受！

其实，父亲不回答，我从他生前的言行中也能找到答案。有如多年前给父亲立碑时，我撰写的一副楹联："有无不计悟理方得自在，去留皆忘随缘乃现从容。"这基本上概括了父亲的一生！

父亲是十里八乡公认的好人，好人有好报。但是在他去世后，我却颠覆了这种认知。好人有什么好报？厉害人才有好报。父亲小时候就外出打工，及至事业有起色时又遭兵匪抢劫致残，正当生意如日中天时又逢社会变革。30多岁才结婚，一生没有嫡生子女。回到老家想享受平静的生活，又突然得病。当半身不遂还能将就生活时，又二次发病，加之，当时农村医疗条件极差，社会上还没有建立完善的医疗体系，儿子听凭父亲昏迷不醒也无力回天，只有在悲伤焦虑的等待中，看着父亲合上不舍的眼睛。

到现在我才想通了，父亲做好人已得到了好报。他在老家生活的几十年里，无论是生产劳动还是家庭生活都得到了我二叔一家、三叔一家、四叔一家的帮助，也得到了邻里的关心，还有乡村干部的照顾，更主要的是受到我们同堂兄弟姐妹的广泛尊重。特别是他老人家去世已经近40年了，还一直受到家族后辈以不同形式深深的怀念。"曾经沧海难为水，除却巫山不是云。"这就足矣了，我的父亲！

第 2 辑

文/化/田/园

蝉蜕龙变

壬寅年中秋漫步，行至摄乐桥下。回想当年建桥时对桥的取名，屡屡生惑，后来才弄清楚，该桥名取自汾河西岸的摄乐村。这是我市第一座独塔式扭索面斜拉桥，它沟通了滨河东西路，连接起柴村新区和城北钢铁工业区，是太原市最大的一座汾河桥。循台阶登上桥面，居高临下，北望汾河上游，波光潋滟，水天一色，亭台点缀滩岸。回转身子，再看汾河的南向，长虹卧波，桥隧相连，两岸通衢，绿波荡漾。遥望西山，峰峦叠翠，郁郁葱葱。而桥的东面，正是原来的城北工业区，现在已是高楼林立、商圈重叠、路阔车疾。登上这座桥，一直向东行，就会到达东山的旅游公路。这条旅游公路，绕山跨水，把太原西、北、东三面似簸箕形山间的旅游景点都连接了起来。以摄乐桥为代表，10年来，太原市城建工程大项目，不知开工了多少，不知完工了多少。太原变了，太原乘着时代的东风，踔厉奋发，笃行不怠，10年耕耘终不负，翻天覆地，蝉蜕龙变，处处繁荣满目新。

太原变了，首先是交通有了新格局。要想富，先修路，这可能只是商业经济的追求，对于现代大都市来说，首先是要把断头路建成循环路，把平面路建成立体路，把普通路改造成快速路，这样才能解决交通拥堵的问题，才能方便市民的出行，才能适应招商引资、筑巢引凤的营商环境。太原这 10 年来，开工建设了建设路南北快速路、南内环高架桥、长风街高架桥，延长了滨河东、西快速路，建成了中环路、卧虎山快速路、晋阳大道、阳兴大道、西山网红路、八条支流沿河路。在汾河上还新建了连接东西两岸的跻汾桥、北中环桥、摄乐桥、通达桥、十号线桥和迎宾桥，以及红灯笼体育场旁边的第二座人行景观桥。地铁二号线也于 2020 年年底开通运行。在建设这些骨干交通工程的同时，全市还开展了和民生息息相关的背街小巷的改造，使全市的交通网系全面升级上档。特别是最近修建的太忻大道，让太原迈上了高速发展的道路。"周道如砥，其直如矢。"市民再也不会因为交通拥堵而唉声叹气，同时也拉大了太原的城市框架，大大提高了太原的融合度和生产效率。

太原变了，最明显的还是城市旧貌换新颜。改革开放以来，太原城市框架拉大了，但城乡交错，城中有村，属于城市架构、乡村管理，整个城市好像就是一个大农贸市场。对此，从 2013 年开始，全市开始了大规模的城中村改造，包括对一些违章建筑的大拆迁。本着"人民城市人民建，建好城市为人民"的原则，把群众的利益放在第一位，让老百姓的利益最大化，统一拆迁标准，统一规划设计，统一市场运作，兑现对老百姓的承诺，让城中村居民住上更大、更好、更美观的房子，生活在宜居、宜商、宜行的优美环境中。10 年来，太原市改造了 100多个城中村，统一了市区管理，完善了小区设施，美化了城市环境，提高了市民的生活水平。整个太原市犹如凤凰涅槃，浴火重生。

太原变了，变得越来越大气了。一个城市的气质，主要体现于它的公共建筑和休闲场地。我们一直在说，太原是国家历史文化名城，但从历史遗存和现实呈现来看，总像是历史上地方政权的格局，鲜有大的气派。10年来，太原大手笔的规划、高品位的设计、精品化的建设，除了早些年山西省建成的山西博物院、山西地质博物馆、山西大剧院、山西省科技馆、山西省图书馆新馆之外，太原市还建成了和全国省会城市美术馆、博物馆相比，毫不逊色的太原美术馆、太原博物馆，改造了的太原图书馆。而在园林休闲建设方面，又加紧补课，阔步发展。10年间，建设了十几个公园，尤其是投巨资建成的晋阳湖公园，集文旅、商贸、传媒于一体，为华北最大的人工湖休闲名园。在以原来的双塔文物管理所为核心的基础上，建成的双塔公园，山水园林、如诗如画，在有400余年历史的双塔的映衬下，徐徐展开，美轮美奂，结束了市区东部没有公园的历史。被改造过的迎泽公园，亭台楼阁、奇花名木遍布，藏风聚气，如梦如幻，堪比江南园林，又比之气象大焉。更令人赏心悦目的是太山脚下的植物园，占地2700多亩，集科普教育、园艺观赏和文化旅游于一体，吸引了络绎不绝的游客，成为年轻人千里奔赴的打卡地。对汾河景区的北展南延，使太原地区的汾河流域全部成为休闲之地。特别是汾河四期工程，更自然，更近水，更温情。如今，这些公共休闲地，无论从涵容度、精美度还是观赏度来看，都具有大都市的气派，从而使太原真正焕发出"名都自古并州"的气象和风采。

太原变了，变得越来越有韵味了。太原有着2500余年的建城史，又是一座国家历史文化名城，用什么来彰显它的特色？当然只有文物古迹。文物建筑既是一个地区的文化特色，也是一个城市的重要标志。太原这10年来，对29处文物建筑进行了集中修缮，总面积达2万余平方米。太山、天龙山、文殊寺、普光寺、古关帝庙、古圆通寺、八路军驻晋办事处旧址等，像一颗颗擦拭光洁的明珠，焕发出古朴典雅的光彩。历经八年修葺的太原古县城，修旧如故，熠熠生辉，成为山西又一个规制完整的古建筑群落，进一步推动太原文旅市场提质升级，激发其商贸活力。千年府衙督军府，庭院深深，历尽沧桑，终于在2020年改造成为晋商博物院，惠泽于民，成为太原最具特色的旅游景点。历史悠久的繁华街市钟楼街、鼓楼街，是百余年来的商业集散中心，民国以前的老建筑鳞次栉比，错落有致，又像是古典建筑的博物馆。从2017年开始改造，到2021年9月19日开街迎客，即使下着小雨，也游客爆棚。复建的五一广场首义门，恢宏大气，雄伟壮观，是太原市的精神坐标，于2021年年底正式完工与市民见面，续写着太原城的历史，彰显着古并州的璀璨文化品格。文物古建是历史的沿革、文化的传承，体现着一个城市的文化底蕴和灵魂。10年来，太原对文物古建的重视、保护和修缮，大大提升了这座城市的文化品位和品质。

太原变了，变得更贴近民生。不断扩大的城区规模，1998年调整的区划，都呼唤着就近医疗、就近入学。这10年，太原市在民生方面，着重提出"百院兴医""百校兴学"。在每个城区都规划建设了新的医院和新的学校，引进全国或省城的著名医院和著名学校，或独立办医、办学，或设分院、分校，让每个城区百姓都能享受到改革开放的新成果。10年来，每个城区都普及了省立或市立的医院，每个小区都建有名校的教学机构，加上改造提升了的原有医院和学校，大大满足了市民的就医和就学需求。如今，你在城区漫步或穿行，看到最具标志性的建筑就是医院，最漂亮的建筑就是学校。当然，太原市在民生领域取得的成就还有很多，比如在每个社区的中心地段，都建有老年食堂，大大方便了居家老人和农民工兄弟的饮食需求。

太原变了，变得到处郁郁葱葱、美不胜收。生态文明建设是中华民族永续发展的根本大计，保护生态环境就是保护生产力，改善生态环境就是发展生产力，绿水青山就是金山银山。这10年，太原市最突出的生态治理就是八河治理。原来的北涧河、北沙河、北排水渠、玉门河、虎峪河、九院沙河、冶峪河和风峪河就是泄洪河、排污沟，甚至就是垃圾场。不仅严重污染着全市的空气和水域，而且还严重影响着城市的交通和市民的出行。八河治理工作提上日程之后，经过精心设计，当年制定目标，当年完成施工，建成八条绿色快速通道。流水淙淙，柳暗花明，一派水润龙城的景象。而且，10年间，新建的园林休闲场所、公益建筑，像一颗颗生态明珠，遍布于这座古色古香的现代化城市。太原从南到北，或从东到西，每一条交通大道就是一条绿色长廊，把城市罗织成网格绿野。汾河景区，无论南扩北延，围绕水面的都是几十米甚至上百米的绿化景观。在西山地区，经过十数年修复绿化，昔日荒山秃岭，如今已成为山水如画的生态屏障和自驾游的乐园。在东山地区，近几年在修建旅游公路的同时，又大量地栽树植绿，美化亮化，使昔日沟壑纵横的山庄窝铺，成了鸟语花香的风情小镇。如今在太原，如果你是沿着滨河东西路去南站、去机场，通道两边绿化带里的树冠，都会为你遮风挡雨、拍手相送。如果你是沿着阳兴大道穿越太忻大道去五台山、雁门关，两边满山满沟的彩树名木也都会为你行注目礼。

10年来，太原破茧成蝶，脱胎换骨。变得景行行止，变得风韵悠长，变得气象万千，变得目之所及风光无限。10年耕耘终不负，今朝砥砺再前行。祝太原乘浩荡东风再上层楼。

我的早练晨游

早锻炼已成为大多数城市居民的一种习惯。特别是气候炎热时节，天亮得早，马路上也很少有行人和车辆，加之太阳刚出未出，天气又很凉爽，这是城市居民最惬意的一段时光。我锻炼的方式就是散步，散步是最容易找到场地的。虽然走在哪里都一样，但是每天看相同的景物，很容易产生审美疲劳。于是，散步的线路，我总愿意一天换一条。

太原是国家历史文化名城。几十年来，凡市内的文物景点和经典建筑，我已经探寻过好多次了。而古老街巷内的传统建筑，不是破破烂烂，墙倒屋塌，就是挤满住户，水泄不通。即使通过各种手段，强拆之后，盖起的楼房，又不伦不类，成为新的建筑垃圾，看后总是让人黯然神伤。2013年以后，听说市里对各城区的背街小巷要进行改造整修，同时对一些文物建筑要进行修缮、复建，这便引起我极大的兴趣。每当媒体上报道哪里的古建筑项目开工修缮了，我便先在地图上找到地点，然后第二天一早5点多就开始徒步前往。

　　我的晨练活动大体上在早上7点多就结束了。自从瞄上市里古建筑项目的修复，我就得计算自己每天要去观摩地点的远近。如果近一点的，那么就徒步。去半个小时，回半个小时，在目的地逗留半个小时；如果远一点的，那么就骑公用自行车。这样就能保障用同样的时间达到晨练和参观的双重目的。有时，早早出门，在街上也能碰到一些熟人。对方见我急急忙忙在大街上穿行，不免要问我干啥去。这个时间点，似乎不适合停下来细聊慢谈，我总以检查城市卫生搪塞过去，双方便各自欣然而去。这样，七八年下来，我见证了市区五六个古建筑项目的修复进程。

　　太原普光寺，据清代碑文记载，初建于东汉建安年间，唐宋元明清均有不同程度的修缮。现存主要建筑为明清遗迹，修复之后，占地面积为5000余平方米。第一进院落的主殿圆通殿是明代遗存，在修缮时，由于地势低洼，按工程规划设计，将原地基整体抬高了2.6米，这样的案例目前在全国还极为少见。其余第二进、第三进院落则为仿唐建筑，气势恢宏，蔚为壮观，集建筑、雕塑和绘画艺术为一体。现为广大市民致力于传承和弘扬中华优秀传统文化的博物馆和进行文化交流的城市会客厅。

　　参观了太原普光寺，穿过解放路，进入东缉虎营街的路南就是太原古圆通寺。该寺创建年代不详，现存主体结构为明代建筑，原为明初晋藩"方山王"美垣府佛堂。未修缮之前，该寺湮没在一片乱搭乱建的临时住户房屋中；修缮之后，该寺鹤立鸡群，浴火重生。寺院坐北朝南，二进院落布局。中轴线有过殿、正殿。正殿面阔三间，进深五椽，单檐悬山顶，孔雀蓝琉璃瓦剪边。整个寺院小巧玲珑，精美别致，又处于现在的晋商博物院（原督军府）的后门对面。古圆通寺灵光闪耀的木塔和原督军府梅山上直指苍穹的钟楼，可谓双峰对峙，从府东街到东缉虎营街，一下子又拉长了太原市历史文化街区的保护范围。

要说这次修复规模比较大的传统建筑，还要数东仓巷的文殊寺。文殊寺建于何时，已难以确考。但是据方志文献记载，明代晋王朱㭎曾对文殊寺进行过重修。众所周知，五台山是文殊菩萨的道场，在太原城设立的这个文殊寺，就是僧人、香客去五台山朝拜，路过时歇脚的"驿站"。民国时期，新创办的晋兴出版社的社址，就占用了文殊寺的地盘。1949年后，在晋兴出版社的基础上，又创办了太原印刷厂，而文殊寺索性又被改造成了太原印刷厂的职工宿舍。据当初的老住户回忆："1949年前的文殊寺规模还很大，从现在东仓巷的文殊寺大门进去，一直延展到城坊东街。"现在修复起来的规制建筑有19座，主要殿宇有7座，分别是天王殿、文殊殿、伽蓝殿、祖师殿、普贤殿、观音殿和大雄宝殿。大部分为明清遗存，结构严谨，砌筑规整，风格多样，只是占地面积比当初小了许多。

还有一个地方是西校尉营的关帝庙和奶奶庙，也是创建年代不详，主体结构分别为明代建筑和清代建筑。说起关帝庙，太原市的老城区里除过这里还有4座，分别是庙前街的大关帝庙、南肖墙88号的关帝庙、校场巷省汽车制造厂院内的关帝庙（未修），以及鼓楼街唱经楼内的春秋阁。这几座关帝庙虽然各有特色，我还是对校尉营刚修复的关帝庙更感兴趣。一是关帝庙倚奶奶庙。以前我对奶奶庙、娘娘庙、后土庙和观音庙概念不清，自从不断跟进校尉营关帝庙的修复，才弄清了奶奶庙的偶像乃为关公的夫人。两座庙宇虽大小有别，但齐排并列，这种规制在全国的武庙中可能也为数不多。二是刚刚修好的校尉营关帝庙北临正在改造的钟楼街,并和钟楼街上复建的钟楼南北辉映。进入校尉营关帝庙,就仿佛莅临明清时期的并州城,放眼望去,古建筑鳞次栉比,顿时让人心生感慨:太原市是名副其实的国家历史文化名城。

晨游太原,穿越古老街巷,免不了和路人谈论近几年并州古城的文化蜕变。有些人总也看不惯这种对古建筑的恢复性保护和传承工作,思想往往还停留在往昔的"破"字当头上。殊不知,用传统技艺让古建筑重新焕发出生机和活力,是加强历史文化保护的重要举措,而古建筑的样式更是承载着中国传统文化的丰富内涵和深刻理念,同时也更趋向于中国文化的本土性。

我的晨练穿越,几年来一直坚持一天换一条线路,一天换一个目标,是因为并州老城内,不断开展着建筑文化项目的改造,让人眼花缭乱,喜不自禁。坝陵南街8号,是1936年11月中共中央和红军在太原设立的秘密联络处。1937年8月底,伴随着中央红军改编为国民革命军第八路军,这里便改称为"国民革命军第八路驻晋办事处"(以下简称"八办")。在抗日战争中,这里承担着党领导华北救亡、沟通晋陕交通、保障八路军军需物资供应、接待进步人士、输送革命青年奔赴抗日前线等重要任务,成为开展抗日民族统一战线的重要基地。周恩来、刘少奇、彭雪枫等直接领导和指挥着"八办"的各项工作。这里的改造,也是在原来四合院的基础上完善恢复的,现在仍弥漫着传统文化的浓重色彩,又赓续了红色基因。我在改造中期和后期,曾数次到这里大门前的小广场上徘徊,充分感受这里清静古朴的文化气息。

后来市区又开工了几个改造项目,一是市图书馆的改造扩建,二是迎泽公园的改造,三是督军府(原省政府所在地)旧址的改造。市图的改造扩建,不仅增大了公益服务面积,而且使市图书馆人气爆棚,成为全国省会城市图书馆的标杆。我晨练时曾多次在图书馆周边散步参观，并撰写了《城市书房》的文章加以宣扬。迎泽公园是1949年后，市政府通过组织市民义务劳动建起来的第一个公园，品位、档次当然不能和宫廷园林相比，也和南方园林有很大的差距。现在经过改造，无论是建筑实体、园林绿化，还是道路网格局、文化含量、品位都有了显著提升。出于好奇，我不仅利用晨练去过多次，而且还特意欣赏过其夜景，并写了一篇《迎泽公园》的文章进行宣传。督军府的改造就更是一项牵动全省的大工程了。说它大，不仅是因为它耗资大，还在于督军府有千年的历史，被称为"千年府衙"。而山西省委、省政府又以非凡魄力，将省政府搬出督军府，擘画蓝图，运筹推动，将其改造成晋商博物馆，实为惊世善举。一开始，人们就很关注，我也利用晨练时间进行了观瞻。这里太神秘了，上梅山，看碑碣，转东园，到西门，总算对督军府有了个大致了解。改造中间还去过几次，当时，该栽的树已经栽上，该绿化的地方已经绿化，只是建筑项目大部分还在紧张的施工中，但是布局框架已经大致确定。开馆以后，我又正式进去参观。那宏阔的格局、古朴的建筑、灵动的园林、斑驳的古树，既有传统经典建筑的遗存传承，又有时代创新逸品的充实点缀。如同到北京去了故宫，到南京去了总统府，让人感到无比的自豪。管它现在叫什么名字，反正旧时千年府衙，现在普通老百姓皆可来去自由地参观了，真是一处了解山西、了解太原的新去处。

　　现在，我还在坚持着穿越市区老街古巷的早练晨游。因为，太原市还在继续进行着文化项目的改造提升。钟楼街是太原市著名的商业老街，堪比成都的宽窄巷子、苏州的山塘街。但是随着城市的南移西进、北展东扩，以及多年来没有顶层设计的开发改造，钟楼街窒息了。近年来，为了保护修复历史文化片区，发展旅游文化产业，市里开启了钟楼街改造工程。欣闻这项工程肇始，我从解放路进入，到柳巷拐出，穿行了好多次。这次改造，可谓大刀阔斧，街两边的建筑完全是按原来的样子恢复的。一座一座的建筑，都是用传统的建筑材料，仿照老格局、老样式、老门面精雕细刻，并且还复建了民国年间拆除了的钟楼。在保护中开发，在开发中保护。试想完工开放后，这里将是太原革故鼎新后的商业文化的网红打卡地。除此之外，去年开工的五一广场改造项目，也在紧锣密鼓地施工。主体工程是首义门的复建，这将彰显太原城原有的古老和宏大。至于广场改造，将以"千年城道"的理念，拉通原来的南北广场。改造后的五一广场，将更加庄重、大气、雄浑、朴茂。早晨我也曾多次骑行参观，但碍于围挡施工，还看不出个子丑寅卯。我所描述的这些，也只是通过阅览规划设计的电脑制图及说明而获得的印象。不过，据说今年国庆节就可竣工完成。同时，也吸引着我继续跟进。

　　随着时间的推进，这些市区文化项目的改造，有的前两年已经完工，有的今年或明年也将开放。其实还有一些不在市区的工程，当然，这些我是不能利用早练晨游去光顾的，而是只能利用专门的时间乘车去参观，比如说辉煌的太山旅游景区、幽静的天龙山旅游景区、古色古香的青龙古镇、晋祠高台式汉代风格的晋文公祠、锦绣辽阔的晋阳湖公园、奇异壮观的太原市植物园、双塔凌霄的双塔旅游景区，还有震烁全国的太原新的打卡地"明太原县城"，还有在全国颇具影响力的高科技主题乐园太原方特东方神画也已建成。当然，在市区还有一些继续施工或新开工的文化项目的改造和建设，都在等待着我继续利用早练晨游的形式去"督察"。

喝头脑去

头脑是一道本地人离不了、外地人不易接受的地方美食。

很多年前，我们接待过一位客人。当他返程回东北时，我们准备先安排他到太原的晋阳饭店喝头脑、吃烧卖，即以特色风味招待之，然后再将他送至武宿机场。到了饭店，食客很多，我们找了空位坐下，就招呼服务员抓紧上餐。上齐之后，客人面对一大碗头脑、一碟腌韭菜，问："这咋整？"我们中的一位通晓太原历史文化的同事，就开始介绍头脑的来历、营养和吃法，客人不知所云，索性大家就自顾自地吃了起来。当我们陪送的几位吃完之后，客人说："咱们走吧。"但见客人的一碗头脑基本没动，只吃了一个半烧卖。我们说："别客气，武宿机场比较近，不着急。"客人无奈又用勺子舀了几勺，搪塞说："时间不早了。"并起身和我们下楼，一起坐车赶往机场。萝卜白菜，各有所爱，何况客人是第一次接触这种药膳，不能强人所难。

还有一次，也是好多年前，我招待外地来的一位兄弟。他是一位美食家，也喜欢灶台操作。以前他也曾听说过太原的头脑，于是，早饭我就安排到头脑店去尝个鲜。一共三四个人，每人点了一碗头脑和其他。他拿起小勺子舀了两勺，尝了尝，似乎感觉到微苦中也有微甜，就放下勺子说："这好吃个啥，哪有美食的味道！"我说："你要就着韭菜吃。"他说："现在到饭店，谁还吃这腌韭菜。"言外之意，对于早饭喝头脑，他已经忍无可忍了。好在头脑店里还有羊汤，于是，又单另给他点了一碗羊汤，这才算安顿好他。其实，头脑只是一种地方小吃，而且受众很少，传播力也很弱。

现在城区面积扩大了，但头脑店仍无燎原之势。细想，既有一个价格问题，一碗头脑能抵四五碗老豆腐的价格，又有一个用餐时间问题。但凡喝头脑，没有个把小时，可能喝不出兴致，也吃不出韵味。而在"时间就是金钱，效率就是生命"的年代，对于正处在干事创业年龄段的年轻人，早晨紧张地赶路上班，很少有人到头脑店，细品慢酌。实际上喝头脑就是品文化，因为从明清深处走过来的颇具地方风味的头脑，就是唐风晋韵，就是"太原八景"，就是"山光凝翠，川容如画"的古并州，就是流布于钟楼街、柳巷、海子边、北肖墙的一种传统美食。它产生于这座城市，流布于这座城市，同时也被这座城市的人所接受。如同岭南的早茶，也是清朝的道光、咸丰年间兴起的。每天清早，全家老小都到早茶店，一边交流一边喝茶，享受天伦之乐，也有亲朋好友久别重逢，借一方宝地愉悦心情的。还有在这里消闲看报的、放松发呆的、谈情说爱的，完全把此地当作区别于豪华饭店的大卖场，来消磨自己的美好时光。太原的头脑店，既有这种功能，也具备这样的环境，更有适应这种消费需求的食客。

确实到头脑店消费早餐的，一般都是老城区的市民。他们了解太原的文化，熟悉太原的习俗，适应太原的饮食习惯，喜欢这种文化味十足的特色小吃。他们一路走来，饱经风霜，现在退休了，儿成女就，养老金比在岗时还发放及时。每日里，除了协助子女照管孙辈之外，再无别事，每天优哉游哉。清早，到头脑店放飞心情，回味生活，实在是一件岁月静好的乐事。天微微亮，喝头脑的老顾客，以各种交通方式赶往自己心仪的头脑店，先交票排队，再在店堂打上黄酒，点几碟小菜，和饭友坐到一起，便开始闲聊。他们不说头脑的来历，也不说傅山为母亲创制的这"八珍汤"（即头脑）的益处，因为这些他们早已耳熟能详。他们也不谈太原这么多年的变化，山清水秀，高楼林立，道路通畅，花红树绿，因为这些都有目共睹，而且早已是前几年赞扬的主题。他们交流的是各自的见闻，评论的是社会各类现象，交头接耳的是老熟人的隐私，偶尔也会面红耳赤地争论，过后就再接一壶黄酒，再端一碟腌韭菜，便开始喝头脑了。整个大厅人声嘈杂，热气腾腾，淹没着小众和约会的食客。有时还能看到几位六十开外的男女，他们又说又笑，个别男女还微露羞涩的表情，看样子好像他们是在撮合黄昏恋的美事。还有个别青年男女，身边放着双肩包，似乎是吃完早餐要外出旅行。在角角落落就座的，好像是比较清高的文化人，他们不与周边人交流，静静地享受头脑带给自己的思考。有个别老年人，是来打包购买的，只买一份，自带盛器，把各种小菜装得满满的。即使是咸菜，也要装很多，店主看不惯，总要说几句，可老年人总要以各种理由回怼。临了，还不忘再打两壶免费的黄酒，看来是一人跑腿，带回家两人享用。还有邀约相聚的老朋友，好长时间不见面，杯盏交错间，总有说不完的话。喝头脑的地方，就是说话的地方。一口黄酒，一口小菜，几句闲话，喝得有滋有味，吃得满头大汗。说的是家长里短，品的是人生百味。酒足饭饱，神清气爽。走，回家，开始新的一天。

在太原，喝头脑，就是吃文化，吃营养，享受品位生活。傅山作为一个在医学方面有深厚造诣的人，他为母亲研制"八珍汤"，应该说，不能不尽心、不负责。而且一碗"八珍汤"，是由三块精羊肉、三块长山药、三片莲藕，放在经过焙、煨、熬制的白面汤糊里，再加上黄芪、良姜等多种中药材等作料组成，它能不调元益气、滋补虚损、活血健胃、抚寒止喘、强身壮体吗？再加上腌韭菜和黄酒，它的功效和营养，可能会更全面、更丰富。现在为了迎合大众的早餐习惯和就餐需求，大部分头脑店，又免费增加了几种小菜，无论是下酒和增味，都是绝好的营养搭配。当一碗热气腾腾的头脑端到你的面前，微黄发亮的面糊上，放着几粒红彤彤的枸杞，还有雪白的莲藕、长山药若隐若现，真像是一幅清新淡雅的工艺图画。如果胃口尚好，再要上一两或二两状如盛开的白菊似的烧麦，周边摆上胡萝卜丝、茴子白丝、胡芹黄豆、洋葱丝、焯熟的豆芽，再加上腌韭菜和透明的黄酒，赤橙黄绿白，色彩艳丽，淡香沁鼻，你不饿，也要流口水。喝头脑，第一次可能你不习惯，第二次你就会有些感觉，第三次你就能体会到特色小吃的文化品位了。喝头脑就像吃臭豆腐、吃榴梿一样，只有习惯了，才能感受到它本身质地的妙处。

走，早上咱们喝头脑去。

牧耘心田 MUYUNXINTIAN

居高声自远

有一次，我和我70多岁的大哥聊天，我说："都怨你。小时候，你如果对我严格要求，我将会成长为参天大树。"大哥问："此话怎讲？"我说："小时候跟你学毛笔字，你对我既不从书法的根源上讲，也不从学书法的规律上讲，让我下了很多死功夫，也仅学了个皮毛。"大哥听罢哈哈大笑着说："到现在我还不如你。"

闲聊归闲聊，玩笑归玩笑，但说明一个道理，学啥都要拜师傅，名师出高徒。我大哥比我大八九岁，我上小学时他就当兵去了，我上中学时他已转业到工厂。在注重意识形态的年月，他在部队、在工厂多从事宣传文化工作，耳濡目染，身体力行，毛笔字写得很漂亮。而我在农村，地处偏僻，对于书法的爱好，只能是自我摸索、自我欣赏，在文化的沙漠里很难找到一个能指点我的名师。所以，只有在大哥一年一度回乡探亲之际，我才能接受到他书法艺术的熏陶。现在回想起来，尽管大哥在书法上闻道在先，但毕竟也是业余爱好，和我一样，没有拜过师，更没有很深的童子功，要他对我在书法上提携点拨，也实在是太难为他了。

术业有专攻。尽管每个人不一定都有条件得到童子功的训练，但是要专心致志于一个专业，只要有高人引路，自己刻苦训练，什么时候都可以"立地成佛"。待我大学毕业分配工作后，就有了同书法名人同频共振的机会。先是在省城的宣传部门，有一位副部长就是后来的省书协主席。又过了几年，到省城的文化部门工作，又有一位同我共事的年长的副局长，当时就是省城的书协主席。和这两位贤人共事前后十数年，出于对书法艺术的痴迷，我对他们的仰慕之情溢于言表，经常参与他们的书事活动，但就是没有登堂入室，拜于他们的门下。长期以来，仅以要好的同事或挚爱的朋友相处。机会难得，这就大大延缓了自己学书学艺的进程。

要想成就一门技艺，拜师很重要。师傅的高度就是自己发展的高度，师傅技艺的呈现就是自己努力实现的愿景。只要自己条件具备，能拜多高的师就拜多高的师，师傅的影响力就是自己将来技艺的覆盖面。我有一位中学同学，叫薛冲波，1980年考入北京大学。该校拥有丰富的人才资源，学术氛围浓厚。那年，北京大学成立学生书法学社，他就是发起人之一，其中还有现在在书法艺术方面名扬四海的华人德、白谦慎等人。他们学社的顾问，或者能接触到的业内行家里手，都是全国最有学问的书法大家。毕业后，他被分配到中央军委图书馆工作，十余年后，他就在北京办了个人书法作品展。有一次，我去北京碰见他，他送给我一本他的书法册子。以我的认知水平很难评价他的书法艺术水平，但几位全国著名的书法家都给他题了词、写了评语，这就足以说明了他当时在书法上的表现力和影响力。只不过，他40多岁就因病去世。否则，假以时日，随着他的学养积累、书艺精进和资源平台不断高筑，也必将是现在全国书坛的翘楚。

　　拜师虽然是一件通俗的事情，但并不是每个人都能认识到它的重要性。"男儿膝下有黄金，只跪苍天与双亲。"苍天就是贤人，就是天理，就是师傅。越是聪明的人越能认识到拜师的重要性。我有一位同乡，他大学本来学的是工科，但是毕业以后，在工作之余，倾注心血于国学及书法。他本就家学渊源深厚，二祖父就是山西辛亥革命元勋姚以价，他姥爷家也是晋南的名门望族。加上他的刻苦用功，专业影响力逐渐增强，不久就调入省里文教系统工作。就这他还不满足，又分别拜入山西三大贤人姚奠中先生、张晗先生和林鹏先生门下，并问学于卫俊秀等名家大硕。之后，由专家而学者，由学者而名家，并开办《经史讲堂》，含辛茹苦、栉风沐雨，一步步成长为教授、博士生导师、中国书法"兰亭奖"评委、中国书法家协会学术委员会委员。我说不准他在国学和书法理论上的成就有多大，但他在全国已经声名显赫。这与他拜师、拜名师不无很大关系，而且是决定性的关系。

　　向名师求教是使技艺水平达到专业高度的必由之路。凡是有所成就的艺术家，都存在着明显的师承关系。也就是说，技艺的传承延续着"口传心授"的师徒相承模式。凡是专业平平者，一般都是在漫漫长夜中独自摸索，虽然下了不少死功夫，但事倍功半。我所检讨的有师不拜，或不愿意拜师的，关键是思想问题。首先是没有志存高远，在专业和特长上没有远大的目标，只停留在爱好方面。其次是碍于情面、羞于拜师。这实质上是对学问、对技艺的追求不强烈的一种表现，没有攀登高峰的勇气，胸怀还不够开阔。当然，也有"背着猪头找不见庙门"的，把自己关在屋里自怨自艾，钻牛角尖。由于工作性质的关系，在几十年的职场生涯中，我亦经常和省内专家学者接触，但由于思想问题，只把这些当作资本来炫耀，而没有实实在在作为偶像来崇拜、来师承。"虚名虚位久沉沉，禄马当求未见真。"有师不拜，或不愿意拜师的业余爱好的自学，既浪费了时日，又虚度了年华。

拜师求教确实是攀登技艺高峰最有效的方法。凡"志于道，据于德，依于仁，游于艺"者，都应该破除思想藩篱，创造有利条件，努力在继承前人的基础上成就自我。

永锡难老

上中学时，就听老师讲，宇宙是无边无际的。后来又听说，科学家计算出地球约产生于 45 亿年前。当然，这个数字随着科学技术的发展还在不断地变化。据说，人类史有 100 万年左右，人类文化史已有 1 万年左右，人类文明史也已 5000 多年。尽管人类文明在其"轴心时代"，即公元前 800 年至公元前 200 年间，尤其是公元前 600 年至公元前 300 年间，取得了重大突破。但那时的先哲对人类的贡献，也只是揭示了世界运行的规律和认识世界的方法，开阔了人类的视野，至于从科学的角度、技术的层面探源也才是个开始。而现在时间过去 2000 多年，虽然人们对世界的认识已不断深化，但是，人类对于浩瀚宇宙的认识，还处在路曼曼其修远兮的阶段。

对人类来说，无论认识世界，还是认识自身，都有局限性。每一次朝代更替，都伴随着旧事物的消逝、新事物的出现。虽然，科学成果能客观存在，人生观、世界观能赓续传承，但是，这都有一个重新学习、重新认识的过程。当后人站在前人的肩膀上重新审视世界的时候，又会走入一个新的轮回。如果用哲学的观点来看待这种现象，就是人类社会在螺旋式上升、波浪式前进。人类的认识没有绝对，也不会有终结。所以，无论是人类社会，还是独立的个体，没有绝对的正确，都是相比较而存在，相对立而发展。

一个国家、一个民族，无论是什么样的社会制度，都会由不成熟阶段向成熟阶段发展和完善。当这个社会制度接近成熟或已经成熟时，就需要上下求索，不断改革创新，这样才能使之更加成熟、更加定型。

对于一个人来说也是如此。人的生命是有限的，有幼童期、青壮期，也会进入暮年而衰老。我们如何才能在精神上做到"生命之树常青"？这就需要不断地学习求索。学习求索就是注入人体内的活水，就是滋养人们的精神根脉。人只有通过学习求索才能使生命之树常青。这样，人的思维才能跟上时代的潮流，人的观念才能和发展变化的社会合拍。生活中，我们经常也会碰到一些人，要么是冥顽不化、因循守旧，要么是自以为是、刚愎自用，这些都同不注重学习求索、不注重接受新生事物有关。"满招损，谦受益""天行健，君子以自强不息"。人类对于世界的认识是没有终点的。人类对于社会发展变化的认识，对于自身的认识也是没有终点的。"学然后知不足……知不足，然后能自反也"。每个人在对社会和人生的认知方面，都应该放下身段，谦虚谨慎，戒骄戒躁，孜孜以求，这样生命之树才能永锡难老。

浩瀚的宇宙，奥妙无穷。为了与之同行，人类在一代一代地求索探究。而人生有限，世代相续，人类社会永远处在一种从幼小向成熟、从成熟向衰老发展的状态。任何事物都在不断地发展变化，我们应该不断学习，勤于思考，勇于创新，把人类社会的知识和经验一代一代地传递下去，这样才能不断地破译解码宇宙的奥秘。

广结善缘

很早之前,我就听说过"水至清则无鱼,人至察则无徒"这句古话。当时不甚了解,只把它作为"装点门面"的用语。直到岁月蹉跎、历事炼心之后,才慢慢对它有了深切体会。

现实中的河水、湖水和海水中都有生物,从而大鱼吃小鱼、小鱼吃虾米、虾米吃水藻等微生物,形成食物链。这里说的"水至清"的水,可能就是类似于纯净水的水,既无营养,也无微生物,当然,这就不可能形成食物链,因此,就不会有鱼。"人至察"中的"察"是苛求的意思,所以"至察"之人就很难和人打交道。在人世间,也就不容易结交善缘,就很少有人能与之一路同行。这句古语中的两个"至",都是"极"和"最"的意思。水满则溢,月盈则亏,干什么事都有个度的问题,物极必反,超过了这个度便会走向事物发展的反面。

构成和维系社会人际关系的基础,是社会交往。一个人在社会交往中的格局、胸怀和境界,便决定了他人脉圈子的大小和事业走向的高低。显然,"人至察则无徒"。如果不能发自内心地存善、容人和交际,那就是孤家寡人，就谈不到家庭幸福、个人成长和事业发展。

每个人都在社会关系网中占有特定的位置。社会中的人，由于角色不同、生长环境不同和文化修养不同，便形成各自不同的性格和价值取向。从而也就各有各的优势、各有各的不足。有的人优点和不足都特别突出，有的人长处和短处都不明显。有的人行事考虑问题比较全面一些，有的人个性比较突出一些。但尺有所短，寸有所长。看一个人要一分为二，不能感觉和自己兴趣相投，就爱屋及乌；和自己性格不同，就避而远之。有时要识别一个人还需从不同角度来观察。"不识庐山真面目，只缘身在此山中"，这是说，必须全面了解，才能认清事物的"真面目"。因此，需要真正了解一个人，还需长期观察，在动态中、变化中了解他，这样才能得出客观的、准确的、全面的结论。

容人、交际的主体首先是自己。认识一个人很容易，但要认清一个人却很难。有的人缺乏辩证思维能力，那么就不可能条分缕析地看待问题；有的人是非观念不清，那么就不可能认识到事物的本质。有的人"钢多气少"，显得盛气凌人；有的人自以为是，往往会漠视周围的人。当然，也有"胸藏文墨虚若谷，腹有诗书气自华"的人，但这要靠长期的修身方能企及。也有人说，有时候真理掌握在少数人的手里，但这些少数的天才，肯定不是不学无术之辈，他们是经过读万卷书、行万里路、识无数人的历练才功成名就的。"海纳百川，有容乃大；壁立千仞，无欲则刚。"我们大多数人都是靠这句联语来履仁蹈义，来容人、交际的。

是的，与人相处的最高境界就是容人，兼容并蓄。为什么曾国藩家族能百年不衰？为什么刘、关、张三结义能赓续终生？为什么井冈山的星星之火可以燎原全国？尽管有很多因素，但前提和基础是广结来自五湖四海的朋友，具有兼容并蓄的胸怀。兼容就能充实思想，兼容就能优化思维，兼容就能集结力量，兼容就能增强信心。要兼容，首先，要包容每个人的性格，性格是一个人总的精神面貌，包容个性差异就是包容文化差异。其次，要包容不同的生活方式。生活方式是不同时代、不同地域的产物，根深蒂固，要想让其形成正确的生活方式，只能在实践中加以引导，才能使其见善则迁。更要包容不同的思维方式，思维方式不排除殊途同归，况且创新思维更有利于破局。只要把握得当，扬长避短，则能获得事半功倍的成效。包容可以使得家和万事兴，包容可以赢得朋友遍天下，包容可以使事业有大成。

　　要做到大度兼容，就要襟怀宽广，要追求"春风大雅能容物"的境界。这样，视野里就都是美好的事物，就能"容天下难容之事"。如果"至清"、"至察"、求全责备、自以为是、斤斤计较，那么，这个世界就会和我们渐行渐远。其实，"和而不同"的君子处世之道，就是现实生活中你、我、他应该践行的。

欣结善缘

一个人要想成功，需要贵人相助，时运才会更好。贵人者，"君子者，贵人之子也"（《礼记·丧服》），是指有正能量的人，有眼光的人。贵人在哪里？就在你身边，关键要看你愿不愿欣结善缘。

善结贵人缘的人，往往都能刻苦努力，真诚待人。如果你不耻请教，坚持始终，贵人就会给予你真正的帮助。相传秦末，张良年轻时，在一座桥上遇到一位穿着粗布衣裳的白胡子老人，张良走到他跟前的时候，老人一伸脚，一只鞋便掉到了桥下，他对张良说："小伙子，下去给我把鞋捡回来。"张良心里很不痛快，但是转念一想，人家毕竟是个老人，就忍气吞声地走到桥下把鞋捡了回来。他走到老人跟前，老人又伸出脚说："给我把鞋穿上。"张良心里老大不高兴，但他又觉得，已经给老人把鞋捡回来了，索性就给他穿上吧，于是张良就跪到地上给老人把鞋穿上。随后老人站起来，点点头，笑了笑就走了。张良望着远去的老人，感到非常奇怪。过了一会儿，老头又返回来说："你这个年轻人还值得我教教，五天之后的清早，你就在这儿跟我见面吧。"说完就走了。之后，头两个五天的早上，老人刻意都比张良到得早，而张良总是迟那么一点点。老人便两次都批评了张良，让他五天之后的早上再来。碰了两次钉子之后，在第三个五天到来之际，张良半夜就起床，早早来到桥头等着。老人远远望见张良已等在那里，便高兴地走过去笑着说："这才是虚心拜师该有的样子。"于是，他拿出一本书说："好好学习这本书，你定能成为一个出色的军事家，10年以后你会成功的。"张良接过来一看，原来是一部《太公兵法》。于是，他刻苦攻读，掌握了许多战略、战术，终于成为一个深谋远虑的军事家，帮助刘邦打下了江山。这个白胡子老人就是张良的贵人，在张良奋进的时刻，帮他实现了理想。而白胡子老人对张良的数次怪异行为，便是对张良的考验。

　　一个人干事创业，如同四季更迭，如同月有阴晴圆缺。不同时期、不同阶段都需要贵人的帮助。当你奋发成长时，需要理解、欣赏你的人；当你处于危难之中时，需要鼓励、力挺你的人；当你春风得意时，需要给你泼洒冷水的人；当你失落迷茫时，需要为你擘画正道的人。在这些阶段帮助你的人，都应该是贵人。重要的是，看你如何面对。

　　和贵人接触，面对的也许是居高临下的说教，也许是逆耳的斥责，也许是不同程度的揶揄，也许是晦涩难懂的传授。听话听声，锣鼓听音，只要是想改变自己命运的人，只要是品质优秀的人，就能够坚守执念，幡然悔悟，另辟蹊径。当然，也有不谙世事的人，听不懂、分不清贵人的指点和教诲，于是，贵人的苦口婆心便成了对牛弹琴，他自己仍然在命运的迷途中苦苦摸索。

　　贵人不是父母，也不是一般的同学和朋友。贵人之所以称为贵人，也许是涉世较深的长者，也许是饱经沧桑的智叟，也许就在你的周围和你一路同行，也许会和你陌路相逢。不管是在哪种机缘巧合的情况下相遇，你都应该善与贵人结缘。对于欣赏自己的要抱朴守真，诚实守信；对于给自己鼓劲加油的要增强自信，不负初心；对于给自己泼冷水的，要谦冲自牧，理性对待；对于给自己点拨指路的，要闻过则喜，从善如流。贵人之所以是贵人，是因为他们的思想深度远远高于常人，我们要善于理解；他们的表达常常含骨带刺，我们应硬着头皮聆听；他的行为时时有违凡俗，我们应善于接受。贵人也是凡人胎，需要敬重，也需要主动创造机遇，更需要程门立雪般虔诚的求教态度，这样才能结缘问道，取得真经。

历史上，被贵人点化而成大事的例子很多。在现实中，也有很多或困顿、或迷茫、或陷入逆境、或不知所措的干事创业者，经贵人帮扶而校正航向渐入佳境。因此，想要有所作为的人，都应善结贵人缘，不负此生相逢。

随遇而安

除了吃穿，人这一辈子还要为住所而烦恼。20世纪六七十年代，我在农村生活，那时候的农村是集体经济，"三级所有，队为基础"，人们的生产劳动形式不以个人意志为转移，但老百姓的住房基本上还是1949年以前的个人资产遗存。有的存在了几十年，有的存在了上百年。大多数都是土墙壁、坡瓦顶，陈旧破败不说，风吹雨淋，霜打日晒。在这种自然毁损的情况下，免不了今天掉几片房瓦，明天掉几片墙皮。不停地修补，不停地改造，大家都处在这种状况下，不知不觉也就走了过来。

那时候，我家住在农村一座简陋的四合院里。这座院子里共住着两户人家，我家住东房，叔叔家住西房，都是"小三房"。北房有三间，两家二一添作五。南边是共用的带长窗的走廊，是通往院外的巷道。如果按使用面积计算，那么两家分别应该是40多平米，小不说，关键是房子太老了。虽然找不到记载，但推算下来，也应该是一百大几十年的院龄了。我的父亲如果在世，也应该是110多岁了。据他说，他小时候就住在这个院子里。而且也不是他父亲即我的爷爷建的,那么,这就很遥远了。试想,这样古老的院子,这样古老的房子,常住常修那就是寻常事了。

是的,我成年以后,老屋每年都得修修补补。小打小闹的不说,在我手里,起码翻盖过一次北房。当年大工、小工十数人,耗时也有十几二十天。还有一次是北房室内的修缮,青砖铺地、裱墙、改窗换门、搭顶棚,这种泥工加木工的活也干了数十天。除此之外,应时、应景、应急的修葺,几乎年年都有。什么盖厨房、修土炕、建猪圈、垒鸡窝、掏下水道、修厕所,不一而足。而且,干这些活的前提,首先要打土坯、抹泥基、备土备料,做好准备工作,这些都需要耗费一些时日。在乡村,几乎家家户户都这样。而且在这些古老的院子里,在这些古老的房子里,他们养老送终,娶妻生子,迎来送往,秋收冬藏。后来,虽然我到了城里,但我的婚礼仍然在这里举办,我的儿子仍然在这里诞生。老房老院遮风挡雨,伴随我走过了20多个春夏秋冬。

我到了城里后,仍然为住房烦恼。我参加工作后,先是住单位集体宿舍。后来,妻子调来了,单位领导给我在单身宿舍找了一间房子,15平米,做饭是在楼道用蜂窝煤炉子。一到做饭时间,整个楼道里烟雾缭绕,刺鼻熏目。那时,谁还顾及这些?有个窝就不错了,还很念及领导的关怀。就这样,我和我的妻子、女儿在这里住了4年多。4年多里,老家来了亲人,也就凑合着住在这间房里。客人登门,也就在这间房里支起圆桌,把酒言欢。记得有一次,我的一个同学要调往北京,我便邀请七八个同学到我的寒舍举办送行宴。现在回想起来,实在是寒酸得很,哪儿还够得上宴请?充其量,也就是个普通的饭局。那是个周日的晚上,我亲自掌勺炒菜,菜不咋地,都是拼凑起来的花架子,酒倒是喝了不少，不知不觉已到了晚上九点。请来的同学，大多数在城外的一家大企业工作，一想到还要回家，但天色已晚。那是 20 世纪 80 年代中期，代步交通工具只有公交车，但晚上八点就停运了。无可奈何，只好把其中的三人安排在我家的床上歇息，还有三位只能睡地板了。我和爱人只能借住到斜对门的同学家里。这位同学刚结婚没几年，晚上也参加了我家的饭局，并且是酒场主力。他家也是单人床合并的一张大床，两对四人。两位女性睡在中间，我和我的同学各挨住各的爱人睡在两边。天亮酒醒，送走同学，仔细回想，在这 15 平米的居室，竟然也能演绎出赏心乐事，不禁暗忖：真是人无贪念烦忧少，事有知止欢乐多。

后来，我居住的那座两层单身宿舍楼要拆迁，楼内所有的临时住户都要自找门路，安身立命。没办法，那是 20 世纪 80 年代末期，单位既没有福利建房，社会上也还没有开始贷款购房，我也丝毫没有能力通过其他关系借租住房。没办法，我只有硬着头皮找组织，后来经单位领导研究，给我借到了一套单元房。这套房子虽然只有 37 平米，但有卫生间、厨房、阳台，即使没有客厅，但一进门的空间设计，既是过道，又能摆小饭桌。通往两边的房子，各是 15 平米的卧室，当然也可以用其中的一间做书房。那时，我的女儿才七八岁，三口人能住上这样的房子，已经是天上人间了。记得搬家的那一天晚上喝了一场大酒。其实搬家只是一个程序，因为就没有多少家具。两张单人床，一张两个抽屉的桌子，其余像衣服、书籍都是放在十几个纸箱子里，用小平车从马路北边的房子里拉到马路南边的房子里，跑了几趟就拉完了。关键是兴奋、是激动，还有就是对组织关爱的感激，喝酒就是顺理成章的事了。饭局就在新搬来的家里，菜品仍然是自己操持。只记得当时喝的是六曲香。我家在二层，一共七八个人，四瓶酒不够喝，又找出半瓶，半瓶喝完了，又下楼到街上买了一瓶，喝到大半夜。由于说话声音太大，害得住在五层的一位老领导下楼敲门提醒我们说："楼里的人都睡觉了，你们声音小一点。"后来，住得远的同事都走了，还剩下我们就近的三个人仍然继续喝。一直到把所有的酒都喝完，其中有一位同事从状态上看已经"喝高"了，我们两个把他扶着送到不远处的机关办公室，安顿好，便各自回了家。其实，我也喝多了，回到家，倒头便睡，一直睡到第二天都还没醒来。刚搬家，家里已经没有蜂窝煤了，爱人叫不醒我，只得麻烦两位同事，先买了一筐救急。而我则睡到第三天，记不清是上午还是下午了才起来。挨骂自不必说，关键是那时还把握不住喝酒的度，也不理解酒喝多了的危害性。此后，就开始张罗给房屋完善配套设施、配备家具。我们一家在这里住了四五年，也为住房能够正常使用奔忙了四五年。

20世纪90年代，我国改革驶入"快车道"，各项社会事业全面发展，经济建设呈现出崭新局面，人们的生活水平有了明显的提高。我所在的清水衙门也可以建房了。建房的资金投入形式，似乎是福利加集资。1993年，我正式分到了一套住房。建筑面积72平米，格局和原来借住的房子没有大的区别，但舒适度大大增加。同样是卫生间，面积大了一倍多，有浴盆，还有面盆。同样是厨房，连上阳台有三四平米，煤气灶、抽油烟机一应俱全，做饭方便又干净。特别是有了专门的客厅，13平米，有线电视机放在其间，摆上沙发也不逼仄，在家里歇息、招待客人也很有意味。两个15平米的卧室，学习、生活都很方便。在搬入新家之前和住进新家之后，我们又做了大量的完善、弥补和改进的工作。特别是刚住进时间不长，我们家就接连发生了两次失窃事件，那行窃人深更半夜，明火执仗，潜堂入室，虽然家里并没有什么贵重物品，但衣服、挎包里零用钱的不翼而飞，也是让人心惊胆战、惶恐不安。我家住在二层，小偷就是通过窗户爬进来的。于是，就请人帮忙，把我家前后窗户和卫生间的窗户上都安上了防护栏。之后，我们一家便在这里度过了十几年。

十几年的时间在历史长河中堪称一瞬，但是对于一个人来说，却是一段漫长的记忆。一是我的女儿已经长大了，二是家中亲人带上我的儿子也从农村来到我这里。显然，两居室的房子，对于三代五口之家，已经明显不够用了。何况，还有老家子侄辈的孩子到城里来上学求职，节假日免不了要到家里落脚过夜，这些事情，经常让家里人措手不及，临时忙乱。因之，我一边认真地上班工作，一边苦思冥想。对于机关来说，进入新世纪之后，已经废除福利分房；对于社会来说，已经开始房地产开发，工薪阶层哪能买得起房？对于我个人来说，一个普通机关干部，又够不上市里关照的层级。那个时段，我爱人也没少埋怨过我。更深夜静时，每每回想本人的作为，也常常自惭形秽。好在后来我们同系统的一个单位，最后一次集资建房，经贵人撮合，决定以本单位普通职工的身份，给我一套房子的指标。于是，从奠基开始，便过一段时间交一次钱，一直交到三四年后的楼盘竣工。正当我欣喜若狂，准备入住新房时，又发生了一件不畅快的事情。因省里查房，说不让给外单位的人分房，其间是是非非一言难尽。最后，还是我通过找市纪检委和省纪检委的有关同志说明情况，才又同意给我分房。但是，该单位的房子已经分过，只好把给建筑方抵顶工程款的住房中的一套给了我。不管怎么说，最终还是分到了一套房子。有比没有强，住上大房子总比没有住上大房子强，这还得感谢这个单位的领导。房子使用面积130平米，足够了，一辈子能住上这样的房子，也算是烧高香了。何况，这里的住户，都是本系统打了几十年交道的熟人，有文化、有素质，一个个都是彬彬有礼的谦谦君子，这里亦不失为一处居住环境良好的心仪之地。

　　分到这套房子时，我已经50开外了，这也许是我人生最后的居所了。因此，在装修房子时，我只确定基本风格，至于实施，就由我勤劳、贤惠的老伴来代劳。我关注或具体把关的只是客厅和书房。客厅是反映主人气质和职业特点的主要场所，而书房一直以来就是我向往的乐土。现在终于有了固定的、独立的、安静的一个地方，我何不把长期积累的见识、思考和设想一股脑儿都付诸现实？于是，我设计出完整的两面墙，定制了顶天立地的满墙书柜，将我一辈子积存的、有用和没用的藏书大部分都摆到书柜里。然后又买了书桌，儿子还给配上了电脑，为回归家庭做好了准备。自2007年我们搬进这个家，一直到现在，已经十几年了。这十几年里，虽然不像农村的院子和房子，过几年要修这儿，过几年又要修那儿；这几年要增设什么，过几年又要更换什么。但是，在城市居住，要维持家庭的正常运转，也是小事不断，要交水费、电费、煤气费。下水堵了，水龙头坏了，门边木条掉了，家具门闭不上了，总是有干不完的活。人啊，总是要不断地为生活的正常运转而忙碌。尤其是子女不在身边时，什么事都要亲力亲为。其实和我当年在农村一样，只不过我现在退休了，你不干这些干啥，老伴不指挥你指挥谁，放下身段，感受烟火人间，平安是福，自得其乐吧。

　　农村也罢，城市也罢，都是因人而名、因人而兴，世世代代，都在发生着变化。近20年，农村无论是移民搬迁，还是撤乡并镇，整体面貌都发生了变化。无论是少小离家老大回的返乡客，还是过去插队的知青，几十年后回到曾经生活过的地方，已经很少能看到当年的标志了。在城市，随着南移西进、北展东扩，棚户区改造，老旧街区翻新，也发生了翻天覆地的变化，城市原来的一些地标性的建筑，几乎都被湮没。老城区的市民，或者退休后的一些老年人，一上街真的都找不见原来记忆中的景象了。当然，不管城市还是农村，绝大多数人的住宿条件也发生了很大变化。不管如何变化，让老百姓安居乐业才是正道；不管在哪里，都应该营造舒适、安全、便利的居住环境。这才是衡量社会发展最基本的指标。

退休是每个职场人的必由之路。为了过好退休生活，我也该把老家的房子收拾收拾了。虽然城乡差距在短时期内还难以消除，但体验式的回归故里，获得精神上的满足，一直是我想要的生活。何况，清明要回家祭祖，城市生活厌倦了，老两口想享受田园生活，回老家住一住，都是很现实的需求。我原来就有每年春节回老家过年的习惯，即使父母都去世了，我还坚持回老家过年，一直坚持了近 30 年。后来由于家里的条件艰苦，我也年逾 50，孩子们都结婚生子，不能同行，才终止。将近退休了，我应该重拾夙愿，收拾好农村故居，以满足自己的心理诉求。于是老了，又开始为住宿而辛勤劳作。不仅把房子收拾好，也将院子收拾好；不仅设置了厨房、餐厅，还修葺出客厅、书房。硬是将一个破旧故居，修整为一个能安放心灵的地方。至此，我便开始和老伴，每到清明、国庆节都要回老家小住，即使老伴给女儿看孩子不方便，我也要一个人回老家独处。因为有乡邻做伴，我也就随遇而安，何况在自己的家乡，在自己的房院。

寻找清净

　　孤独能影响一个人的性格，也能提升一个人的境界，而孤独最初的起因在于，一个人所处的环境。我小时候，由于身世特殊，总不愿意和别人接触。成长过程中，待人接物也往往是索然寡味。参加工作后，总是想做一些能够独立完成的工作，不愿意干那些和人打交道的事情。但是，不管干什么工作的人，最终都得退休。退休对于一个人来说，意味着生活节奏的改变，但对我来说，似乎并不存在什么适应与不适应的问题。因为离开职场以后，所有的时间都可以由自己来支配。一个人独享清净，是我求之不得的事情。于是，我便找了一处栖身之所来安放自我。

　　我找的这个地方，不知情的人抬举为工作室。到过这个地方的人，现场观察，其实就是一个地下仓储室。四面没窗，白天晚上的光景都是一个样。我的所在只有十几平米，是十几个隔段中的一个。这些隔段，有的存放东西，有的住着临时工和保安。客观地说，这里是十分简陋的，但是对于我来说，这里却是一处清净之地。没有干扰，没有物欲，没有想入非非。在这里，只要心无旁骛，安心修身养性，铸魂练魄，种好心田，亦能够仰望星空，看水观山。真所谓，欲穷千里目，何须上层楼。

我有一个温馨的家庭。但是在家里，总有听不完的倾诉，总有道不尽的"热搜"，总有干不完的俗务，总也难以望见山水春秋。而且，凡是普通的家庭，时不时总有"君主"因"威"生"权"，"臣民"想安下心来，干一些自己想干的事情，实在是不太可能。何况，我还想在不久的将来，把我的人生感悟都诉诸文字，把我的兴趣爱好发挥到应有的高度，把我落下的知识补回来。于是，我把这里命名为"蜃庐"。蜃庐者，虚无缥缈之地也。于是，我便在这里安营扎寨，早上来，中午回，下午来，晚上走。一年四季，春夏秋冬，风雨无阻，日日坚守，这里俨然成了我的一片麦田热土。

在蜃庐，我是庐主。每天独来独往，想写什么就写什么，想看什么就看什么，想听什么就用手机听什么。把所有订阅的报刊都逐页翻遍，对城市建设取得的成就都用文字加以颂扬，将感兴趣的历史文化景点都挖掘成篇。所练所写的书法作品，除了保存和赠送之外，几乎每年还要"火祭"一大半。在这里，我也有广泛的联系，或电话沟通交流，或微信转达心意。偶尔也有亲朋好友前来探看，我便如同"久旱逢甘雨，他乡遇故知"一般，热情地奉茶递烟。我们笑谈天下大事，畅述沧海桑田。"斯是陋室，惟吾德馨。""无丝竹之乱耳，无案牍之劳形。"世间万物，大道至简，其实最后都归于朴素与平淡。日复一日，年复一年，见素抱朴，我已经致虚守静多年！如果有人询问：每天干啥？我答：独享清闲。

清净不等于孤独。孤独是一种境界，承载着使命和信念，是强者的专属。共和国的优秀人才,无论是科学家还是文学家,都是忠于职守的人。他们隐姓埋名,卧薪尝胆,孜孜不倦,创造出多少灿烂文化和惊天动地的伟业,这些人物才配享孤独。历史上的圣贤们遭受酷刑,困窘谪贬,社会遗弃,亲朋不解,而抒发愤慨,退隐著书,这才是真正的孤独者。人类文明的"轴心时代",也就是华夏民族的春秋战国时期,思想家灿若群星。这些先哲们在文明觉醒和人类启蒙的时代,面对愚昧无知和人性凶残,苦苦思考,不懈追求,百折不挠,真正把自己的思想熔铸为建立社会秩序的北斗,这才是典型的孤独者。而我在蜃庐,也只是安顿心灵,夕阳映照,小桥流水,不负时光,寻找一片清净,坐享文明社会、和平年代和社会物质相对丰富阶段的成果而养尊处优,哪来的孤独?蜃庐虽清净,但我也不寂寞。因为双眼常观天下事,胸中盛满世间情,指间时流淡墨韵,嘴里老念学不足,实在没时间给生活留白,让寂寞乘虚而入,污染我清净的绿水青山。

近两年多遇疫情防控,而壬寅年尤甚。从四月份开始,有些单位则放假,蜃庐所在的单位亦如此。放假之后,这个地下室只住着单位保安。白天他们到单位去上班,晚上才回到地下室休息。根据单位的安排,地下室的大门上除了启用平时的门禁系统,还特地加了一把大锁,目的是放假后不允许单位有门禁卡的人随便进入。我虽然有门禁卡,但新加大锁的钥匙则是由保安专人管理。这样,我的出入也成了问题。而我如果有一天不到蜃庐,都会像热锅上的蚂蚁,惶惶不可终日,不知道时日将如何打发。于是,便和单位的负责人沟通,他同意我每天出入时可以直接和保安联系。我来时他要开门锁门,我走时他亦得开门锁门,平时地下室的大门总是在外面锁着。于是,我便成了四面墙里的人,失去了出入自由。如果说以前我到蜃庐,纯属寻找清净。那么,现在我还这样坚守，便是自投罗网，甘受其困。这样倒也好，本来这里就比较安静，现在四面墙里唯我一人，就更安静了。以前，我还怕影响别人，打扰别人。现在，这里除了没有看守之外，我整天在这里似关禁闭。当然，这里的条件要比监舍好多了，听不到外面的喧嚣，看不见人世的嘈杂，想干啥就干啥。阅读自由，行为自由，心灵自由，好一个独享清净，何乐而不为呢？

　　清净需要寻找，清净需要营造，清净需要坚守。闭门就是深山，读书随处净土，心灵的清净是最重要的。

说清高

有一阕很有意思的词，是这样写的："本是后山人，偶做前堂客。醉舞经阁半卷书，坐井说天阔。大志戏功名，海斗量福祸。论到囊中羞涩时，怒指乾坤错。"这阕词，貌似自谦，却隐含自矜。既有自抬的意思，又有自嘲的意味。但仔细琢磨，词中塑造的，似乎是一个自命清高者的形象。

清高是一种品质，但自命清高则不同。自命清高者，他们有的是成长环境所致，或被孤立，或被宠爱，或被排挤，或被抬举，久而久之，便"修柯独出林"，"孤高不可恃"。有的是因为有"半瓶子醋"，便"大志戏功名，海斗量福祸"。当然，也有"不识庐山真面目，只缘身在此山中"的坐井观天范儿的清高。凡此种种，都不是纯粹的清高者。纯粹的清高者，应该是有真才实学，有崇高修养，有真知灼见，不慕虚名的人。

独隐者，有着高傲的本心，孤僻且冷傲，对世俗生活不屑一顾。这种人流露出清高的神情，实际上是自命清高的人。自命清高的人，往往喜欢独处，习惯以个体行事来体现自身价值。看待事物容易感情用事，不愿意在协同合作中浪费自己的精力和时间，与人相处很难做到包容，遇到事情缺乏灵活应对能力。他们往往随遇而安，洁身自好，沉湎于自己的世界，"流响出疏桐""垂緌饮清露"。这样的清高，容易脱离现实，疏远"俗世"，甚至丧失发展的机会，毕竟"水至清则无鱼，人至察则无徒"。

其实，现实是排斥自命清高的人的，有道是"雨露滋润禾苗壮，万物生长靠太阳"。真正的清高者，历史上曾出现过，他们都是何许人也？是那些在血与火中淬炼民族精神的人，是那些作为文化旗帜而流芳千古的人。而生活中自命清高的人，则是偏居一隅，完全脱离了生活的激励、现实的陶冶，未必能够得到好的结果。其实，"欲洁何曾洁？云空未必空"。殊不知，"好高人愈妒，过洁世同嫌"。生活千姿百态，现实五味杂陈。"莫是清高嫌俗眼，故张翠幕淡笼遮。"现实中的人，只有融入生活，才能充实自己，历练自己，坚定信念，践行追求。

职场转身之后，蓦然回首，我便凑了几句顺口溜："清高不算高，高则是孤傲。傲前加一冷，合者更寡少。"我想，没有根基和修为的清高，就是冷傲，而这种冷傲的人和现实环境是格格不入的。自命清高，其实是对现实的误读。任何事物，都要全面地、辩证地、一分为二地看待。生活在相同环境中的人，也大都是百人百性。每个人都有自己的长处，每个人都有自己的特点，每个人的思想、意识和行为都在随着时间的变化而变化，不能静止地、一成不变地，或凭自己的好恶来看待。只有兼容并蓄、虚怀若谷，才能结交才俊，优化思维，涵养魂魄。在包容的心态下，或许也难避免分歧和矛盾，这就要靠个人的品性和修养、能力和智慧，既要坚持原则，又能谦虚、忍让，来处理各种关系了。

说到此，我方意识到，孤标独步，应该就是品德高尚、才艺超群的清高。

岁尾陈辞

　　一个人的生活环境，一半来源于天赐，一半来源于人为。我的成长经过了两个天地，一个是民风淳朴的传统村落，一个是日新月异的千年古城。感谢时代，让我经历了两种不同的文化环境，成全了我对生活的深刻认识。

　　农村和城市，于我来说，是两处不同的意境。我在这两处分别生活了几十年。在农村，先是读书上学，时处"文化大革命"期间，上一上，停一停，直到高中毕业。上学间歇，必然是参加生产劳动。高中毕业后，大中专仍不招生，我辈便成为地地道道的农民，不过算是知识青年。在此期间，我加入了党组织，成为村里的干部，也曾到公社机关工作过一段时间。交往的是农民朋友，面对的是广阔田野，耳闻目睹的是村风民俗，道听途说的是方言俚语，耳濡目染的是传统文化，街谈巷议的是家长里短。这些，在我心里烙下了深深的印记。后来节变岁移，我被推荐上了中专。中专毕业后，我又参加了"文化大革命"后的高考，上了几年大学。不管是上中专还是上大学，都是从农村到城市文化层面的过渡。大学毕业后，我被分配在城市工作，一直到退休。城市和农村管理体制不同，人们的工作性质不同，生活环境和习惯也不同。在城市，工作日上班工作，节假日自由支配，工资按时发放，公益事业基本普惠。面对的是现代文明，交往的是儒雅书生。

无论农村还是城市，我和同代人的经历大致相同。农村是苦寒之地，特别是在我们那个年代。寒冬腊月，十六七岁的我们就在运城盐池拉过硝，为的是一天能挣一两块钱。盛夏酷暑，我们顶着炎炎烈日躬身稼穑；三九严寒，我们顶风冒雪填沟造田。干完一天的农活，晚上还要提着马灯，往生产队的地里义务运送农家肥，争做青年突击队员。农村也是传统文化的传习地。无论是逢年过节、婚丧嫁娶，还是祝寿庆生、起屋架梁，都承载着传宗接代、孝老敬亲、感恩报德的内涵，且大都以文字形式书写呈现。当时，我既是参与者，也是书写者。对于传统文化，我在书写中熟识，在参与中深化。在农村的广阔天地里，只要坚韧不拔、苦干实干、志存高远，就能突破藩篱。在城市上班的几十年里，无论寒暑，我总是第一个到，最后一个走，加班加点是常态，也是兴趣所致。就像农村的春种夏管秋收冬藏，一切为了收获，哪怕挥汗如雨、顶风冒寒，也是值得的。工作追求卓越，力求创新。我在单位的同事，他们就像我在农村的邻里、族亲。我们互帮互助、和睦相处，皆是弘扬传统文化，仰慕圣贤之道。我在城市的节假日和业余时间，大多数用在阅读和自习上，也挤时间成就业余爱好，不断完善自己、提升自己。

感恩时代，让我们这一代人在农村艰苦历练，树立了中国最基本的国情观和人生观，继而考上大学，到城市参加改革开放的伟大实践。感恩生活，让我在青壮年阶段，切身体会到丰富多彩的农村生活，感受到日新月异的城市风貌，并对我国的社会发展有了具体而充分的认识。感恩岁月，让我们这一代大学生，除了学习知识外，多了别样的收获，以及特殊生活环境所塑造出的别样人格。我走过农村，农村成为我挥之不去的乡愁；我走进城市，城市伴随着我的沧桑巨变。

时代给了我在农村和城市历练的机会，生活给了我对农村和城市充分思考的平台，岁月给了我在农村和城市朝耕暮耘的收获。我感恩时代，歌咏生活，致敬岁月。

耆年始悟

退休好几年了，我对孔子的名言"三十而立，四十不惑，五十而知天命，六十而耳顺，七十而从心所欲，不逾矩"，还是参悟不透。不知是个人修养的问题，还是遗传基因的问题，每一个年龄段，我都和圣贤的境界相差十万八千里。就从参加饭局来说吧，如今我又有了新的感悟。

饭局是联谊的主要形式，也是识人的重要平台。饭局里的朋友往往是交往关系中纯度最高的一种。凡是邀约者，非是同好，便是亲友，招之即来，事毕即散。功利性最低，交友性最强。现代生活节奏快，大家每天都匆匆忙忙，却很少有人愿停下来看看风景。有时候，一次饭局就是一生的记忆，就是一次铭心的感怀。最近，我却因两次饭局邀约者的嘱咐用语而陷入了沉思。

一次是一位年龄比我小几岁，也是从市里的局级领导岗位上退下来的老同事邀我。他让我在三天之后，陪宴一位外地来的 80 岁高龄的贤者。这位老先生，广结善缘，恩赐乡里，我也熟识。三天之前，我的这位老朋友、老同事就组织安排，可见他对这次宴请的重视程度。他乡见故知，我很惊喜；宴席陪贵人，我甚高兴。可是，他紧接着又嘱咐了我一句："你到饭局上不要倚老卖老！"我一听，有点丈二和尚摸不着头脑。紧接着，我就回复了他一句："你是请我出席作陪，还是借机对我进行敲打、调教？"他一听我的口气，赶紧又说："不是这个意思。人家老同志，德高望重，年逾八旬，咱们要尊重他。"我说："我也年近古稀，参加了一辈子饭局，还不知道在什么山上唱什么歌，见什么人说什么话？"他听罢哈哈大笑起来。当然，这个小插曲，疑似两个万荣人在斗嘴。三天之后的饭局上，我依然受抬举，主宾也都很满意，参加饭局的十几个人也都皆大欢喜。

尽管如此，这次邀约时的嘱咐语仍然令我倍感疑惑。是否我平时在公共场合就是有些不自量力？是否我在大庭广众之下就是爱显摆？是否我常常以出风头的方式来抬高自己、表现自己？四十亦惑，五十不知天命，而今六十开外了，我似乎还这样不讨人待见。如今，我已皓首苍颜，还计较这些干什么！何况，跟我斗嘴的这位老同事，上初中时确实是万荣人，待到上高中时他的户籍所在地已划归另外一个县域。但从性格、气质方面来说，他作为万荣人的底色依然还没有改变。况且，他还比我小几岁，按照他和我的熟识程度，当时他一定是在和我开玩笑吧！

如果这次算是开玩笑，那么几个月后，又有类似的一个邀约，更使我对自己以前在饭局上的价值取向、所作所为，有了颠覆性的认知。这次饭局的地点是在省会地标性的一家宾馆，参加这次饭局宴请的诸位都是从省直宣传文化系统退休的老领导和专家学者。邀约坐庄的是一位著名书法家和文化学者，也是我的一位老领导，多年来他与我亦师亦友。耄耋之年，他总结性地将自己以前文字性的作品，分为散文、诗联、评论、序跋而结集出版，统称"文存"。为了感谢有关诸位，便以宴请作为表达方式。我作为他的跟班，也在这次宴请之列。他是以电话形式通知我的，似乎是用商量加通告的口气，先说明了时间、地点，又介绍了参加宴会的主要宾客。紧接着，他叫着我的名字，以提醒的语气说："去了你可不要闹酒！"我顿时一愣，回过神来后，我称呼着他以前给我当领导时的职务，问："你倒是让我喝酒还是不让我喝酒？"他答："让喝。"我说："让喝，我自斟自酌还不行吗？"他说："能行，只是参加的都是老同志，平日里难得见上一面，到了一块儿要多说说话。"我说："这还不好办，我又不是三岁小孩，也不是狗肉包子上不了席。我喝我的，你们说你们的。"我一吐为快之后，张口讪笑，不知电话那头的他笑了没有，我看不到他的面容，反正电话里没传来他的笑声。但是，我可以坦率地介绍，他的籍贯在万荣近郊，20年前，亦有1年多在万荣下乡扶贫的经历。

依然是三天之后，我如期参加雅集。当然是我的老领导坐庄主持，先是三位退休的省级老领导分别讲话，并分别举杯祝贺。之后，其中一位便端起酒杯，离开座位，逐位礼敬两桌宴席上的来宾。这下就有点热闹了，在职的厅级领导紧随其后，在座的专家学者们也不甘落后，一一起身。而我因为有言在先，只能迟疑、观望。待场面稍微安静之后，我才向我的老领导申请："我能不能也敬一敬大家？""能啊！"他笑了笑。得到允许后，我这才一手拿着分酒器，一手端着酒杯，逐位敬了所有参加宴席的宾客。无酒不成席，赴宴必敬酒，这是饭局上约定俗成的规矩，也是宴席上表达敬意的唯一方式。可我的老领导为何敬告我"不要闹酒"呢？

虽然这次饭局非常圆满，我也表现得很得体，但是联想到前一次的宴席，我的老同事邀请我时，对我"不要倚老卖老"的要求，我诚然意识到自己身上似乎确实存在着某种严重的不足。不然，两位挚友怎么会不约而同来婉转地纠正我呢？这说明他俩对我存在的不足有一致的认同。也就是说，我虽然已这把岁数了，但在为人处世、待人接物方面，还不够练达，还欠缺"致广大，而尽精微"的功力。不然，我亦志存高远，怎会到头来一事难成？不然，我亦老骥伏枥，为何还经常冥昭瞢暗？"千岩万转路不定，迷花倚石忽已暝。"驽骀自知夕阳晚，当以迷途知返自奋蹄。

"何时一樽酒，重与细论文。"饭局，能交流，能交友，能沟通，能释怀，总是让人向往流连。但是，饭局，还是有它的规矩和章法的，在此基础上的发挥求变，也当守正创新，不然就会弄巧成拙，伤风败俗，令斯文扫地。推此及彼，在为政、修身、格物、致知方面，何尝不是如此呢？因此，参加饭局理应谨言慎行，待人接物更要谦虚自律。于是，我想到，即使志存高远，也应迷途知返，纵然老骥伏枥，切忌倚老卖老，是为耆年之悟也。

第 3 辑

读/人/评/剧

心有家国道自宽

于成龙是一位好官。他不仅是一位廉吏,而且还是一位能吏、贤吏和善吏。这是数年前我们参与晋剧《于成龙》剧本策划人员的共识,更是晋剧《于成龙》立于舞台,广大观众一次又一次观看后的感受。

2015年,根据省、市有关部门的安排,太原市晋剧艺术研究院着手挖掘山西省历史上清官廉吏的相关事迹,最终决定创排一出反映于成龙光烛青史的晋剧。接下来,该院经过深思熟虑,当即聘请了全国历史剧创作的"三驾马车"之一——福建省剧作家郑怀兴先生来担纲剧本创作。郑先生接手之后,翻阅资料,凝神运思,遂决定截取于成龙在湖北黄州平乱这一事件,来体现于成龙仁心为民、敢于担当、忧国忧民、不计安危的优秀品质,塑造他集廉、能、贤、善于一身的古代士大夫的形象。

黄州平乱前，于公署理武昌知府。由于他督造的两座浮桥，一夜之间坍塌，虽然是天灾所致——被洪水冲垮，但当时正值三藩作乱、吴三桂大兵压境、湖北告急之际，尽管于公两次被评为"卓异"，但还是遭到"贻误军机"的参劾而被革职。其时他已年近花甲，倦鸟知还，本当落叶归根，享天伦之乐。这时，麻城发生民变，以刘君孚为首的一批乡民已啸聚东山，蕲黄四十八寨蠢蠢欲动，于成龙遂应湖广巡抚张朝珍之邀请，前来麻城平乱安民。在于公宦游十三载，署理武昌知府之前，就在黄州任同知。湖广巡抚张朝珍之所以聘请已为一介布衣的于成龙为专员，查案平乱，是因为这里是于公曾经工作过的地方，熟人熟地，益于事件的处理。

由于编剧选取了在黄州发生的这一事件，因而参与初始策划的我们几个人，便和郑怀兴先生会集到现在的黄冈市参访，还专门到现在的麻城市，即当时于公的主政之地寻迹调研。在这里，于公曾深入虎穴，制盗剿寇；赈济灾民，安抚生产；兴教办学，培育人才。在这里，于公虽然履政时间不长，但给当时的岐亭、白果等地的群众留下了深刻的印象。我想，他当时的政声在此依旧卓烁，应该与他一以贯之的崇尚古圣先贤有关，与他对职业心存敬畏有关。于公初到黄州，首先缅怀的是东坡先生。黄州就是现在的黄冈市，就在长江的边上，这里有风景如画的"东坡赤壁"。因此，于公曾有一首诗云："赤壁临江渚，黄泥锁暮云。至今传二赋，不复说三分。名士惟诸葛，英雄独使君。今朝怀古地，把酒对斜曛。"苏轼何许人也？他生性豁达，为人率真，饱览经典，学富五车。他忧国忧民，进可安天下，退能怡自身，名垂千古，是历代士大夫追慕学习的典范。于公的这首《赤壁怀古》，颇有苏东坡《念奴娇·赤壁怀古》的风范，他在追慕苏轼及三国群雄风采的同时，亦表达了自己的信念和意志。

　　晋剧《于成龙》排演之后，广受好评。剧团赴北京，闯上海，到西安，获得了中国戏剧界的各种奖项。其实，该剧的成功之处就在于，把于成龙这位历史人物的为官之道，挖掘得淋漓尽致，何止是一个廉字了得。廉政只是他的底色，能够踔厉奋发、夙夜在公、任劳任怨、敢于担当、舍身为民、济世经邦才是他的亮色。守一方热土，保一方平安。因此，每演出一场，皆引发观众热烈反响。不仅经典唱词能赢得掌声，而且连绝妙道白也能激起精彩互动。由于晋剧《于成龙》的精彩呈现，国家文化和旅游部便支持剧团到全国巡演。巡演到重庆时，我们还专门到当年的合州，即现重庆市所辖的合川区寻访，因为这是于公到黄州之前的任职之地。

　　合州府衙当时属于比较小的府衙，仅辖铜梁、定远和安居三县。尽管如此，朝廷也是鉴于于成龙工作"卓异"，才把他从知县提拔为知州。当时四川大乱后，合州仅遗丁口百余人，正赋只有十四两，土匪恶霸横行。于公接到任命后，仅以家仆随行。上任之后，革宿弊，除旧制，平匪患，禁吏勒索百姓，招民垦田，贷以牛种。于是新集者远近悦赴，旬月之间户以千计，人口骤增，田地开辟，种养繁盛，百姓感动，均呼"于青天"，并在药市街建于公祠。应该说，于公这种开拓创新的精神，除了得益于他在罗城多年的苦寒磨砺之外，更得益于他对中华优秀传统文化理念的学习和实践。

　　罗城是于公的初仕之地。晋剧《于成龙》叫响全国之后，"于公"也应该回访他出道地的老百姓了。在有心人的牵线下，受罗城县的邀请，2023年7月下旬，太原市实验晋剧院青年剧团到罗城演出晋剧《于成龙》。随团抵达罗城之际，我涌起强烈的探求欲：在360多年前，于公是如何适应当地的工作、生活环境的？7年间，他是如何在罗城施政布道、播散仁德的？

于成龙在人到中年时，凭着前朝乡试副榜贡生的身份，才被当朝选任为罗城县令。罗城地处广西北部，为少数民族聚居之地。地域偏僻，交通闭塞，瘴气、瘟疫流行，荒草荆棘遍野，土匪强盗出没，县城内仅有六户人家。于公单枪匹马到任之后，先写就一副对联：头上有青天做事要存天理，眼前皆瘠地存心与民共治。然后召集随众，安抚百姓，明确保甲，放宽徭役。劝课农桑，奖罚并治，使百姓安居乐业，全力耕作，并修建学舍，创立养济院，凡是需要兴建和革除的事情，一件接着一件办，把全县治理得井井有条，被朝廷评为"卓异"。

经我们实地考察并翻阅有关资料，深感于公当年为官的艰险和不易。赴任罗城，如果从吕梁永宁州（现吕梁市离石区）启程，将近四千里路，需要至少三个月。于公一路走来，翻山越岭，跨壑涉水，防盗斗匪，风餐露宿，五个仆人，走了三个，病死一个，只剩一主一仆。据说还有一位盲人算命先生相随，以占卜算卦来补助他自筹路费的不足。我想于公到罗城之前，应该先到柳州府去报到。当年罗城属柳州府管辖，而到了柳州必然要到柳公祠去拜谒。因为柳宗元不仅是先贤，而且还是于公的山西老乡。柳宗元在谪贬柳州刺史的任上，也干得非常出色，受到柳州历代百姓的尊崇和敬仰。于公曾赋诗一首："子厚当年被谪时，柳州城上写新诗。那知千载存亡后，我与先生共客羁。"此诗既表达了于公对柳公的敬仰，也反映了于公赴任罗城时的勇毅和果敢。

罗城的确太苦寒了。之前朝廷的命官，一个被匪徒杀害，一个畏难逃跑。而于公到来之时，几间县衙，荒草丛生，破败不堪，不能入住，只能先寄身于破旧的关帝庙。办公没有衙舍，自然也就没有衙役，没有衙舍、没有衙役，归根结底就是因为没有资金。难啊！于公一主一仆，既要令行禁止，又要立命安身。于公毕竟也是凡人，孤守中，他也曾忧郁，他也曾想家。其诗《自吟》曰："逢人漫道不如意，满腹原来不合时。回首青山千万里，乐天安命亦何疑。"在《除夕·其三》里，他的怀乡情绪更浓重："四壁音容惨，忽焉思故乡。老妻知岁事，料得一家忙。谁念居官者，只身惟雪霜。幸儿伴我侧，谈笑且开觞。只恐倚门坐，凄然憾夜长。"尽管如此，但于公没有彷徨，没有退缩。《西江月·其二》正表明了他不断进取的心境："百岁春光有限，一年几度花红。及时笑傲趁东风，正好秋千轻送。无奈人生易老，又当零雨其蒙。清明寒食总成空，看破浮云如梦。"40多岁才入仕的于公，为什么会有如此强健的魂魄？因为他心有家国，胸有诗书。

于成龙1617年出生，1639年参加省城太原的乡试，仅获副榜贡生。此后直到1661年他入京参加选官前的22年中，他曾在永宁州的安国寺隐居读书6年之久，也曾到太原的三立书院游学4年，还参加过应试，后因家庭变故，又回乡养家糊口。他的整个青春年华都沉浸在读圣贤书、行仁义事的"修齐治平"中。

于公在山寺六载时光，素衣斋食，清心寡欲，青灯古佛，晨钟暮鼓，沐雨吟雪，酬和对诗，两耳不闻窗外事，一心只读圣贤书。在太原游学4年间，他拜识名师，结交高朋，谈经论道，诵读经典，把中华民族传统文化融化在血液中，如镜似水，常常映照自己。他曾有一首七言诗《梦餐优昙花作》："优昙曾记梦中餐，山寺日高柏水寒。云绕佛龛常五色，香飘精舍比芝兰。生平未识金银气，偶尔轻抛麋鹿滩。四十年来魔障尽，好教拂袖紫霞端。"这首诗好像就是于公修成正果的表达，而古圣先贤就是他一路前行的导师。正如晋剧《于成龙》剧本中提炼的戏词："忆当年隐居安国寺，儒道释三家已细参。副榜贡生蒙录用，拜别吕梁立誓言，出仕不以温饱志，善待百姓不期天，布衣之心永不变，两袖清风苦亦甘。"于公心怀圣贤、心如明镜，一路前行，继任罗城知县、合州知州、黄州同知之后，署理武昌知府，转而入福建任按察使、布政使，及至后来又被提拔为直隶巡抚。在每一层级的工作岗位上，他都干出了不凡政绩，也因此受到反对派的诬陷和攻击。但乾坤朗朗，毕竟"鹤鸣于九皋声闻于天"。清康熙二十年（1681年），于公被召入京觐见，皇上对于公的履职作为给予充分肯定，提升于公为两江总督，并兼管江苏、安徽两地巡抚的政事，成为一品大员。不久，于公就在工作岗位上以身殉国，随即被康熙帝追赠太子太保，赐谥"清端"。

　　于公的一生，"出仕既能济黔首，布衣亦可为国谋。一己沉浮岂在意，君子进退总怀忧"（晋剧《于成龙》）。

梦系家山

每个人的基因里都刻着乡愁。越是文化人,这份乡愁就越浓厚;越是使命感强的人,对这份乡愁的抚慰就越实际。臧玉生先生就是这样的一个人。

臧先生 1949 年出生于太原市阳曲县。他在这里上完中专后,就到离县城不远的一家国防企业工作了。20 世纪 80 年代,他又调到太原市直机关工作。几十年里,他的生命底色上满是故乡的山水、土地和人民,即使在睡梦中,他仍然梦系家山。

机关,既是他寻梦的起点,又是他修身的场所。几十年里,他满腔热忱投入工作,兢兢业业,甘于奉献,乐于吃苦,注重学习,洁身自好,最后也算志得意满。

臧先生退休后,就开始实现自己的梦想。他要把一辈子的修为、练就的本领和积攒的人脉,统统展示在自己的梦里家山。

臧玉生的老家阳曲县黄寨镇上安村,位于距县城二三十里的丘陵地带。上安村原名上岸村,相传大禹"打开灵石口,空出晋阳湖"之前,因是晋阳湖北边的上岸处而得名，后人为借用长治久安、风调雨顺的寓意，便将村名改为上安村。在全球化、现代化的经济发展浪潮中，这个村子由于地处偏僻、交通不便、资源匮乏、产业单一、种植粗放，而贫穷落后。整个村庄，房屋破破烂烂，年轻人都到外地打工去了。在村子里生活的，除了妇女儿童，就是五六十岁的老人。村里没有下水和垃圾处理设施，围绕半个村子的那条30多米深的大荒沟就是倾倒垃圾的地方。远远望去，整个村子就是一片衰败凋零的景象。家乡的面貌如何改变？如何才能成为臧玉生梦里的美好家园？

2009年，臧先生退休了。他即刻就打起背包，回到自己已经荒芜多年的家乡，挽起袖子，准备改变这里的面貌，寻找儿时的记忆，守望乡愁。他先是在自家老院里制造乡居模板，翻修整治，更新设施，完善陈设，努力做到能吃能住能待客。家里收拾好了，他不由得心生感慨：何不把整个村子整体打包，发展乡村旅游产业呢？这就有点儿吃了熊心豹子胆了。试想，整个村子没水、没电、没公路，而农村的经济形态又是小农经济，村民们因一寸地基、一垄耕地，都会打得头破血流。何况，村里的生力军都搬到县城、省城了，你一个退休干部，一没资金，二没后盾，还想成龙成凤？即使你就是当年的劳动模范，可现在农民的思想状况与过去大不一样了。好在臧先生是一个富有激情的人，也是一个能屈能伸的人。"既然选择了远方，便只顾风雨兼程。"

臧先生毕竟在职场历练了几十年，他办事还是有板有眼的。他先请人作整体规划，然后逐步实施，不断扩展。但是实施和扩展就是一个非常艰难的过程。现在投资人选项目，都是选那些能看得见、摸得着，三五年就能资金回笼的项目，谁愿意把钱往黑窟窿里扔？何况所需资金并不是一个小数目。先从哪里下手？再从何处解套？这些让他百思不得其解。"家有三件事,先从紧处来。"上电、引水、修路,这是最基础的工作。钱从哪里来?他借过,他贷过,他发过愁,他流过泪,他和家里人闹过矛盾,他也和亲戚朋友红过脸、扯过皮。他甚至也像清代行乞办学的武训,屈尊俯就地求爷爷告奶奶。好在党的十八大以后,中央对记住乡愁、生态修复、扶贫攻坚、美丽乡村建设和乡村振兴的重视,都是对臧先生守望乡愁无言的支持,倒也帮助臧先生走出了"老虎吃天"的困境。因此,按照政策,他三番五次到市、县相关部门求助,有时是拉着以前的老同事,有时是拿着上级领导的条子,千方百计寻求支持。后来,他原本在北京创业的儿子臧志凌也回乡加盟,这才使臧先生实现梦想的步伐日趋加快。

功夫不负有心人。如今你到上安村,整个村庄满目秀美、生机盎然。宽阔的马路两边和村子的周围都是郁郁葱葱的树木。风光如画自妖娆,四季景色各不同。迈步整洁的街巷,到处都是悠闲而惬意的村民和游人,别具特色的民宿散落其间。以园艺花境为主题的"南雁轩",以江南风情为主题的"碧云轩",以幽静典雅著称的"翠霞居",颇具黄土风情的"东篱阁",这些曾经破败不堪的院子,经由青草坡文旅公司改造后,散发出迷人的光彩。而旅游项目,既有农耕、采摘、"放羊娃"体验等原生态项目,又有射击游戏、林中探险、跑马骑射等拓展项目。在不同季节还增添了薰衣草园、冰雪文化节和"回家过年"等大型活动。作为集吃、住、行、游、购、娱为一体的国家 3A 级景区,全国农业旅游示范点,山西省休闲农业与乡村旅游示范点,就应该是这个范儿。并且青草坡文旅公司的发展壮大,还创造了为数不少的就业岗位,带动了周围村庄的经济发展,使上安村在多年前就已脱贫致富。而且,他们现在还在不断地升级改造、配套完善。随着"太忻经济区"

的开发，竭力向 4A 级景区冲刺。

　　随着生活方式的改变，已到古稀之年的臧先生又开始了文艺创作，他先写诗歌，后写剧本，作品屡屡受到业内人士的肯定。其中一个剧目，市内的一个专业剧团还有意向排演。为此，我还有幸被先生邀请到青草坡（上安村）参加剧本讨论会。主人带领我们游了老街串民居，访了古庙看村景。在兴奋、惊讶之余，我感慨良多：这大概就是臧先生守护乡愁的境界，也是他不断追求的诗与远方吧。

　　一个人一生的事业走势，不仅要看他履职时的所作所为，而且还要看他卸职后的孜孜追求。就臧先生目前的业绩而言，他应该是当代乡贤治理乡村的典范。至于以后的成就和造化，我想现在还不能妄下结论。2021 年中国共产党成立 100 周年时，他已获颁"光荣在党 50 年"的荣誉纪念章。现在他又痴迷于艺术创作，还要在青草坡的旅游项目上增加更多的优秀传统文化的要素，以此启迪游人，在文化上做文章。日月轮回，春华秋实，待岁月沉淀后，我们再与臧先生"把酒话桑麻"吧。

随遇生欣

他虽然没有著作等身,但也编撰了十几本书。他虽然没有专业技术职称,但编撰的文物考古类书籍到现在已有八九本了,再加上有关文物的专题宣传片和资料汇集,可以说为太原市的文物保护利用、文创研发,做出了积极的贡献。他就是太原市文物局二级调研员冀晓峰同志。

一个人作为的大小,不在于他工作时间的长短;一个人能力的强弱,也不在于他职位的高低。冀晓峰同志长期在太原市从事文物基层工作,又经市里几个部门的历练,2012年,年近半百的他方到市文物局任副局长。按说到这个年龄的人,按部就班,干好分内工作,亦步亦趋就万事大吉了。但他认为,这样似乎对不起自己的操履和热忱,何况现在已经是历史新时期,踔厉奋发、竭尽所能成为人们的精神状态和追求。于是,他潜下心来,穿越时空隧道,笃行不息,要为太原的历史文化探源、断代和疏浚做好文牍支持工作。

"随遇生欣"是他到市文物局工作后的微信名,出自清代学者梁章钜的一副楹联:"随遇自生欣,暖日风和入怀抱;静观可娱老,崇兰幽竹有情文。"他特别喜欢弥漫于联中的那份淡然和洒脱,尤其喜欢楹联透露出的那份坚定和执着,希望自己在"随遇"中绽放出生命的亮色。

太原所在地域历史悠久、文脉绵长,晋阳城的建城历史也已2500余年了。"三晋中枢在太原,三晋文脉系太原。"气势磅礴的"唐风"文化从这里滥觞,有容乃大的"晋韵"文化在这里唱响,驰骋欧亚的"晋商"文化在这里传颂,这些都是锦绣太原城的文化灵魂和重要支撑。但是,正如冀晓峰同志所讲,到了书店想找一本从文物角度系统、全面地介绍太原历史文化的书籍,都难以找到。是的,改革开放以来,太原市文物系统包括两个部门,一个是太原市文化局直属的文物管理委员会,一个是晋祠文物园林管理处,后来二者合并组建成太原市文物局。在合并之前或合并磨合期,这两个部门虽然也著了不少有关太原市文物和文化方面的书籍,但微观方面的多,宏观方面的少;技术层面的多,综合方面的少;一馆一所的多,全局性的基本上就没有。为了适应改革开放,宣传太原,提高太原的知名度和美誉度,塑造太原新形象,冀晓峰同志努力争取历届局主要领导的支持,广泛组织具有编写能力的工作人员,脚踏实地,开始成就太原文物人的瑰丽梦想。

尽管他经过多年党政宣传部门的工作陶冶,但要对全市几十上百个文物单位进行解读,不要说编著队伍素质参差不齐,就具体文字表达和书写风格如何协调统一,再加上资料核实、实地探访,就是一项很大的工程。他2012年年底到任,2013年就开始他的文物书籍编撰系统工程。第一本为《太原最有文化的三十三处美景》,以清新明快的风格、史学视角、散文式的结构,全面系统地介绍了太原市33个全国重点文物保护单位。但是,安排起来容易,统稿、修改则就太耗费时间了。上班时间,他要做好分管工作。要想保质保量完成统编工作,就只有利用晚上和节假日了。他把大量的业余时间用来修撰、统编，用栉风沐雨、含辛茹苦来形容他一以贯之的刻苦精神和信念追求，都不为过。经过一年多废寝忘食的工作，到2014年年底，《太原最有文化的三十三处美景》出版了。又过了一年，到2015年年底，介绍太原市的省、市级重点文物保护单位的《太原文化美景》也出版了。这两本书互为"姊妹本"，从古建筑营造到遗址墓葬，从寺观庙宇到石窟碑刻，从名人故居到红色遗迹，追溯太原历史文化源头，追寻太原文明进程印记，亮出了太原历史文物家底。

"历史文化遗产是不可再生、不可替代的宝贵资源，要始终把保护放在第一位。"这是习近平总书记视察山西时，对文物工作者的谆谆教导。这句话既是对文物工作重要性的论述，也是对文物工作者的责任赋能。对文物人冀晓峰同志来说，这句话更是如何保护好文物和守望文明的指路明灯。为了给全市文物工作者提供思想保障、理论依据和工作方法，他立足本职，胸怀全局，组织业内人士编写了两本业务书籍：一本是《太原文物人读本》，分"思想篇""法规篇"和"业务篇"，汇集了习近平总书记关于文化遗产保护传承的重要论述、各部门有关文物工作的法律法规和文物工作的基本常识及职责。一册在手，法理全通，用以指导文物工作者格物致知，保证文物工作者令行禁止。另一本是《文明守望号》，主要内容是为文博志愿者提供文物保护的基本常识和团队运营方案。到此，你会感觉到，前两本书是宣传太原市的国家、省、市级重点文物保护单位的深厚历史文化，这两本书则是为太原市的文物工作者和文博志愿者提供工作支持。而且，把为文物工作服务的队伍，从专业人员延伸到广大的志愿者群体，善莫大焉！

文物保护的目的，是要"让收藏在博物馆里的文物、陈列在广阔大地上的遗产、书写在古籍里的文字都活起来，丰富全社会历史文化滋养"。对于习近平总书记的指示，冀晓峰同志是这样理解的，"就是要让文物本身的信息走下高台、走进百姓，活态传承，融入日常，让文物中蕴含的文化精髓和时代价值，成为人们现实生活中的精神滋养"。于是，他创新工作思路，挖掘文物的价值，随即主编了《品读龙山》一书。太原龙山，是一座佛道共存的名山，蕴藏着非常丰富的历史文化信息。如何能拨开历史的迷雾，挖掘出当年的高贵，是这本书编者的责任。为此，冀晓峰同志组织一批历史文化学者和作家，解读龙山佛道遗存，评注历代文人咏诵龙山诗赋，赏析龙山楹联匾额，演绎龙山民间故事，从而"品"出了龙山醇厚的味道。读者似乎看到了北齐文宣帝高洋如何创建童子寺，点燃石塔上的灯火；听到了唐高宗李治携皇后武则天马蹄声声，到童子寺瞻仰大佛并遣专使为大佛赐披袈裟。而始创于唐初的龙山道观石窟，因被战火损毁，直到元初丘处机高徒宋德方云游龙山，重建昊天观，大规模修凿龙山石窟，才"殿阁峥嵘，如鳌头突出一洞天也"。这种"品读"的传播方式，不仅能让沉睡在大地上的遗存活起来，而且还能为全社会提供丰厚的历史文化滋养。循着这条路，他又主编了《听得见的博物馆》，把全市附着在文物古迹背后的故事整理出版，并邀请播音员、讲解员录制音频，开卷可读，扫码能听，更具普及性和社会滋养效果。

为了真正让"陈列在广阔大地上的遗产"活起来，冀晓峰同志全力支持和鼓励身边的文物人探索、研究和整理文物所蕴含的历史文化信息，或深入交流，或倾情作序，或讲座传导，同时组织广大文物人在工作方式方法上进行突破。2018年，太原市文物局在"价值研究与传播计划"项目实施期间，面向社会，在全市公开征集160余处文物景点的解说词。围绕这一活动，太原市文物局大力宣传，广泛发动，让全市热爱文物工作和历史文化的人们，积极投入到翻阅史籍、田野调查、民间走访、认真撰写文物景点解说词的活动中。经过层层筛选，反复修改，专家把关，网络投票，从311篇初稿中，评选出161篇，然后又联合市有关部门组织开展了"时代新人说·文明与守望"大型讲述活动。在讲述比赛现场，座无虚席，过道上也站满了人。观看直播的人次竟达到了13.04万。在人们期盼的目光中，冀晓峰同志又牵头把评选出的161篇解说词设制成二维码解说词，张贴到相关的文物景点供游人扫码收听，同时精心整理、编辑成书，交由中华书局出版，书名为《讲述——太原历史文化撷英》。这本书不但形式新颖，而且现实意义重大，历史意义深远。这本书不仅把散落在山庄窝铺的文物景点收集在内，而且还把最近普查出的红色遗址也展现了出来，让社会大众都受到历史文化和革命文化的浸润。冀晓峰同志还积极参与普及性、群众性的历史文化宣传活动，经由他统筹策划的《古城古藏五集系列片》《唐风晋韵·锦绣太原》《寻幽胜境·隽永光华》等专题宣传片，在多家电子媒体上多次播放，形象具体，润物有声，让历史文化滋养社会、惠及民众。

  斗转星移，转眼间冀晓峰同志到市文物局任职已10年了。10年来，国家对历史文化、文物考古工作投入的人力、物力和财力支持不断增多，太原市的文物工作无论是在保护维修、考古发掘，还是在申报命名、完善资料等方面都取得了很大成就。如何让新的成果被客观记录，并且留与后人？冀晓峰同志最近又重点策划编撰了《晋阳国宝》一书。这本书历史文化信息丰富，文物考古成果斐然，古代文明的呈现美轮美奂，应该说这本书是太原市编撰的文物类书籍中的上乘之作。本书分为上下两编，上编"营造精华"共34篇文章，其中讲述的古建筑、石窟寺和近现代代表性建筑，都是国家级文物保护单位；下编"地不爱宝"共36篇文章，其中介绍的古遗址、古墓葬，也都是国家级文物保护单位或太原市历年来的重大考古发现。妙笔生花，描绘记述，入史成册，可谓了却了太原几代文物人的心愿。

漫卷史书，累累硕果。经过十年辛勤劳作，冀晓峰同志也已青丝染鬓，明年他也该华丽转身了。但是作为一个有使命感的人，相信他会不待扬鞭自奋蹄，在太原传统文化这块沃土上继续耕耘。

第 3 辑 读人评剧

曾入沧海品世相

　　老李的确不简单。退休十来年，不要说任职于学会、任职于市委退休老干部局、参与广泛的社会考察调研期间，成绩斐然，就是在撰文著书方面，也成就不凡。短短几年间，就有《法学研究古今谈》《求实集》等著作面世。这不，最近他又送给我一部几十万字的《随感集》书稿，让我翻阅。严格说来，我和老李并没有多少交集，只是同在市委大院居住。多年来，他的工作状态令人钦佩，他的工作成绩有目共睹。在众人惊羡的目光中，他完成了一次又一次华丽转身。

　　我在职时，市委退休老干部局党支部的工作就开展得有声有色，我曾慕名前去一睹风采，也曾列席旁听过他们的研讨会，因此，就和老李有了进一步接触。在我退休后，每天早上外出锻炼，往往就能碰上老李，两人总是免不了要交流一番。锻炼完身体，在街边早餐店抑或也能碰上老李，于是两人就边吃边聊。其实，我与老李，无论在年龄、学识上，还是职场地位上都相差甚远，能够相识、相交，完全是因为老李的随和与包容。

老李的确不平凡。他从小就有志于做学问，虽然家境贫困，但他还是坚持求学，一直读到大学毕业。毕业后，他被分配到县委办公室做文案工作，历经磨砺，到实行干部队伍"四化"方针时，方被选拔到市委组织部工作，后来又一步步升任组织部副部长、县委书记、市委政法委书记等职。老李送给我的书稿，名曰《随感集》，共分8个部分，囊括108篇文章，涵盖了人生世事、履职从业等各个方面。以随笔、杂文的形式，展现了他"志于道，据于德，依于仁，游于艺"的人生境界。通篇读来，感动于一位老干部矢志不渝坚守共产党人精神追求的那份执着；掩卷沉思，感受到新时期的退休老干部也在以不同形式坚持守正创新，努力为改革开放营造良好氛围的胸怀。

《随感集》深刻体现了社会主义核心价值观。一篇文章、一部书稿，能否经得住读者审视，是否对社会有益，首先是要看它的主题思想和价值取向。《随感集》中的文章，都是在歌颂真、善、美，抨击假、丑、恶。如第一集里的《儒学浅见》《道学浅见》《佛学浅见》；第二集里的《爱色之辩》《爱财之辩》《欲望之辩》；第三集里的《官要做淡》《事要做精》《人要做大》；第四集里的《守护家庭》《守好家教》《守好家风》等等，都是从现实出发，结合作者本人长期从政的体会来针砭时弊。特别是《喜鹊先生》《乌鸦先生》《鹦鹉先生》这三篇杂文，把原来寓言故事中的动物，化解为现实生活中的人物形象进行描写刻画，然后对主题加以揭示。喜鹊式的人物，"只报喜不报忧，粉饰太平，其结果是影响了工作，祸害了百姓，败坏了党风，殃及了国家"。

乌鸦式的人物,"轻则颠倒黑白,混淆视听,误导社会舆论;重则破坏安定团结,搞乱人们的思想,影响改革开放,误国害民"。鹦鹉式的人物则是,"上级说什么,他就说什么;别人说什么,他就说什么"。"弄虚作假,照抄照搬,不说真话,不干实事,更不会创造性地开展工作"。这些批评,俨然是对社会主义核心价值观的维护。

《随感集》的观点完全是建立在优秀传统文化基础之上的。一篇文章、一部书稿,它的出发点是什么,它的落脚点是什么,则反映了作者的创作目的和文化追求。在《随感集》8个篇章中,无论是"求学""修养""从政"篇,还是"齐家""乡愁""民俗"篇,抑或是"健身""杂议"篇,都充分体现了国学的核心理念,都反映着传统文化的至善和至真。几乎在每一篇文章中,作者都巧妙地引用了《论语》《老子》《国语》《左传》《战国策》《古文观止》等国学经典中的名句,还在画龙点睛处加入流传了千古的诗词国粹,甚至将民俗俚语也信手拈来,充分体现了这部书稿的文化含量和源头活水,使读者在接受思想点拨的同时,也受到了国学文化的熏陶。

《随感集》中的大部分篇目是反映作者的广泛爱好和高雅情趣的。在这部书稿中,作者专篇论述的既有《漫话麻将》《浅谈命运》《解梦人生》《看相论人》等,还有《浅话戏曲》《浅说作诗》《浅评相声》《浅议小品》等。在相关文章中,还对作者的体育爱好做了相关叙述,"笔者是一个球类运动爱好者,学生时代爱打篮球、乒乓球,参加工作后也一直坚持利用业余时间打球健身。到50多岁又选择打网球,直至退休后一直坚持每天早起到网球场与老年朋友打一个多小时的网球"。作者所解析的麻将、命运、看相和人生,其实都是用唯物史观和个人修悟来给人指点迷津。而对戏曲、诗词、相声、小品的爱好,则说明作者涉猎广泛，博学多识。除此之外，他对传统诗歌也有研究，尤其是律诗，这是一个非常讲究的文艺门类，但在老李的书稿中也有呈现，现抄录一首，与感兴趣的朋友共同欣赏：

七　律

三色主牌七种风，四人对坐垒长城。
科学布局有智慧，优化组合显神功。
不争技艺高与低，勿论结果输和赢。
麻将虽好莫过度，休闲健脑乐其中。

此诗不仅体现了作者的高雅情趣，也体现了其健康的娱乐观。他对兴趣爱好的态度，大抵如此。

《随感集》的创作源泉，是作者履职几十年里，理论和实践的相互检验，工作和学习的沉思顿悟，为政和为民的换位思考。通过老李的书稿，我细细梳理他的人生履历，无论是立志为学还是艰苦创业，无论是从政为吏还是主政一域，无论是职场辉煌还是淡泊退休，他都有一个显著的特点，就是能够在干中学、在学中干，坚持活到老、学到老。因此，在书稿中，无论是谈学习还是讲修养，无论是忆从政还是说工作，无论是品评作风还是感叹人生，都反映了作者长期以来，在主要领导岗位上对全局的把控力，对多个领域的思考力和体悟力，进而出神入化，进入"道"的深境，"拙作随笔寓意重，留得启示谕后人"。同时，通览书稿后，我亦在字里行间，感受到老李的坦荡豁达。我不是党组织，也不是哲人，论资格也不够对其下评语，只是隐隐感到《道德经》里老子的一段话，能代表我对他的认知："上善若水，水善利万物而不争。处众人之所恶，故几于道。居善地，心善渊，与善仁，言善信，正善治，事善能，动善时，夫唯不争，故无尤。"由此，我才理解了他创作这部书稿的良苦用心和对真理的不懈追求。

  我在动手写这篇文章时，总不愿提及老李的大名。老李是"文化大革命"前的大学生，他进入职场搞文字工作的时候，我们文化圈子现在在职的朋友还在上小学，或者还没有出生。当他在领导岗位上的时候，我们才刚进入社会。特别是他被提拔到一把手的岗位上后，在改革开放的大潮中，经风雨、见世面，理论和实际相结合，在干中学，在学中悟，创造性地开展工作。经过几十年的历练，他的作品在思想性和艺术性上应该是自成一家的。看完书稿，细细品味，的确如此。于是，在停笔之时，我隆重地向读者介绍如下：老李就是李东复，中共太原市委原常委、政法委原书记，山西清徐人，曾任阳曲县委书记，现一介平民。

阳婆婆上山明晃晃
——评新编现代晋剧《圪梁梁上》

说是不经意，并不是隐喻该剧不认真、不努力、不刻意，而是说本剧不是名编剧、名导演、名演员所为，并且是在一个多月的时间里，就由太原市晋剧艺术研究院精心打造出来了。说它是好戏，是因为本剧形式新颖活泼，人物形象立体鲜明，故事情节生动感人，主题内容丰富多彩。特别是青年演员们，做戏认真，拿捏得当，演唱给力。从序幕到尾声，现场观众热情高涨，掌声连连。

扶贫工作虽然是一个老话题，但是真正能让贫困地区脱贫达小康的，完全靠得是党的十八大以来党中央的坚强领导、利好政策和敢于较真碰硬、抓铁有痕、踏石留印的好作风。本剧铺排了农村扶贫攻坚的所有政策指向。围绕政策的落实，扶贫工作者们进行了艰苦卓绝的努力。"三不愁"（不愁吃、不愁穿、不愁冬季取暖）和"四保障"（保障义务教育、基本医疗、住房和养老），看起来都是政策性的，但要落到实处，可不只是一件光靠统计、填表和汇报就能办好的事，还需要大量的说服教育、思想斗争和协调落实的工作。特别是对于一些特困户，需要一户一策、一人一策，一个人也不能少、一户也不能落下地攻坚，任务才能完成。要解决这些实际问题，光跑断腿还不算，还需要扶贫工作者付出智慧、心力，而这样也只能解决普遍性的脱贫解困问题。要致富、要达小康、要建设美丽乡村，还必须要坚持对农村进行整体规划、产业布局调整、旧村改造建设，特别要加强产业的拉动，最重要的是要搭建一个特别能战斗的村"两委"的好班子。要搞好这些工作，完成这些任务，钱从哪里来？人才从哪里找？关于这些问题的解决方法，《圪梁梁上》都全景式地进行了展现，这也是对近几年扶贫攻坚工作典型性的概括。看完演出，观众对党中央扶贫攻坚的伟大实践由衷赞佩，对战斗在扶贫攻坚一线的工作人员充满敬意。

扶贫攻坚、下乡入村，首先要了解农村，了解农民。特别是革命老区，既是党和人民军队的根，又是红色传承的基因库。《圪梁梁上》一剧，着重讲述了几个敢于担当的感人故事，展现了主要人物——云岭村第一书记严丽用心扶贫攻坚的光彩形象。严丽是市科技局干部，自愿报名到老区云岭村扶贫，担任第一书记。而云岭地区正是她爷爷当年担任游击队长、打日本鬼子的地方，她爷爷负伤后曾得到过当地村民的救治。她爸爸也曾在这一地区下乡插队，受到过乡亲们广泛的关心帮助。怀着这种感激之情，她时时处处用心扶贫、用心做事。第一个故事，她一到云岭村,在搞调研的过程中,首先遇到的是贫困户牛婶,在攀谈过程中,她了解到牛婶早已去世的公公,就是曾经救治过她爷爷伤疾的那个村民。而此时,牛婶的丈夫10年前因矿难已去世,女儿也已嫁入外村,唯有儿子三宝因患淋巴瘤无钱治病而常年卧床。交谈中,三宝突然犯病,痛苦不堪。这时,电闪雷鸣,大雨倾盆,虽拨打120,但路被冲断,救护车进不到村子里。于是,严丽和牛婶两人用平板车拉上三宝,走小路往村外大路奔跑。这一折戏,扮演严丽的演员凭借戏剧程式化的表演、凄美动人的唱腔,获得了广大观众的赞誉。而最让观众舒心的是,三宝的病最终得到手术救治而痊愈。住院虽然花了15000多元,但其中的92%得到大病救助的报销,个人自费部分的1200多元,也是严丽掏钱垫付的。第二个故事,是当村子的危房改造完成之后,在搬迁过程中发生的事。盖房虽然是件花钱的事,但有政府资助,也说得过去,而危房户家庭的搬迁,则各有各的说道。有的是嫌住新房还需添置家具、完善设施而增加新的负担,有的是怕住到新地方,因距离远影响种庄稼,也有的是秉持金窝银窝不如祖宗留下的穷窝的观念而固执不搬,凡此种种,都需要大量的思想工作和配套措施的跟进。在这部剧中,第一书记严丽和"懒汉"孙大笨的对戏,既风趣幽默,又以情感人。最后,孙大笨不仅搬到了新居,而且还组建了家庭。第三个故事,是贫困户的确定问题。贫困户虽然不是个好听的称呼,但是对于身处贫困乡村的村民来说,当贫困户的相关政策落实到位,却代表着实惠。因此,在扶贫攻坚的战场上,对贫困户的建档立卡,确实是一件十分挠头的事。在剧中,赖二毛原来是个贫困户,近年来他在城里开饭店逐渐富裕起来。当村里重新审定贫困户时,他已不符合贫困户的标准。于是恼羞成怒的他,胡搅蛮缠要找村干部理论。剧中,有仗义执言规劝的,有坚持原则硬碰硬的，也有看笑话的。关键时刻，第一书记严丽给赖二毛既讲村里的发展愿景，又讲村里的产业规划，并引导赖二毛利用特长，将来在村里的生态园开办"农家乐"，发展电商，为村里的种植业和养殖业培育"链主"企业，当云岭村的致富带头人。这样一来，一场争当"贫困户"的硝烟才被驱散。这个故事，既反映了扶贫攻坚中，再小的事情，处理不好都可能酿成弥天大祸；再难的事情，只要齐心协力都能够妥善处理。也体现了第一书记和工作队员，在扶贫攻坚中，不仅付出了辛劳，而且还奉献了智慧，而智慧来自对农村的了解，对农民的热爱。第四个故事，就是当严丽的儿子临近中考患感冒，急需她回家陪侍时，云岭村养殖场又恰遭瘟疫。在母亲和儿子的声声呼唤中，云岭村的村主任赵德旺和山根爷返乡帮扶的孙媳妇冯朵的电话又频频催逼。就在这孰重孰轻的反复权衡、分身无术的胶着状态下，严丽还是割舍亲情，从结束了会议的县城，毅然决然地回到扶贫攻坚的岗位上，履行党和人民赋予的职责和使命。这个故事主要是从精神层面反映了广大扶贫攻坚的党员干部，克服困难、深入一线、吃苦耐劳、勇于奉献的时代精神。

乡村的文化，关系着民族文化和民族精神的维系，就像是中华民族历史文化河流中的朵朵浪花。《圪梁梁上》剧中塑造的山根爷形象，是革命老区人民的代表。山根爷似乎以说书人的形式游离于剧情之外，重要时刻，对剧情的发展却起到画龙点睛的作用。山根爷祖祖辈辈都生活在云岭村，他和剧中的人物又有着直接的血脉关联。他对云岭村的热爱体现在一草一木、一山一水之中，代表着云岭村的历史，代表着云岭村的文化。剧中对他的塑造，俨然就是云岭村的"村神"。因此，山根爷的每一次出现，不是呼唤优秀传统文化，就是呵护革命历史基因；不是倡导现代的村规民约，就是为扶贫攻坚破局解困。因此，山根爷的形象贯穿剧中，不仅增强了本剧的深度和广度，而且，也增强了本剧的历史感和文化感。这就是本剧区别于其他现代农村题材舞台艺术作品特有的形式和韵味。

现代戏剧创作，既要继承传统戏剧的程式，又要创新呈现形式，让观众在观赏古老戏曲的唯美形式中，愉快接收现代生活的日新月异。《云岭情》一剧中的云岭村，从扶贫攻坚开始，到中期的多措并举、精准施策，再到退出贫困村序列，进行了几次背景变换，但万变不离其宗，直观、写实、艳丽，影视效果明显，真实地反映了扶贫攻坚的火热生活。对于剧中的学习培训、劳动搬迁和防疫抗疫等场面，运用戏曲集体舞蹈的形式来表现，既活泼优美，又抽象概括，充分反映了剧情宏大的群众性和广泛性。观众情不自禁、鼓掌呼喊——《圪梁梁上》好看！

确实，《圪梁梁上》不仅全景式地展现了中国扶贫攻坚波澜壮阔的时代画卷，而且为下一步开展的美丽乡村建设吹响了进军号。

覆水难收
——评晋剧《烂柯山下》

晋剧《烂柯山下》，是当代著名剧作家徐棻先生为晋剧和谢涛"量身定制"的，改编自传统古装戏《马前泼水》。此剧自2006年排演登场后，就长演不衰。十几年来凡下乡演出，观众必点。现在已移植于全国7个剧种在各地演出，其中有两台曾获不同层级的奖项。最近，谢涛率太原晋剧研究院《烂柯山下》剧组到武汉参加第17届中国戏剧节演出，一登台亮相，即"涛"声依旧，震撼江城，赢得观众和专家高度赞誉。其含金量和共鸣度超过了谢涛的成名作和以前所有代表作。

一出新剧的推出，首先要突出它的时代性。即使是对传统戏的改编，也必须要把握时代的脉搏，要关照当代观众的审美。徐棻先生把《马前泼水》改编为《烂柯山下》，正是遵循守正创新的原则，既沿袭原版故事中"覆水难收"的核心理念，又创新故事细节、情节层次，用当代审美价值观重塑历史题材人物的思想意识形态，触摸人物的情感脉搏。既尊重传统戏曲的规律、逻辑和程式，又突出了不同剧种的特色呈现和不同角色的风格发挥。在晋剧《烂柯山下》中，谢涛扮演的朱买臣，不仅把晋剧生角的板式演唱得荡气回肠，而且把髯口功等程式发挥得淋漓尽致。魏建琴扮演的崔巧凤，由于剧中角色年龄跨度大、剧情复杂，所以行当跨度也从小花旦、泼辣旦、闺门旦一直演到正旦的青衣。一场戏下来，不仅体现了魏建琴深厚的戏曲功底，而且也展示了她作为一级演员的光艳风采。本剧的守正，还体现在道具舞美的简洁、写意和留白等特点上，而思想性、价值观，以及人生世事来回想的家庭婚姻观，则是徐棻先生对晋剧《烂柯山下》的创新。当然，在表演上的创新，演员们还是立足根本、深植传统，把程式发挥到极致，甚至每一个演员的绝技也一一展现。在演唱上，更赋予了角色以鲜明的风格。总之，观众看完晋剧《烂柯山下》，叫好、鼓掌自不必说，让观众聊以自慰的是，着实看了一场好戏，看了一场过瘾的戏，最重要的是看了一场原汁原味又新意迭出的山西中路梆子。

  一出戏的成功，更重要的还在于它的思想主题有新意。《烂柯山下》之所以改编成功，就在于它挣脱了传统道德对人性的束缚。人性的觉醒、思想的理性回归成为守正创新的丰富内涵，因而使作品更具文学性与诗意。本来，崔巧凤也是一个崇尚自由、追求爱情的时尚女子，也是一个勤劳善良、营构恩爱的贤妻良母。怎耐得理想很丰满，现实很骨感。"过了一个三，又过了一个三，怎样熬过下一个三？""熬得崔氏眼角皱，熬得崔氏鬓有斑，熬掉青春好岁月，熬掉锦绣好华年。""人生能有几多三？"诚然，这是崔巧凤酒醉之后的情绪流露。到此罢了也算，但是由于酒精作怪，她又逼着朱买臣写休书，这就惹下大麻烦了。

逼走朱买臣又成就了朱买臣，但也给朱买臣留下了挥之不去的痛。等酒醒之后，崔巧凤后悔莫及，但仍然坚守着共同生活了七年的茅庐小院，渔猎拾樵，依旧打理着书房菜园。朱买臣两年之后，任职称臣，衣锦还乡。打马赶路碰见拦路的崔巧凤。离人相遇，气不打一处来，"那时节她只有鄙视白眼，那时节她只有冷语恶言，逼写休书情义断，害我流落大路边，一介书生如乞丐，失去尊严失家园"。于是，演绎了马前泼水。但是，当朱买臣赶回他原来的家，"推柴门，进房院，青菜两畦入眼帘。……急走入室细查看，一切皆似两年前"。于是，朱买臣"转眼之间心绪变，惆怅塞满胸臆间"，"凤冠霞帔不与她穿与谁穿"。但是，崔巧凤遭羞辱之后，因悔恨已跳河自尽，覆水真的难以回收。晋剧《烂柯山下》的高明之处，就在于用旧瓶装新酒，由于崔巧凤酒后失去理智的言行和朱买臣归来时志得意满的戏弄，致使这出悲剧发生。然而，崔巧凤酒后的悔过和朱买臣回家后的感受，又升华了本剧的主题。这便是《烂柯山下》区别于《马前泼水》的显著标志，也使《烂柯山下》演绎的人物情感更加复杂、更加真实，主题更加深刻。使剧本回归到为人生、为时代的艺术追求上，回归到文艺为观众服务的立场上。

一出戏的耐看不耐看，观众说了算。观众欢迎的戏必然是台上和台下心灵能沟通，戏里和戏外情感同起伏，剧中人物和现实中人物能相互比照。《烂柯山下》就是这样的一出戏。当帷幕拉开，锣鼓响起，观众坐在台下，就犹如在欣赏一幅充满人间烟火气的生活画卷。每一个人物似乎都生活在观众的周围，每一个情节观众似乎都经历过。特别是朱买臣和崔巧凤，就像寻常家庭里的一对夫妻，天天为油盐酱醋茶而奔波，时时为功名利禄而辛劳。累了以后也斗嘴，烦了以后也怄气。遇到忍受不了的过节，甚至也嚷嚷着要离婚。如果，你认真看了晋剧《烂柯山下》，那么，你就会顿悟：无论在家庭生活中遇到什么困难，夫妻双方只要能坚守、能忍耐，风雨过后就会有彩虹；无论在家庭内部发生了什么矛盾，夫妻双方只要能互相谅解、互相包容，就会"看山还是山，看水还是水"。夫妻本是涸辙鱼，相濡以沫度永年。这就是晋剧《烂柯山下》的创新标高、文化价值和艺术魅力。每一位观众，都会因剧情触动心灵，而对家庭矛盾纠纷心生悔意，从而找到今后维系家庭亲密共同体状态的方式。因而，它具有广泛的观众和市场。

晋剧《烂柯山下》，在看似古典的情感抒发中，体现了极其现代的人文关照，并直击人的心灵，挖掘出人性的苦涩和悲凉，展现了对生命的悲悯情怀，让古典形式绽放出现代的光彩，成就了传统戏曲与现代文化的交相辉映。同时，剧作流利清新而雅俗兼备的唱词，意蕴深远而节奏鲜明的念白，以及谋篇布局中写意般的留白，也都成为谢涛等优秀演员尽情发挥、极致渲染的重要平台。在剧中，谢涛完全按照晋剧须生的袍带套路，凭借唱白和身段来剖析人物的心灵悸动，展现人物苦涩的人生况味。在五百字的大段念白里，谢涛和着戏曲音乐的节奏，以起承转合实现了结构的完整统一。语速的快慢缓急，声音的抑扬顿挫，表情的喜怒庄谐，眼神的迟滞飞跃，穿插着水袖的翻卷甩闪、袍带的踢踏摇摆，展现了朱买臣动摇徘徊的内心世界，表现了人物心理变化的过程。谢涛的念白精准地与晋剧锣鼓卯和成流淌着的动感乐律。尤其是最后一场的大段唱腔，充分调动着晋剧板式变化造成的情感渲染效果。大段的唱腔里，交织着朱买臣与崔巧凤两个人的形象变化。无论是念白或唱腔都被谢涛精心演绎成朱买臣独特情境下的忏悔诗和述情文。这是一位艺术家走向艺术高峰的重要标志，也是戏包人、人包戏的戏曲创作规律的双向经典。所以，晋剧《烂柯山下》能唱响、能走红是必然的。

一部艺术作品能震撼人心，不是创作者主观臆想就能达到的。它不仅需要专家的认可，而且还需要市场的检验。而市场的检验，也不是靠广告宣传、潮流裹挟，而是要契合受众审美情趣，满足世俗需求和人性渴望。鉴于此，晋剧《烂柯山下》当是一部叫得响、立得住、传得开的好戏，因为它能够满足广大观众的情感需求。

江山已是艳阳天
——大型现代晋剧《迎新街》述评

大型现代晋剧《迎新街》登台亮相了。这是太原市晋剧艺术研究院继《上马街》《起凤街》之后,以太原市的街名挖掘打造的第三出现代晋剧。这三出晋剧,一出有一出的时代主题,一出有一出的艺术特色,一出有一出的程式探索。而《迎新街》一剧,则时间跨度更长,主题思想更深刻,故事情节更丰富,艺术创作更值得玩味。

对历史的追寻,彰显出《迎新街》的深刻思想文化特色。剧中女主角胡琳玉,是清末山西巡抚胡聘之的义女,留洋归来,任西北实业公司董事会秘书。在太原战役结束前夕,她和地下党员江山结为夫妻。三天之后,初婚丈夫便不见了踪影,而她自己却在太原战役结束时的混乱中被国民党"劫持到台湾","才知道他是共产党,皮鞭笞,我生生死死一番番。逃出魔掌去海外,浪迹天涯梦也残。马来半岛创生计,用血汗开出了万亩橡胶园。盼望着总有一天会相见,为相见我一等等了五十年"。改革开放后的20世纪90年代中期,胡琳玉又携资回到太原投资她爷爷创办的机器厂,并寻找她的丈夫——江山。江山是太原学联总干事,作为地下党,他积极参加学生运动,发动组织市民群众迎接解放军进城。这期间,胡琳玉和江山就有了交集。"回想起大学演讲初见面,可记得牵手同游海子边?我问你兵临城下何处去?你说城外已春天。""三月里,双双来到千佛寺,夜色里,你把炮火比彩霓。你唱到亲人归来天地变,古城太原唱新曲!变出一片新天地,带我走进新社会,沐浴在春风里。""是江山把我的心灯点亮!"胡琳玉就是带着这样的感情,回到太原,来寻找令她无限眷恋的伴侣。剧中的男主角张大奎,是机器厂俱乐部守门人,终生都在寻找太原战役结束时,让他以"炸厂"之名行"护厂"之实的李安民。由于找不到李安民,人们总认为他有炸厂行为,"炸药是他装,电闸是他扳,那一声大爆炸就像塌了天,都以为工厂炸成稀巴烂,没想到皮毛未损囫囫囵囵保得全"。为此,张大奎"五十年没说一句框外话,五十年回回运动都要查,憋气憋得心肺炸,我哪能舍得炸工厂——工厂是我家"。于是,张大奎跑遍太原所有的墓地、陵园、纪念馆,把碑上那些牺牲的烈士姓名都拓下来,收存辨识。可他找了五十年,为仍然没找见李安民而备受煎熬。但张大奎收存的碑拓却为归国的胡琳玉寻找江山提供了资料。"这些天我把拓片翻了个遍,一个个大活人站在我面前。年龄大也不过60来岁,最小的才刚满一十二三。那不是黑底白字名和姓,想当年都是铁血儿男。"最后,总算通过关系在台湾敌伪档案里找到了江山的下落,原来江山就是李安民,李安民就是江山。他为了保护工厂,身份暴露,于1949年4月22日,也就是太原战役结束的前两天牺牲了。在民政局找到了江山牺牲前遗留的公文包,公文包里的一封信解开了所有谜团。他在信中说:"即日起,张大奎同志为中国共产党员。介绍人,江山。"信中还有和胡琳玉诀别的话:"共产党就是这样,总得有人走在前面,去流血,去牺牲,去泪别他最爱的亲人。"信中最后说,等中华人民共和国成立了,就把工厂门前的路叫作迎新街吧。张大奎恍然大悟:"我记得也是那几天,李工(即晋绥军工爆破工程师李安民)他深夜里带我去阳曲。教堂里为保工厂我发死誓,我举起拳头向党旗。"原来,张大奎和胡琳玉从不同角度,寻找的都是初心、信仰和中华人民共和国的奠基岁月。

对时代背景的铺陈,表现出《迎新街》内容的丰富多彩。《迎新街》的时代背景是20世纪90年代中期,也就是改革开放的跋山涉水阶段。特别是对所有制的改革,涉及每个人的"奶酪"。迎新街上的机器厂,由于设备老旧,资金不足,当然也有市场的冲击,发展举步维艰,经营非常困难。因此,才有了张大奎的儿子张铁山下岗后开出租车,儿媳妇成艳红下岗后开小卖部。才有了张大奎的女婿朱天明和女儿张钢花下海去深圳。

由于这些线索的铺设,才有了朱天明在深圳联系上在海外漂泊了近半个世纪的胡琳玉,回乡投资、寻找结婚仅三天的丈夫;才有了朱天明在深圳利用改革开放窗口的便利条件,联系到在台湾的关系,查清了地下党员江山即李安民、李安民即江山的来龙去脉。后来工厂遭遇了大火,不管是上班的职工,还是下岗、退休的工人都奋不顾身,投入救火。因救火，下岗工人张铁山眼睛被炸伤。胡琳玉见证了工人阶级的团结友爱、无私无畏、吃苦耐劳的精神风貌，而将原来准备投资的款项，改为全部无偿捐赠。在戏剧故事的推进中，投资和寻找互相勾连，今天和昨天相互交织；投资促进了寻找，寻找促进了投资，最后，真相大白于天下，投资形式又升格为无偿捐助。《迎新街》讲述了一个中华人民共和国历史上的太原故事，讲述了一个改革开放的太原故事。

　　《迎新街》对晋剧艺术的传承和创新，开创了现代戏曲的新天地。一般来讲，观众对现代戏剧的欣赏，总不像对传统戏剧那样容易投入，原因是太现实了，距离才能产生美。《迎新街》的推出则颠覆了这个观念。首先，剧本就千锤百炼地打造了好几年，增删裁剪，精益求精，把一个电视连续剧的题材，硬浓缩成一出戏的内容。故事情节跌宕起伏，引人入胜。两个主要人物在对同一个人的寻找过程中，备受磨砺，历尽艰辛，最后殊途同归。在戏剧结构上，又大胆地设计了两个走暗场的人物，一个是江山，一个是朱天明。特别是江山，虽然早已牺牲，但却贯穿剧情始终，通过演员的道白和演唱，把暗场人物也塑造得非常丰满、鲜明，应该说，江山是该剧的"戏魂"。朱天明虽然是现实生活中走暗场的人物，但是，也为剧情的发生、发展起到了不可或缺的重要作用。五场戏，场景不变，角色交替，悬念迭出，一气呵成，既坚守了传统戏曲的特色，又吸纳了西方话剧的艺术养分。可以说，《迎新街》剧本是山西本土剧作家赵爱斌先生的力作，也是他十几个现代戏作品的代表作。无论是主题思想、戏剧结构，还是故事情节、矛盾冲突，在形式和内容上、在思想性和艺术性上都达到了一个新的高度。加上晋剧名导雷守正先生春风化雨般的慧心巧思，把一个时间跨度达40多年的故事展现在绚丽的戏曲舞台上，而且每个角色都熠熠生辉，光彩照人，引领观众穿越时空回望那段峥嵘岁月。作为领衔主演的谢涛，她在长期的现代戏的演出中，扮演了不同年龄段的现代女性角色。因她执意要填补自己在现代女性人物塑造的年龄段上的空白，在《迎新街》一剧中，她扮演了60多岁的胡琳玉这个知性的女主角。胡琳玉作为剧中的主要人物，留过学，经过商，创办过橡胶园，颠沛流离，饱经沧桑。谢涛都能够把握到位，拿捏得当。特别是在这出有悲情色彩的演出中，她发挥了自己本性的唱腔、音色，悠扬婉转，荡气回肠。其他演员，也都是太原市晋剧艺术研究院的老戏骨，和谢涛配戏，个个心有灵犀，出神入化。剧中走暗场的人物也被塑造的有血有肉，神形兼备，没有出场，胜似出场，将现代戏曲演出了传统戏曲的效果。不，比传统戏曲还感人，还亲切，还好看！

　　一出现代戏，时间跨度40多年，能演绎得如此入耳入眼入心，相信每一个观众都有深刻的感触。特别是曾经历过这个时代的人们，坐到剧场，看完演出，定会感慨良多，回味无穷。

是非曲直待君察

庄周就是庄子，字子休。他是战国中期著名的思想家、哲学家和文学家，是道家重要代表人物，与老子并称"道家之祖"。著有《庄子》一书，被道家奉为《南华经》。一提道家，即知"道法自然"；一说庄子，便吟"鲲鹏展翅"。庄子是一位洒脱浪漫的圣贤，因此，有关他的故事以及文学作品在明朝之前就频频面世。明代抱瓮老人辑录的《古今奇观》和明末冯梦龙编纂的《警世通言》，都载有《庄子休鼓盆成大道》的短篇小说。小说主要讲述了庄子拜老子为师，学会了"分身隐形，出神变化"的法术。后因路遇一女子"扇坟"有感，便告于妻子。妻子田氏闻知此事，愤然变色，甚至咒骂该女子，并信誓旦旦道："忠臣不事二君，烈女不更二夫。"对于妻子的誓言，庄周将信将疑，后故意假死化身为楚王孙，引诱妻子甚至为了救助楚王孙不惜劈棺取庄子休的脑髓。妻子后来得知楚王孙即为庄子休幻化之,羞愧自缢。庄子将其放入棺木后鼓盆而歌,随即将瓦盆打碎,取火将屋宇、灵柩全部烧毁,然后遨游四方,最后得大道成仙。

这样的题材和这样的内容,似乎只有裹挟在哲学家的身上才显得深刻,只有让圣贤者演绎才能自圆其说。但它毕竟有2000多年的历史了,也许庄子就没有做过这样的事。也许四五百年前的冯梦龙,要执意冲破封建伦理道德的束缚,以揶揄子休,同情弱势,来验证人性的本真。因此,著名剧作家徐棻先生与同人将小说《庄子休鼓盆成大道》改编为川剧《田姐与庄周》,现故事新编,又将其改编为无场次晋剧《庄周试妻》,以探析现代社会中民生问题的伦理学意蕴。看过之后,荡气回肠,欲说还休。欲说还休,却还是要谈一谈观该剧后的感受。

《庄周试妻》诚然也是图解庄子无欲无为无伤、顺乎自然的理念。但庄周本是后山人,偶为前堂客,却做俗人状。当他看到妻子在赶集郊游回来时的欢喜状态,便顿生疑窦。因此,他便"借仙术,假死百日,探其详"。又分身幻化为"红是红白是白""风流俩傥"的楚王孙,来考验"夫修道,妻捧茶。清静无为,淡泊之家"的妻子。当庄周(幻化为楚王孙)反复撩逗引诱,使妻子心软同情楚王孙,在万般无奈的情况下,适才允婚,庄子对此气急败坏。然而,周围的人认为"人心善变",这是无奈,莫非"她的心又回到先生的身上了"。于是,庄周又使出第二招,重新幻化为楚王孙,故作头疼欲裂、几近绝命的样子,还托词只有用人脑和酒吞服,才能治疾救命。于是,就有了妻子痛苦欲绝的"旧恩还未了,新情又将绝,受不完无边苦难,苦难重叠叠……"的反复斟酌。才"前因后果顾不得,急往劈棺不敢歇","旧恩义,已随先生逝去也,新夫婿,见死不救良知灭!"于是,才举起了千斤重的板斧。

　　徐棻先生的高明之处就在于，她既能把剧情推向极端，又能落笔墨于沉思。庄周自以为"超凡脱俗入仙境，胸襟磊落无纤尘"，却原来"也有妒忌与恼恨，也有六欲和七情……也是一个大俗人"。以致妻子田氏也"经不起情爱引诱，受不了寂寞春秋，……回首尘世多荒谬，不如一死—— 休便休"。但妻子毕竟是凡人，她在错综复杂的情感唆使下，才违背妇道节操，抛去一世清名，葬身于封建礼教壁垒森严的屠刀下！随着剧情的推进，说明庄周虽是圣人，但亦是凡胎。老子言："圣人无常心，以百姓心为心"，而《庄周试妻》则是庄子试图在世间验证自己的思想理念，结果玩笑开得太大，庄周的行为已刀不血刃地杀害了无辜。人啊，认识自己，做到无欲无为、超凡脱俗，比得道成仙还难。更不要说俗世凡人，本来就生活在纯粹的自然环境中。而庄先生"本是青灯不归客"，又为何"却因浊酒留风尘"。其实"留风尘"就是要人们"崇尚自然和天性""胸襟磊落无纤尘"。因而，田氏就成为剧中最令人同情的存在。这部剧的主题意义，远远高出了旧小说《庄子休鼓盆成大道》，又符合现代社会的理性思辨特征。

　　对《庄周试妻》主题的玩味，不由得让人联想到同是徐棻先生改编的晋剧《烂柯山下》。她也是将原来的《马前泼水》的旧瓶子，装上适合现代人喝的矿泉水，使之更符合现实意义，让观众人人都能产生共鸣。而作为故事新编，无场次晋剧《庄周试妻》，更让人感到"是晋剧，但不是传统晋剧；不是传统晋剧，但还是晋剧"。剧中的庄周是戏曲里的须生，而兼演的楚王孙，又是戏曲里的小生。在剧情里，一会儿须生，一会儿小生，须生小生，交互变幻，但观众亦能意会，"扮谁像谁，谁扮谁谁就像谁"。当然这也反映出扮演者谢涛深厚的艺术功底、俊美的艺术扮相。这出戏之所以好看，除了传统戏曲的艺术魅力外，还在于魔术的加持。一枝出墙的红杏，说摘下就摘下，说复原就复原，舞台俨然是一个梦幻的空间。至于风神舞扇扇坟，大仙临场助变，纸扎金童玉女被点化成童儿和花姑，木偶身段载歌载舞，都使历史上南华真人庄周，似乎生活在世外桃源、梦幻仙境。

《庄周试妻》这出戏的亮点，就在于它不仅彰显了冯梦龙《庄子休鼓盆成大道》小说的浓厚底色，而且还升华了它的主题。虽然还是用神话演绎，却设置了充分的思辨空间，挖掘出现代社会价值观的意义。当然成就一出好戏，需不断打磨，晋剧《庄周试妻》即如此。

一本读不完的书
——《晋祠博物馆大事记》序

晋祠是我国最具代表性的祠庙式园林建筑群，它的叠山、理水、植物、建筑等造园要素以不同的形式，展现出独有的理念。真山真水，古木参天，殿台楼阁，钩心斗角，建筑布局序列完整，典藏文物丰富多彩，艺术形式精妙绝伦。

几十年来，我曾多次参观游览晋祠，但都没敢下笔用文字的形式把它反映出来。直到前两年，我惧怕自己身心俱老，丧失书写能力，对不住这方百次寻访百次游的文化圣地，这才硬着头皮写了一篇《晋祠：一本读不完的书》的文章，后来寄到报社，被编辑改成《读不完的晋祠》发表。题目改得精练，但是意思一样。晋祠是一部厚重的书，是一部文化的百科全书。之所以有这个立意，并凝练成这么一个观点，除了说明晋祠确实历史悠久、内涵丰富、文化品类齐全，同时，也是自己给自己找台阶下。之所以自己没有及时地有感而发，是因为我还没看完悟透这本"书"；即使写出来也发表了，如果有人说写得还不到位、不过瘾，我也可以说，我还没有看完悟透这本"书"。晋祠的文化太深邃浩博了。

无论如何，这都是长期以来我对晋祠的感性认识。就晋祠本身来讲，史书曾曰："三晋之胜，以晋阳为最；而晋阳之胜，全在晋祠。"为什么？因为晋祠不仅风光好，更重要的是，它囊括了三晋的历史，映射了中华民族的发展变迁，留有大量的物质文化遗产和非物质文化遗产。晋祠确实风雅。

前一段时间，《晋祠博物馆大事记》（以下简称《大事记》）的编者通过微信发来消息，请我给该书写个序。我看到以后仅以表情回复了一下，既没有表示同意，亦没有表示回绝。其实，我心里很矛盾，答应吧，我又不是太原地方文化的权威，没有这个资格。谢绝吧，盛世修志，晋祠这个三晋之胜的高光地标，如今有人为它量体裁衣，该如何歌颂都不为过。我陷入了沉思。又过了一段时间，编者又以央求的口气给我发短信，我看到之后，思忖再三，写就写吧，谁让我几十年来对晋祠文化如此顶礼膜拜，谁让我已成为晋祠文化的追光者。晋祠有着挖掘不尽的文化资源，是一部写不完、编不完的书。

晋祠的前身如果从悬瓮山和晋水说起，那么它的历史应该在先秦的《山海经》里就开始体现了；如果从唐叔虞祠讲起，那么它在北魏郦道元的《水经注》里就有记载了。在漫长的岁月中，晋祠似乎还没有一个正式行走于史书典籍里的名分。一直到清朝末年，才由乡贤赤桥村人刘大鹏先生披删五载撰成手稿，逮至改革开放后，才由慕湘、吕文幸历六年点校，于1986年出版。《晋祠志》的出版，开创了晋祠专书修志的先河。物换星移，草木推陈，至今离刘大鹏先生撰写完《晋祠志》手稿的光绪三十二年（1906年），已过去了110多年，而这段时间也是中国历史乃至世界局势发生巨大变化的时期，晋祠的命运亦随之日新月异。特别是1949年以后，政府将晋祠纳入体制内予以保护、修缮和管理。可以说晋祠的形与神都发生了巨大的变化。加之，刘大鹏先生撰书的年代，正处于封建社会的衰亡时期，资料收集受交通、通讯和科技落后的局限，特别是那时我国考古学尚未诞生，好多物证还深埋于地下，这些都对晋祠历史的挖掘整理、还原完善存在一定的影响。况且，中华人民共和国成立以来，党和政府在对晋祠文物的保护修缮方面也做了多件"大事"，凡此种种，在国泰民安、社会各界对文物保护意识不断增强的形势下，晋祠博物馆编写《大事记》，确实是一件挖掘晋祠历史、传承山西文脉、守护中华文明的大好事。

《大事记》中的大事，是社会发展的节点，也是历史演进的魂魄。它具有重要的史料价值、钩沉依据和链接作用。晋祠博物馆所编辑的《大事记》，不仅仅是记录编写，更重要的是查找和挖掘。晋祠的历史太漫长了，如果打从北魏郦道元记载有唐叔虞祠开始，也有1500多年了，何况，他们是从西周的周成王和"剪桐封弟"开始，这时间就更长了。在这漫长的人类历史长河中，他们要打捞同悬瓮山和晋水有关的历史记载，打捞同周成王和唐叔虞有关的记载，打捞同晋王祠和唐叔虞祠的记载，打捞历朝历代与晋祠地区有关的战争、瘟疫、自然灾害和社会变革的记载，更主要的是查找和晋祠有直接关系的叠山理水、筹资修筑、挖渠凿路、栽花植树、历史沿革、体制归属等有关记载，还有历朝历代文人墨客的屡屡踏访，这项工程就浩大了。可贵的是，他们从西周开始，以朝代纪年的方法一直记载到 2020 年，实属不易。

一个单位，抑或一个行政层级的大事记，都有它的收录原则和标准。对于晋祠这个全国重点文物保护单位来说，什么是大事？哪些事该记？特别是纵贯几千年的历史大事和 1949 年后的当代大事，如何区别？如何确定？尤其是对建立晋祠文物园林管理处之后的机构设置和人事任免，如何增删？如何规避？这是对本书编者的智慧检验、能力衡量，也是一个重大的课题。好在他们有刘大鹏先生《晋祠志》中的"大事记"作参考，有当代新的"大事记"作范本，也有他们自身创新求变的作为，硬生生把这部比写志书还难的书稿宵衣旰食地完成了，实在是难能可贵。

这本《大事记》对于晋祠的研究者、管理者，甚至是参观者都有十分重要的参考价值。它不仅介绍了晋祠的来龙去脉，而且还记载了晋祠发展过程中的历史环境和自然环境；它不仅呈现了晋祠有史以来的发展、修葺和管理事项清单，而且还厘清了影响晋祠发展变化的行政隶属关系；它不仅记录了全社会对晋祠的关注情况，也体现了不同时代由于社会嬗变、自然灾害对晋祠的破坏程度。更为主要的是，《大事记》还浓墨重彩地书写了历代名宦重臣和鸿儒文豪莅临晋祠游览参观的盛况，从一个侧面反映了晋阳"山光凝翠，川容如画，名都自古并州"的繁荣景象和三晋文化绵延昌盛的历史。也可以说，《大事记》一书将会为晋源区和省城太原写史修志提供有力的史料支持。

是为序。

晋阳自古最奇崛
——读《锦绣太原文史丛谈》感悟

太原是一本厚重的书，翻开它，其5000年的文明史、2500余年的建城史跃然纸上。太原、并州、晋阳，这些和脚下土地水乳交融的名字在历史的长河里熠熠生辉；"北朝霸府""大唐北都""晋商之都"，这些响亮的称号都镌刻在历史的丰碑上，深植于文化的土壤中。2003年是太原建城2500周年，市有关部门和单位，在充分挖掘和整理太原历史文化资料的基础上，于当年隆重开展了一系列纪念活动。10年之后的2013年，是太原建城2510周年，争学绩文，经过深思熟虑，市有关部门又组织编撰了一系列有关太原历史文化的书籍。按说2023年应该是太原建城2520周年，冥冥之中，一些社会贤达，以强烈的社会责任感又编撰了一些有关太原历史文化的书籍。前一段时间，我曾为《傅山与锦绣太原城》一书写过书评。最近，《锦绣太原文史丛谈》一书的撰稿者，把还散发着油墨香的这本书送给我。欣喜翻阅，依然感动。因为不管是谋篇布局、资料辑录，还是史实核证、字句斟酌，都体现出撰稿者精益求精的精神理念。这本书共分六编，分别是："晋阳自古最奇崛""锦绣江山汾晋川""晋阳国宝载盛名""诗词曲赋咏太原""民间故事敦古风"和"并州杂记"。这六编以不同的方式展现了锦绣太原独特的历史和文化，记述了太原这座城的悠久传统和澎湃活力。

　　以前我总认为，太原并不是什么大风水、大格局的地域。尽管人们把太原的历史地位说得如此重要，但周秦两汉、魏晋隋唐和宋元明清等煌煌国朝，都没有在此建过都城，只凭历史上几个府县地域大小的朝代在此安营扎寨，就溢美自鸣，总难让人怦然心动。在翻阅《锦绣太原文史丛谈》之后，我才体悟到，太原之所以是一座国家历史文化名城，在于它悠久的文脉、人脉和城脉，在于它独特的地理位置和在历史发展关键时期的特殊功用，在于它"看似寻常最奇崛"的特质。

　　历史上的太原，曾经是农耕文明和草原文明相互融合的地方，也是中国北方重要城市和商贸发达的驿垣。独特的地理位置，必然要担当独特的历史使命，独特的历史使命必然依托独特的文化资源禀赋。为了表达这种独特，编撰者用"丛谈"的方式来展现太原文史的厚重。因为这种方式，纵横捭阖，从容自如，能突出地体现太原的特性，更能自由地表达太原的奇崛。《锦绣太原文史丛谈》第一编，突出地讲述了太原在每一个历史节点发生的重大事件、涉及的重要人物和文明脉象。第二编，主要记载三晋沃土上的发明创造、名优特产和义利经略。第三编，主要介绍从新、旧石器时代开始，一直到唐宋以来太原的文物古迹、旅游景点和爱国主义教育基地的晋阳国宝。第四编，选辑了从先秦开始，一直到中华人民共和国成立后历代文人墨客，从不同角度歌咏太原的代表诗篇。第五编是具有唐风晋韵的民间故事，古风盎然，神奇独特，大部分和醋有关。第六编是杂记，但记而不杂，反映的仍然是具有并州山水风俗的名优特异。

《锦绣太原文史丛谈》，不仅撰写了历代史书上记载过的太原奇崛特异，而且还增添了许多新的内容，比如"慈禧西行驻跸太原府""山西巡抚于谦倾情太原县""店头古堡锁西峪"等等，这些故事史书上都鲜有记载，是对太原历史文脉的丰富和光大。即使是以前史书上反映过的内容，作者也都重新考证推敲，并吸纳了1949年后特别是改革开放以来经考古发掘和科技探测所取得的新成果。即使辑录的"诗词曲赋咏太原"，也是经过认真搜集、整理、编排，使历朝历代歌咏太原的诗歌更集中、更系统、更全面，特别是先秦时期的几首诗歌的搜集更是难能可贵。而"民间故事"和"并州杂记"则纯属创作式的编撰，这些长期流传于民间的口头文学能够成为书面文学，实则幸事。通览全书，虽然编目内容不同、形式各异，但共同的特点，是集中阐述这座历经2500余年城市的创造性、文化性、包容性和独特性。让读者走进锦绣太原的历史环境和人文世界，感受晋阳自古多奇崛的韵味和魅力。

《锦绣太原文史丛谈》，内容翔实，篇目清晰，行文简洁，表达流畅，是反映太原文史的"百科全书"。全书大多以讲故事的方式呈现，通俗易懂，可读性强，其中的第一手资料更是弥足珍贵。这充分反映了撰稿者的文化功底。作者张春根先生凭一己之力，十年磨一剑，实属难能可贵。

　　展卷舒目，情怀油然。仿佛历史烽烟刚刚掠过，英雄贤哲跃然纸上，风流绝响萦绕耳边。本书所呈现的一道道富有魅力的人文风景，为这座城市实现美好梦想增添了厚重的人文基础。

　　读后有感又有悟，聊以为记！

看似平常却奇崛
——读《赵望进文存·散文集》随感

该书作者赵望进是一位享誉全国的著名书法家。《赵望进文存》共分为"散文集""诗联集""序跋集"和"评论集"四部分，全书共计100万字。"散文集"汇集了作者的专访评介、国内外名胜游记以及记事散文；"诗联集"汇总了作者创作的古诗、新诗、汉俳、对联、打油诗等；"序跋集"收录了作者自20世纪80年代以来所撰写的序跋、前言和后记，共80多篇；"评论集"涉及书评、画评、联评、杂评等。每集最后都加有"附录"，是他人对赵望进及其书法创作的漫记和述评。

《赵望进文存》（以下简称《文存》）出版了，先生给我打电话让我去拿一下，我赴约。但他的工作室人多，对《文存》本身没展开说几句话我就走了。在返回的路上，我也曾闪过一个念头，该给先生写一点东西了，但还没来得及仔细琢磨，就被如潮思绪所淹没。第二天，先生打来电话，说梁志宏就《文存》的"诗联集"写了一篇文章，已在《太原晚报》上发表了，让我就"散文集"也写个东西。我欣然应允，是该给先生写一篇文章了。于是，我用两天的时间翻阅了先生的"散文集"。惊讶之余，我在想，杖朝之年的先生，工作之余，除了沉浸、传授书艺之外，还积累了这么多文字成果。100多万字的《文存》，"散文集"就40多万字。

我和赵先生共事近40年了。这么多年来，我除了熟悉他的求学奔波、工作履历和为人处世外，总觉得他很忙，忙得不可开交。和人交流老走神，聊天还没说完又要去赶场，约个会总推托。原来，他一直在考虑事情，始终处于工作状态。我在阅读他的"散文集"时，深深地感受到这一点。不然，他怎么能取得这么多的成就？在艺术上能有这么高的造诣？时间是他最主要的支撑平台。

文如其人。赵望进先生出生于山西省临猗县，因此，他的身上熔铸着厚道、淳朴、执着和不服输的品格。其实，大凡从艰苦环境中奋斗出来的成功人士，都有这个特点，不过在赵望进先生身上更明显、更突出罢了。在他的散文里，无论是反映他自己及祖父的传记类的文章，还是通讯访谈类的文章，大都有这方面的特点。尤其是他的文章风格，和他的人一样，淳朴、古拙、实诚、随俗雅化。无论是他对在并或来并名人的采访文章，还是他对交往较多的师长和朋友的人物特写，面对这些文章就像面对赵先生,阅读这些文章就像阅读赵先生,厚朴而雅典,外拙而内秀。正如宋代李涂在《文章精义》里所讲:"文章不难于巧而难于拙,不难于曲而难于直,不难于细而难于粗,不难于华而难于质,可与智者道,难于俗人言也。"

文章也体现了作者的职业特点。赵望进先生和我共事之前,在太原日报工作了十数年,主事文艺部,负责副刊专版。那时他正值黄金年龄,长期的工作历练,他的新闻敏感性极强。这无论在他的人物专访通讯里,还是在他的人物特写、随笔和游记里,都有充分的体现。他的文章,读起来都令人感到非常亲切,并容易理解和接受。比如,他对文艺界力群、孙谦、郭兰英、沈鹏、李琦、杨秀珍、孟繁锦、王云峰的采访和怀念的文章,篇幅不长,但要素齐全,一目了然。比如《为了实现周总理的遗愿——访〈扬眉剑出鞘〉诗作者王立山》《她有一颗火热的心——认一力饺子馆餐厅服务组组长李淑贞的故事》《仁、和、乐、勤的楷模——回忆马烽同志》《永恒的丰碑,永远的怀念——追念恩师姚奠中》和写大家风范张颔的《大师缘》,时代感都比较强,用叙述故事的形式来塑造人物形象,有如读魏巍《谁是最可爱的人》的感觉。另外,赵先生作为有新闻从业经历的人,在对事物的描写刻画上更简练、深刻,更具独到视角。比如,他在《唐开元铁牛里》对永济黄河大铁牛的描写:"四尊铁牛,造型优美,乍看相似,细看各异,都肌体丰满,臀大腹圆,筋涨肉怒,挺角竖耳,双目圆睁,尊尊表现出潜在的力感和质美。……四个铁人,神态美俊,丰满健壮,栩栩如生,身着不同服饰,面目各有特色,或浓眉大眼,或鼻高额宽,显然是不同的民族。从服饰和面貌分析,前面两个分别是维吾尔族和藏族,后面两个分别是蒙古族和汉族。"如果你是一位稍有阅历的人,纵使没到永济见过黄河大铁牛,看了这篇文章,也能想象出那是一个什么样的阵仗。如果你是一个画家,看过这个描写,你完全可以默画出永济唐开元黄河大铁牛的布阵图。

"散文集"还体现了作者的思想境界和艺术修养。赵先生不仅是驰名全国的书法家,而且是山西省的文化大家。他不仅在报社工作多年,更主要的是长期在省市宣传文化部门任职。主管和从事电影戏剧、书法美术、社会文化、民间艺术、诗词楹联、古建雕塑等工作。长期的耳濡目染、潜心钻研,他将文化艺术的各个门类融会贯通,自成机杼。因此,他对相关的文化艺术类产品做出的评价,往往独到精妙,能够一语中的。在《神笔李琦》的文章里,赵先生在谈到毛笔和宣纸时,他这样写道:"中国笔墨非常丰富,沉着浑厚的笔法给人以诚恳纯朴的印象;婉转流动的用笔则表现出温柔的情致;而泼辣奔放的笔调会使人觉得意兴勃发,精神昂扬。用墨更是变化多端,淡处如薄雾依微,焦处如双眸炯秀,干处在隐显不常之奇,湿处有浓翠欲滴之润……"在《品高艺高,领一代风骚》里,他对郑林老先生的书法是这样评价的:"稳重平直,活泼简练,笔力雄健,沉着而流畅,古朴而多新意。"郑林何许人也?人家是"三八式"老革命、省级老领导、山西省第一任书协主席。赵先生如何能够这样评议其笔墨?因为赵先生亦是书画名家,是山西省第三届书协主席、中国书协理事。他的美术作品亦曾和他的书法作品一样在全国联展过,也曾数次出过挂历,还被省市有关单位收藏。

在《德高学富,诗联双馨》里,他对诗联大家赵云峰先生《咏曹雪芹》(叠韵十首)的评价是这样的:"这十首诗,虽受叠韵所束缚,但不刻板、不重复、无败笔、无俗气,以充满哲理的概括叙述,引经据典的重彩描绘,充分展现出曹雪芹的风骨、风流和风采。"赵云峰老先生，山西人，2022年应该是98岁了。他在国家层面的诗联等组织不是顾问，就是名誉会长，被誉为全国联坛十老之一。赵望进先生和赵云峰先生交往近50年了，他能如此评价赵云峰老先生的诗作，是因为他亦有十分深厚的古诗词功底，并担任过山西省楹联艺术家协会主席、中国楹联协会顾问。

在这本厚重的散文集里，还有几篇比较大的作品，一篇是《艺术·友谊·和平》，反映山西大同矿务局晋华宫矿鼓乐艺术团，代表山西锣鼓艺术团参加"第三届中国国际民间艺术节"的盛况。另一篇是《一台锣鼓大家敲》，虽然主题词是锣鼓，但写的是长治市文化部门如何齐心协力抓曲艺传承工作，在全省乃至全国夺冠获奖的人和事。还有一篇是《神奇的土楼》，顾名思义，就是作者游览闽南客家土楼所作。这三篇文章写的是三个艺术领域，虽然作者没有直接的专业评议，但遣词造句、描人状物、谋篇布局、起承转合，都反映了作者很好的专业修养和文字功底。篇篇都趣味盎然，波浪迭起，叙述真切，精彩纷呈。

《赵望进文存·散文集》里的文章，绝大部分是赵先生职业生涯和工作之余的作品。虽然题材不同，形式各异，但从主题和风格方面来看，既反映了他长期从事文化艺术工作的修为，又折射出他不断精进个人修养的过程。翻阅拜读，对我也是一次心灵的净化和精神的洗礼。

气生道成
——读《傅山与锦绣太原城》的感受

党的十八大以来，习近平同志四次莅临山西考察，对全省工作提出殷殷期望。2020年5月，习总书记亲临太原时又深情嘱托："坚持治山、治水、治气、治城一体推进，持续用力，再现'锦绣太原城'的盛景。不断增强太原的吸引力、影响力，增强太原人民的获得感、幸福感、安全感。"习近平总书记还强调："要充分挖掘和利用丰富多彩的历史文化、红色文化资源，加强文化建设，坚持不懈开展社会主义核心价值观宣传教育，深入挖掘优秀传统文化，引导广大干部群众提升道德情操、树立良好风尚、增强文化自信。"正是由于领袖的深情嘱托,因而我市有关单位和文化工作者联袂编撰了《傅山与锦绣太原城》一书。主编范世康先生将此书送我之后,我翻阅品读,深感视角新颖、谋篇独特、叙述简约、行文生动,借古鉴今,有着十分重要的现实意义。

自北宋以来,许多士大夫出身的名臣能吏都曾职守太原,不仅给太原留下了诸多诗词美文,而且还在太原修建了纵横交织、别具风韵的街区。逮至元明,更是扩充完善、增姿添彩,便呈现出"山光凝翠,川容如画,名都自古并州"的景象。风景优美的地域必然能够孕育出杰出人物,而杰出人物又必然影响着一方水土。傅山先生作为17世纪的思想家、医学家、爱国爱民的社会活动家,在社会科学、自然科学以及文学艺术等领域都有着很高的造诣。他既是一位"百科全书式"的文化名人,更是一位钟爱故土又深爱父老乡亲、亦受百姓爱戴和敬仰的先贤。太原与河北的正定一道,素有"花花真定府,锦绣太原城"之美誉。而太原,正是有了源远流长的文脉,才有了久盛不衰的魂魄;正是有了一代又一代像傅山这样的先贤,才山河锦绣、形神兼备。《傅山与锦绣太原城》一书,正是按照一座城和一个人这样的脉络来展开叙述的。

跨水连堞脉不断,太原城绵延至今已经2500余年了。在傅山生活的年代,他所耳闻目睹并深切感悟的太原城也就不仅仅是"一座城"(即太原府城),而是在汾河两岸彼毁此建的"三座城",即公元前497年崛起,经晋、魏、隋、唐至北汉构筑的古晋阳城,宋建明扩的太原府城以及明洪武八年(1375年)修建的太原县城。这三座城,特别是古晋阳城和太原府城,在历史上不仅熠熠生辉,而且为存续时期的中央政权做出过重大贡献。城池迭变,王朝更替,傅山生逢其时,对养育自己的这方水土一往情深，其悲欣交集的一生，见证了明末清初太原城的饱经风霜。特别是在社会动荡之际，傅山对于太原城的命运更为关注，对中原文脉的守护更加自觉，对百姓的疾苦更加关切，为"锦绣太原城"构筑起了强大的精神支柱。

太原城的显著特点，就是"一泓汾水"穿城而过。这条穿城而过的汾河，是中华民族母亲河——黄河的第二大支流，发源于宁武管涔山，流经晋中、临汾盆地，于万荣后土祠旁汇入黄河。而流经太原城的水域地段，是汾河的心脉与魂魄。智者乐水，生活在汾河之畔的傅山，自然会对这泓清水情有独钟。故而在其一生中，不仅几度探访汾水之源，遍寻流域情趣，而且还时常悟对台骀庙堂、汾神功德。"沮洳河边傍吾家，峡水之畔仍读对。"汾水给傅山带来了灵动的哲思，傅山亦为汾水注入了一脉斯文。

三面环山似簸箕形的地形，是太原的另一个特点。太原自古以来就"控带山河，踞天下之肩背"，被誉为"襟四塞之要冲，控五原之都邑"。太原三面的山虽然都不是很高，但植被丰茂，林木葱郁，很有灵气。在山环水绕之处必有红墙碧瓦、古典建筑，不是佛教圣所，就是道教高地，都流传着脍炙人口的传说。也许和傅山的家世、名字有关，也许是他的性情使然，连他的老师袁继咸也说年轻时的傅山一身"山林气"。无论如何，仁者乐山。傅山一生隐居于太原周边的寺庙道观，而且一住就是数月数年，有的是十数年，比如慈云寺旁的松庄。在这里，青灯黄卷旁，他苦读苦吟；在这里，高朋满座时，他谈经论道。在这里，他秉笔一管，或诗或画，描绘着锦绣太原城；在这里，他设馆行医，开坛施拳，和老百姓同喜同乐。

太原城的锦绣主要体现在襟山带水、形神兼备上。中华民族5000

年的文明史，太原2500余年的建城史，充分体现在晋阳大地的一石一木、一砖一瓦上。一座城市的兴起与繁华，历史文化名人的作用是不可或缺的。正因为以傅山为代表的历代先贤名士的心力释放，才使得太原城能够底蕴深厚，神采飞扬，独具特色，锦绣如花。1986年，在太原市阳曲县发现"气生道成"的匾额，也正是傅山先生对太原城一路走来、一路发展的精神概括。

一座城与一个人，300多年来，与我们渐行渐远，但它的山川形胜和精神风貌，通过《傅山与锦绣太原城》的描述，变得愈加清晰。也许距离产生美，阅读之后，我们面对历史上"锦绣太原城"的赞誉，更加感到自豪。城是人的依托，人是城的灵魂；城为人的舞台，人为城的境界。城体现了人的情怀、节操和"萧然物外，自得天机"的气度，人检阅了城市的历史、神韵和"山光凝翠，川容如画"的锦绣。本书对城的表述，不拘成规，重在对其布局、精神和优秀传统文化的价值意蕴的把握上；对人的描写，删繁就简，信手直述，重在体现隐居于这座城里之人对时代的立言、立功、立德上。恰恰这种写法把城和人、历史和现实、地理和人文结合得恰如其分，简明扼要，使读者易读易懂，可记可鉴。

太原城的脉动，作为中华民族传统文化洪流中的支流，犹如汾水长歌，一直奔腾到今天，已经发生了翻天覆地的变化。如何再现"锦绣"之风貌，气生道成，还需后浪推前浪，踔厉奋发，勇往直前。

第 4 辑

晋／阳／长／歌

晋阳雄风贯古今
——太原在中国历史上的地位

太原，古称晋阳，别称并州，是一座古老的城市，是一座英雄的城市，是一座深刻影响了中国历史进程的城市。太原位于三晋大地的中心，太原文化是三晋文化的缩影。三晋的历史乃至中国的历史都能从太原的发展进程中找到端倪。古往今来，人们热爱它，赞美它，但用人杰地灵、物华天宝、锦绣繁华等词汇却无法描述它2500余年的辉煌。它是中华大地上的一座名都，它是中国历史上的一颗明珠。

太原是中华文明的发祥地之一。早在远古时代，我们的祖先就在汾河两岸繁衍生息，帝尧也曾经在此间活动，留下了诸多遗迹。

夏商周时期，太原成为汉族与周边民族特别是北方游牧民族交往的重要地区。中华民族是多元一体的伟大民族，太原很早就扮演着多民族共存共荣的舞台这样的一个角色。汉族与北方草原的游牧民族在此地同生共长、相伴而行，双方既进行过激烈的交锋，上演着征服与被征服的历史活剧，同时，双方也长期交往、互相学习、彼此通婚，在太原地区上演着多民族融合的喜剧。此时的太原，是北方游牧民族繁衍生息的根据地，西周统治阶级也曾多次"料民于太原"。当时，中原汉族与北方游牧民族在太原地区，由最初的争战、接触，到接受、融合，共同组成中华民族大家庭，在太原这一方热土上共同谱写着中华文明的灿烂篇章。

中国奴隶制度的崩溃与封建制度的萌芽，最早起源于晋阳大地。公元前455年，晋国卿大夫智氏联合韩氏、魏氏，与赵氏在晋阳城下展开大战。四卿晋阳之战，在中国古代史上占有重要地位，它直接导致了赵、魏、韩三家分晋。晋阳之战前，吴越尚在争霸；晋阳之战后，三家分晋，七雄形成，中国进入战国时期。四卿晋阳之战是春秋与战国的分界线，把中国从奴隶社会推进到封建社会。三晋大地崇尚法制，在中国较早实行变法革新。变法的必然结果是人殉制度的瓦解、奴隶的获释以及军功爵制代替世卿世禄制，是土地私有制、郡县制、实物租税制度等封建因素大规模的出现并逐渐取代奴隶制度。从制度经济学的角度看，早在春秋晚期，晋国赵氏在六卿中率先废除井田制，将"步百为亩"改为"二百四十步为亩"，这一举措适应了当时社会生产力发展的需要，促进了封建经济的发展。社会的主要生产者"庶人"已从奴隶地位解放出来，成为半自由的人。这就意味着奴隶制度的崩溃。因此，可以说，太原是当时先进生产关系代替落后生产关系较早的地区。

秦汉时期，太原已然从局部小国的首都，脱胎为新兴的大一统中央集权王朝的北方军事重镇，是中央王朝阻击北方匈奴南下的重要军事基地，作用日隆。太原此时才成为真正意义上的、具有全国性影响的地区。特别是在汉朝，太原受到了统治者的高度重视。公元前196年，汉高祖刘邦封其子刘恒为代王，驻守晋阳17年。在晋阳的17年，刘恒从少不更事的皇子，成长为一个"贤知温良"的政治家。在太原这一方游离于长安政治斗争旋涡的土地上，在其母薄姬和一班文臣武将的关心、扶持之下，他轻徭薄赋、休养生息，把当时的晋阳治理得井井有条。在太原，刘恒谨慎持重，学会了处理与中央的关系。在太原，刘恒从近处观察北方匈奴的动态，在了解游牧民族方面有了深刻的感受，头脑中逐渐形成应对匈奴侵扰威胁的良方。在太原，刘恒积累了较为丰富的政治、军事和民族关系方面的经验，逐渐学会了治国理政的本事，逐渐成长为一名成熟的政治家。公元前180年，刘恒回到长安，入继大统，是为汉文帝。刘恒根据在晋阳的实践中取得的新认识，在全国推行以农为本、轻徭薄赋、约法省禁的政策，使生产逐渐得到恢复。得益于在太原的经验，汉文帝时期，逐渐开始加强中央集权，打击封建割据势力；得益于在太原的经验，刘恒开始扭转与匈奴关系一味和亲的被动态势，转而改革边防军轮换制度，用免税、赐爵、赎罪等办法移民"实边"，加强边防力量，大力提倡养马，充实骑兵，准备对匈奴进行反击。太原17年的实践锻炼，使汉文帝刘恒决定继续发扬汉高祖刘邦"无为而治"的政治理念，大力休养生息，社会生产逐渐得到恢复和发展，封建统治进一步巩固。在他及景帝的努力下，封建社会的第一个盛世"文景之治"出现了。从此，中国封建社会逐渐步入辉煌。

魏晋南北朝时期，是中国历史上一个规模空前的民族大融合时期。太原作为中国北方游牧民族南下中原的重要通道，见证了中国北方游牧民族主动向农业文明积极靠拢的坚实脚步。当时，北方辽阔草原上的匈奴、鲜卑、乌桓等民族纷纷南下，积极地向汉族地区流动，在太原地区学习汉族先进的文化和生产生活方式，与汉族通婚、融合，进而以太原为跳板，进攻中原。这一空前的民族交流与融合，不仅导致了两种文明的融合，也对中华民族大家庭贡献巨大，为中华文明注入了新鲜的血液，在很大程度上影响了此后中国历史发展的进程。特别是北齐时期，这一鲜卑族和汉族相互融合的时期，北齐政权把太原作为陪都、霸府，甚至实际上的首都。这样一个少数民族主导下的割据政权，勇于进取，在制度建设上对中国封建社会的贡献很多。如：北齐统治者在制定北齐律的过程中，将"十恶八议"入法，这是我国法律上以礼入法的标志性成果，是中华法系形成的一个非常重要的环节。国学大师陈寅恪先生也认为，隋唐制度的渊源在北齐。活跃于太原地区的北魏、北齐等政权，在制度建设上多有创新之处，在一定意义上为隋唐盛世提供了制度支持。可以说，太原既是汉族与北方游牧民族融合的重要场所，又是影响中央王朝治乱兴衰的策源地。同时，对中国封建社会贡献巨大，对中国历史影响深远。

中国封建社会步入黄金时代唐朝，太原更是辉煌璀璨。太原造就了一个充满生机与活力的封建帝国李唐王朝。李渊父子在太原期间，韬光养晦，静观天下大势，乘机推翻隋朝，建立了中国历史上最强大的李唐王朝。唐朝成为中国封建文明登峰造极的标志。太原市是唐王朝的国之根本、王业所兴之地，不仅贡献了"太原公子"李世民，贡献了裴寂、唐俭、温大雅等重要人物，而且还提供了充足的子弟兵，成为灭隋建唐的重要生力军。太原丰富的物产和发达的手工业，也为李唐王朝的建立提供了坚实的物质保障。同时，太原北接突厥，是近距离观察、了解北方民族动态的绝好场所，也是防范北方突厥南下侵扰的重要堡垒。太原为李渊父子灭隋兴唐提供了强大的政治、经济与组织支持。唐王朝建立以后，依托太原的实力，"太原公子"李世民成就了"贞观之治"。以后，依托太原的灵气，中国历史上第一个女皇帝并州文水（今山西文水东）人武则天横空出世。她先成皇后，又兴"革命"，改唐为周，为随之而来的"开元盛世"打下了良好的基础。中国封建社会由此步入黄金时代的最高峰。太原对李唐王朝的贡献无与伦比，备受统治者青睐，先后被称为北京、北都，其重要地位远在其他州城府县之上。也正是因为太原是唐尧故地，又被人们称为陶唐，在此基础上建立起来的唐王朝日渐强大，盛名远播。

五代十国时期，是太原发挥特殊作用的又一个重要时期。太原凭借其独特的地理位置、坚固的城池、强悍的民风、发达的手工制造业，在唐末地方政府中如鹤立鸡群一般，傲然于世，是具有远见卓识的政治家们所关注的目标。谁占据了太原，谁就具有进攻中原的资本，谁就可以得天下。军阀李克用、石敬瑭、刘知远等人均先后出任过太原地方大员，控制过太原，并都以太原为根据地，苦心经营，积蓄实力，分别建立了后唐、后晋、后汉，待羽翼丰满，寻机南下，进攻中原。此间所发生的一次又一次的激烈斗争，在相当长的时期内，都是以太原割据势力的胜利而告终的。一部纷争的五代史，实际上可以看作是建都于开封或洛阳的中央政权同以太原为根据地的割据势力激烈斗争的历史。

在宋代，太原在一定程度上扮演了决定赵宋王朝命运者的重要角色。由于太原重要的军事、政治和经济地位，使之成为宋王朝统治者的心腹大患。由于太原坚固的城池与剽悍的民风，使得北宋统治者在很长的一段时间里未敢对它轻举妄动。太原被称为北宋最后一个统一的地区。宋太祖、宋太宗先后两任皇帝，兴全国之兵，数次攻打晋阳城，最后在北汉统治者降服的情况下才拿下太原城。赵宋统治者太畏惧太原了，认为其"盛则后服，衰则先叛"，太原的百姓，刚烈强悍、桀骜不驯。但是太原的地位是历史赋予的，是时代造就的，是不以人的意志为转移的，谁违背了这一规律，便会遭到惩罚。赵宋王朝对太原采取火烧、水灌、迁民、降级、移治等手段，摧毁了晋阳。"官街十字改丁字，钉破并州渠亦亡"。此后，中原失去了一个防范北方游牧民族南下的重要基地，赵宋王朝的北方门户豁然洞开。于是，在辽、金的先后打击下，宋朝日益屠弱，日益退让，终至灭国。

　　明清两代，太原作为晋商的重要依托，为山西商人走出娘子关，走向世界，提供了一个很大的平台。晋商的出现适应了中国商品生产与商品交换发展的需要，晋商的发展，不仅使山西商人聚集了大量的财富，促进了山西手工业的发展，也促进了全国商品物资的交流，加快了中国自然经济解体和商品经济发展的进程。晋商在商品经营、货币经营过程中，探索出一条资本所有权与经营权分离、实行经理负责制的路子，再加上以后实行的人身股制度，把店员个人利益与商号利益、财东利益紧紧地绑在一起，促进了管理人才的出现，提高了经营效益，这在中国近现代企业发展史上具有极其重要的意义。晋商经营的票号，首创了类似中央银行的同业公会，开创了中国票据信用清算的先河，为我国近代银行业的发展提供了经验、制度和人才，显示了太原商人的精明能干和创造能力。正如余秋雨先生所言，票号是"今天中国大地上各式银行的'乡下祖父'"。在近代，晋商敢于远离家乡，开拓致富，最先涉足海外贸易、最先打入国际金融市场，开辟了中国人特别是山西人走向外部、走向世界的道路，表现了中国人敢于向新领域开拓的气魄。

辛亥革命中，太原革命党人为胜利做出了重要的贡献。太原起义对于促进和推动全省乃至全国革命形势的发展，具有举足轻重的作用，是辛亥革命的重要组成部分。太原是当时全国靠近清政府的政治中心北京最近的义举城市，给清朝统治者以极大震撼，牵制了清政府对南方镇压的精力，使其惶惶不可终日。在武昌起义之后，孙中山来到太原，他曾肯定地说："使非山西起义，断绝南北交通，天下事未可知也。"因此可以说，太原起义，直接动摇了清王朝的统治基础，加速了清王朝的覆灭。同时，太原起义之后，陆续涌现出一大批革命志士，为山西最终彻底消灭封建制度奠定了组织基础，在中国封建制度的覆灭过程中发挥了举足轻重的作用。

在革命战争年代，太原人民与一切民族的和人民的敌人进行过无数艰苦的战斗，为打败日本侵略者和夺取全国胜利做出了巨大的贡献和牺牲。中国共产党早期活动家、革命先驱高君宇创建了太原社会主义青年团和太原第一个共产党小组。老一辈无产阶级革命家周恩来、刘少奇、彭真、徐向前等都曾在这里战斗生活过，创造了光辉的业绩。抗日战争中，侵占太原是日本侵略者侵占华北，进而占领全中国狂妄图谋的重要一环。同时，抗日战争中，太原一直处在抗战前沿。1936年成立的牺盟会、1937年成立的山西新军，团结全省乃至全国的广大革命群众联合抗日。那时此处集结了大批军队，云集多位重要将领，在太原的周边地区与日军浴血奋战。八路军在离太原不远的平型关取得大捷，此役在抗日战争前期，打破了日军不败的神话，极大地坚定了全国人民抗战到底的信心和决心。八路军先后建立了晋察冀、晋绥、太行、太岳、晋冀鲁豫根据地等抗日根据地，打击与牵制日本侵略者，为抗日战争的胜利做出了重大贡献。在与日本侵略者和投降势力的斗争中，太原培养和造就了大批骨干力量，为抗日战争和解放战争的胜利，为中国革命的胜利，提供了重要组织保障。

在中国历史上，无数事实证明了：得晋阳者得中原，得中原者得天下。太原这种独特的地位，是历史赋予的，是时代造就的，并在不同时期以不同的方式展现出来，影响着中国历史的进程。太原，曾经辉煌，今又流芳，在未来的日子里，定将继续书写灿烂的篇章。

似曾相识燕归来

——太原历史文化述要

站在中华民族5000多年绵延历史的高度来看,太原留给人们的印象是非常深刻的。太原古称晋阳,地处黄土高原东部。鼎盛时期,其辖区包括今天山西中部、北部和东南部。这里是中华民族的发祥地之一,是华夏文明的重要起源地之一,同时也是古代汉族与北方民族大融合的主要场所。翻开史册,可以发现,在公元11世纪以前,许多对中国产生重大影响的事件,多个王朝的治乱兴衰,都与太原这个名字,都跟太原这块土地有过直接或间接的联系。太原对中国历史进程产生过重大而深远的影响,太原在华夏文明史上地位显赫。

可以自豪地说,历经2500余年沧桑岁月的太原城,历史悠久,文化厚重,豪杰才俊辈出,无愧于"国家历史文化名城"的称谓。

中华文明的中心地带

早在10万年以前,太原盆地就是人类活动的重要场所。传说中我们的祖先在晋水之畔、汾河两岸，渔猎采集，刀耕火种，繁衍生息。上古时代的尧、舜、禹的许多故事也都发生在太原地区。据《毛诗·国风·唐谱》记载："唐者，帝尧旧都之地，今曰太原晋阳，是尧始居此，后乃迁河东平阳。"夏商时期，太原地区与夏商王朝关系密切。西周建立之后，周成王封其弟叔虞于唐（今山西翼城县西），叔虞之子燮父改唐为晋，即西周、春秋时期的晋国，所谓唐晋指的就是今天包括太原在内的山西部分地区。

春秋战国时期，太原地区是以晋国为主的华夏民族与以狄戎为主的北方游牧民族之间、晋国各种势力之间控制与反控制、较量与反较量的战场与舞台。这期间，具有雄才大略的赵简子看重太原的地理位置，命令家臣董安于在太原盆地晋水之阳修筑了晋阳城。其子赵襄子依托晋阳城的险固，联合韩、魏打败智伯，三家分晋，揭开了战国时代和中国封建社会的序幕。

2500余年来，处于中华文明的中心地带、农耕文明与草原文明的过渡地带的太原，走过了风云激荡的征程，绘就了波澜壮阔的画卷。在封建社会的初期，太原是诸侯称雄地，是汉族向北拓土的阵地，在政治斗争中发挥了重要作用。在封建社会鼎盛时代——两汉、隋唐，太原是中原王朝防范游牧民族南下侵扰的屏障，是中原王朝融合、接纳游牧民族，使其接受较为先进的农业文化、化牧为犁的前沿，处处彰显着其在中国历史上的显著地位。当封建社会步入后期，太原仍然作为雄藩重镇，虎踞中原的北大门。古老的太原，为华夏文明做出了自己的贡献。

2500余年来，太原孕育了灿烂的文化，也造就了一大批在中国历史上耀眼夺目的文化才俊。特别是唐代边塞诗人王昌龄、王之涣，他们将细腻而委婉的内心情怀融于雄壮豪放的诗歌之中，形成了独具苍凉之美的千古绝唱；新乐府运动的领军人物白居易创作了《琵琶行》《长恨歌》等一批现实主义名篇，至今传颂不衰；太原人罗贯中撰写的《三国演义》，开创了我国章回体小说的先河，至今家喻户晓；明末清初的大儒傅山，其渊博的学识与高尚的气节，为后人所敬仰。他们是太原灿烂文化的缔造者，他们为中华文明增添了一页页不朽的篇章。

造化的产物，历史的选择

太原之所以具有如此重要的地位和作用，与大自然赋予它得天独厚的自然条件密不可分，与历史赋予它富足雄厚的经济实力密不可分，与当政者营造的良好人文环境密不可分。

从地理环境的角度来看，太原具有独特优势，发挥着特殊作用。第一，太原地处黄土高原的东缘，周围雄关险隘环绕，历来是易守难攻、可进可退的军事要地。第二，太原在历史上长期处于中国政治力量的核心半径之内。它长期与中国政治中心互为表里，互为依托，同安危共存亡，直接或间接影响着华夏政治格局。第三，太原长期处于农耕文明与草原文明的过渡地带。两种文明导致两种不同的生产生活方式，上演了一幕幕民族冲突与融合的悲喜剧。这两种文明的互动，不同程度地影响着中原王朝和北方游牧民族政权的兴替与治乱。

从历史经济地理角度来看，太原也不失为经济发达地区之一，物产丰富，经济实力非常雄厚。第一，太原自古就是我国重要的农业区。太原盆地位于汾河谷地北端，地势平坦，土质肥沃。汾河、晋水从中流过，灌溉便利，非常适宜农业生产。第二，太原地处农牧交替区，畜牧业也很发达。太原盆地东、西、北三面的山地丘陵地区，古代植被繁茂，水草丰沛，是理想的牧场。第三，太原盆地自然矿产资源丰富，是我国古代手工业基地。早在春秋之时，太原的冶铜业就很发达。这使得董安于建晋阳城"公宫之室，皆以炼铜为柱质"成为可能。太原的冶铁业自古有名，唐代杜甫"焉得并州快剪刀，剪取吴淞半江水"的佳句，就是对太原冶铁业精湛工艺的真实描述。此外，玉器、骨器、车马器等制造业也很发达。太原这种农牧结合、渔猎并举、手工业商业相兼的经济地理环境，为它在古代中国占据重要的战略地位、扮演重要的政治角色，奠定了雄厚的物质基础。

从人文环境的角度来看，太原处于中原农耕民族与北方游牧民族交往和冲突的中心地带。从夏商周直到宋元明清，先后有群狄、诸戎、匈奴、鲜卑、羯、氐、羌、突厥、回纥、吐谷浑、女真、契丹、蒙古、满等民族在此与汉族进行过激烈的冲突和斗争。在这样的历史环境下，或缘于仿效，或缘于抵御外敌，保家卫国，太原一带"人性劲悍，习于戎马"，如杜佑在《通典》中说的"并州近狄俗，尚武艺"，形成了尚武、强悍、侠义的民风。"乱世出英才"，"并州自古多英豪"。晋阳自古为兵家必争之地，太原人见多识广，对于战争极为熟悉，"宁为百夫长，胜作一书生"的意识很是普遍。历朝历代统治者利用这一优势，在当地招募素质精良、战斗力极强的新兵。这是晋阳在历史上占据重要战略地位的人文因素。

卓尔不群的气质

一方水土养育一方人，一方水土造就一方文化。造化赋予太原这样一个独特的自然、人文环境，使得太原在文化层面上极富个性、极具风采。

一、太原文化具有包容性的特点

由于自古地处汉族与游牧民族的交错地带，农耕文明与草原文明的交融碰撞，使得太原在文化层面上体现出包容性的特点。

首先，表现在政治上的包容。无论是汉族政权还是少数民族政权，在国家大政方针上，常常照顾对方的利益，以缓和矛盾，加速民族融合，以维护巩固其统治。如周初，成王封其弟叔虞于唐地时，就为其定下了"启以夏政，疆以戎索"的治国方略，要求在生活习俗上照顾戎狄的传统习惯，从国家大政方针上兼顾戎狄的利益。

其次，表现在民族融合上的包容。汉族主导下的游牧民族内迁，使太原成为北方民族融合的舞台，丰富了中华民族大家庭的组成。东汉末年，政府在太原地区的汾阳、祁县、忻州、文水等地大规模安置内迁的匈奴部族，共约15万人，开中国大规模接受游牧民族的先河，此后，游牧民族内迁的趋势不断。李渊父子太原起兵时，就有胡人参与。胡人安禄山曾兼任河东节度使。晚唐时期，李光弼保护太原时，用的军队基本上都是以北方少数民族成员为主的朔方军。到明清之际，太原地区的各民族大致已经完成融合，汉胡之间的界限，特别是文化上的差距渐少，生活习性趋同。今天，曾分布在太原的部分少数民族已经不见了踪迹，显然已经融入了太原这块土地，成为太原人的一个组成部分。

再次，表现在文化上的兼容并包。政治上的包容与民族的融合，促进了文化上的兼收并蓄。在太原南郊出土的春秋赵卿墓中，有不少青铜器物兼有中原和草原文化的特点。在太原近年来陆续出土的北齐墓中发现了大量壁画，这些壁画明显具有浓郁鲜卑文化与汉文化相互交融的现象，显示了北齐时太原人对异域文化的认同与欣赏。文化的认同还表现在建筑风格上，太原地区的建筑既体现了儒家伦理和封建等级秩序，又具有江南建筑小巧精致的特点，同时还散发着北方建筑粗犷、开阔的气息。

最后，表现在风俗习惯上的包容。一方面，太原地区的汉族在与游牧民族的交往中，学会了骑马等技能，为汉族生产、生活方式注入了新的内容。另一方面，太原周边游牧民族不断学习汉族先进的生产、生活方式，逐渐与汉族通婚，改汉姓，着汉服，学习汉族文化，逐步由奴隶制度向封建制度过渡，加快了他们融入中华民族大家庭的脚步。

二、太原文化具有开放性的特点

不同民族间反复的碰撞与交融，各种政权你来我往的攻伐征讨，客观上促进了人员的频繁流动，必然带来文化上的开放性。早在原始社会，太原就与周边地区来往密切。考古发现显示，太原光社文化，其影响涉及内蒙古河套及陕西东北部地区。夏商周时期，太原盆地的诸戎、群狄一直与中原地区有贸易往来，所谓"戎狄荐居，贵货易土，土可贾焉"。春秋时期，太原盆地的汉族，就以开放的心态对待周边的戎狄，与戎狄通婚，进行贸易。当时晋与活动于太原西南的狐氏之戎交好，晋国公室与其首领狐突联姻。狐突的两个女儿，一个是晋文公重耳的母亲，一个是晋惠公夷吾的母亲。汉族这种对外开放的态势一直延续了下来。战国时期，赵国与周边进行经济贸易往来，在晋阳制造的货币流通于中原各国，甚至在今内蒙古的赤峰都发现过晋阳货币。南北朝时期，是古代民族大冲突、大融合的黄金时期。从太原近几年的考古发现可以看出，北齐时期，太原与周边民族的交往是非常活跃的。隋唐时，太原同远在伊朗高原的古波斯有着相当密切的联系和交往。宋朝，太原地区是中原与辽、西夏进行互市贸易的重要场所。元时，太原与西方交往频繁。著名的意大利旅行家马可·波罗曾来过太原，并在其游记中，留下大量的记载。明清时期崛起的晋商，以太原为主要基地和商埠码头，与外省甚至外国贸易，将山西富有的盐、铁、麦、棉、毛皮、木材等特产，进行长途贩运，以换取江南的丝绸、茶等，再转销蒙俄等国。清代中叶，山西商人不惧艰险，远涉重洋，在日本的东京、大阪、横滨、神户以及朝鲜的新义州等地，设立了票号海外分庄，从事国际汇兑业务，开启了我国金融机构在海外设庄的新纪元。其开放的意识在当时领中国风气之先，对今人也不乏借鉴意义。

三、太原文化具有多样性的特点

农耕文明与草原文明交汇的地理因素，"汉胡融合"所营造的人文环境，使其在文化上必然呈现多样性的特点。

首先是种族的多样性。我国古代几次大的民族融合，太原地区都是重要场所。从古代最早的戎狄到后来的鲜卑、匈奴、羯、羌，再到契丹、女真、蒙古、满族，都曾在晋阳大地上演出一幕幕的历史活剧。至今，太原仍然是一个多民族聚居的城市，至少有26个少数民族分布在太原。

其次是性格上的多样性。久受儒家文化熏陶，太原人知义、尚信、讲求气节，务实淳朴。久居边塞和民族冲突与融合的要冲，太原人尚武的精神力量不断增强，他们一个个粗犷豪放、坚韧刚烈、尚武侠义。太原曾经作过几个割据政权的都城，百姓身上或多或少都有一种雄视天下、桀骜不驯、不甘于人后的气质。与此同时，山西黄土高原相对封闭的地理环境又赋予太原人保守恋土、安于现状的心理。太原地区相对富庶的经济基础，特别是明清以后晋商的兴起、商业的发展，使得太原人身上又具有了善于商贾、勤俭创业、吃苦耐劳的品性。

再次是宗教思想的多样性。文化的多样性与开放性，最主要的特征是思想的多样性。太原最突出的是宗教思想的多样性。太原地区是多种宗教的汇合之地，佛教、道教、伊斯兰教等宗教在历史上都曾在太原地区盛行。太原附近的交城卦山玄中寺，是佛教净土宗的发源地，其影响远播日本等地。曾属于太原地区的佛教圣地五台山，不仅是中国佛教华严宗的中心，而且还是汇集了藏传佛教与汉传佛教的重要道场。金元时期，道教中的全真教派在太原地区曾经兴盛一时，全真教派弟子宋德方开凿了龙山石窟。介休绵山、北武当山是古代极负盛名的道教名山，道教在太原迄今还留有纯阳宫等古建遗存。近代以来，随着西方列强入侵中国，基督教、天主教也在太原得到广泛传播。太原阳曲县的板寺山圣母堂就是全国著名的天主教堂之一。历史上，太原还是唐统治者允许设立摩尼教寺的三个城市之一。多种宗教并存发展，显示了太原文化组成的多样性和复杂性，为古老的太原增添了不少神秘色彩。

四、太原文化具有完备性的特点

太原最具特色的地方，是它表现在文化层面上的完备性。一是历史传承的完备性。2500余年的建城史，使太原经历了原始社会、奴隶社会的西周春秋时期。三家分晋，赵以太原为都城，在此拉开战国的序幕，太原一直与封建社会共进退，经过半殖民地半封建社会，进入社会主义社会。中国历史发展进程在太原的履历表上得到了完整的体现，它也见证了中国所有朝代的兴衰更替，因此是当之无愧的国家历史文化名城。二是社会环境的完备性。易守难攻、可进可退的地形，丰饶的物产，发达的手工业和强悍的民风，再加上几个朝代苦心经营的坚固城池，这几种因素汇集起来，太原俨然是一个自成一体的小社会。在外敌来犯时，它既可以据险自守，长期不依赖外界，自给自足，独立存在，又可以在条件具备时，主动出击，影响中原政权。谁占据了太原，谁就拥有了进攻中原的资本。这种既能独善其身，又可兼济天下的战略优势，在历史上成就了许多政治家的宏伟抱负，或建一姓王朝，或成千古英名，推动着中国封建社会不断前进。同时，恰恰因为这种自成一体的完备性，常常在国家动荡之时，给封建割据势力以支持，逆潮流而动，与历史前进的趋势相抗衡；三是城市角色的完备性。太原可称得上是千面之城。它曾经是九个独立王朝的国都或陪都,同是又是历朝历代的军事重镇、边防要塞。它既是古代重要的农业、畜牧业、手工业基地,又是古代北方重要的贸易中心、交通枢纽和文化中心。特别是明清以后,随着晋商的崛起,又成为一个商业和金融业的都会。中国古代城市所应有的各种角色,太原都扮演过,因此,它是历经世事沧桑的集大成者。这种完备性,古往今来,始终吸引着胸怀鸿鹄之志的英雄的目光;这种完备性,自古以来,也不断塑造着太原人自信进取、开拓创新、敢为天下先的精神风貌;这种完备性,在天下太平、战事不兴时,也逐渐形成了太原人万事不求人、肥水不流外人田的处世哲学。太原所表现出的这种完备性,在全国范围内绝无仅有,成为我国城市文明史上独特的文化现象。

兴也环境,衰也环境

太原这座城市的兴起与发展,得益于它"襟四塞之要冲,控五原之都邑"的独特地理位置,但最主要的还是得益于那个风云激荡的时代。天时、人和依附于地利之上成就了太原的辉煌。但是宋以后,民族大融合与大冲突已经接近尾声,和平与统一成为国家和民族发展的主题。天下大势由长期的分裂割据走向长期统一的坦途,中国的经济重心开始逐渐向江南一带转移。在这样的大趋势面前,太原易守难攻、踞高控险,"拊天下之背而扼其吭"的优势依然不变,但已经不再是左右中原政局的重要因素了。太原中原北门、防范北敌南侵的作用没有改变,但是已经不再是封建割据的战略基地了。更重要的是,产生英雄的战乱频仍的动荡时代不存在了。也就是说,社会发生了巨变,太原所具有的独特优势不复存在,太原从古至今所形成的独特文化心理和文化素养与中国的发展难以趋同,太原因此有所失落。

表里山河依旧,但时代在进步,历史在前进。当天时、地利、人和三个条件具备的时候,太原应运而生并发展起来,在中国的政治舞台上一展身手,上演了一幕幕历史活剧。当民族融合与冲突平缓,战端不兴,征伐停息,太原与外界的交流渐少后,太原的地理环境的弊端逐渐凸显出来,并被放大。太原处于黄土高原的东缘,东有巍巍太行,西有苍茫吕梁,南有大河锁道,北有荒漠阻隔,这种相对封闭的环境,在一定程度上促成了太原人相对保守的思想。太原周围山环水绕、雄关险隘叠加,也导致风俗文化的传播与流动速度渐慢,人们逐渐缺乏交往,太原人性格中保守恋土、安于现状的一面,便逐渐在政治、经济、文化生活中显露出来。

　　从文明发展的角度来看,随着时代的发展,公元 11 世纪前后,太原代表的农业文明已经失去了领先的优势,在历史上给太原带来较多外部文化的北方游牧民族,其社会发展落后于中原地区,其草原文明更落后于农耕文明,太原文明总体上已经失去其先导性而处于亦步亦趋的状态。

　　太原作为华夏文明的重要发源地之一,以儒家学说为指导思想的儒家文化在这里具有深厚的基础。这种历史特点,一方面使民风淳朴、为人厚道的品德在太原人身上体现得比较明显;另一方面,封建思想在人们的头脑中根深蒂固,如家长制作风、官本位思想、"不患寡而患不均"的均平思想等等,这些渐渐成为影响太原发展的桎梏。

　　中华人民共和国成立以后,太原成为以能源重化工为主的新兴重工业城市,大型国有企业多,是太原经济的一个特点。这就意味着计划经济运行方式的惯性非常强,人们的思想观念受计划经济的影响深远。长期以来,形成了等、靠、要的思维定式,不能积极主动地改变观念,适应市场经济的需要,这在一定程度上也影响到太原的发展。

锦绣繁华,不信东风唤不回

太原曾经的辉煌虽然不再,但是悠久的历史所塑造的自强不息、开拓创新的文化性格,早已熔铸在太原人的血液里。不甘于现状的太原人仍然在不断地从困境中突围,从平淡中崛起,时时刻刻努力改变着自己的命运。今天,太原与全国、全世界的联系日益紧密,信息的传输日益便捷,高速公路四通八达,地理上的封闭已不再是发展的巨大障碍。国家实行的西部大开发战略决策,赋予太原衔东接西、通南达北的特殊区位优势,使古老的太原又一次面临着重要的转折机遇。加之太原拥有雄厚的工业基础,拥有省会城市的辐射作用、龙头作用,拥有一大批高校和科研院所所具备的人才优势。更重要的是,太原500多万不甘于落后的并州儿女,有着重振太原辉煌的强烈愿望。这些都为这座古老的城市再次腾飞奠定了坚实的基础。

此时此刻,我们挖掘太原的悠久历史和灿烂文化,不是为了追忆祖先的业绩、前人的成就以自慰,或者把它当作我们向外人夸耀的一个存在和茶余饭后把玩的谈资。我们要从古老太原2500余年的辉煌历史中再一次汲取丰富的营养,让开拓创新、自强不息根植于我们的灵魂深处,唤回敢为天下先的气魄和血性,并将其发扬光大。把握新时代的机遇,解放思想,与时俱进,开拓创新,加快发展,使锦绣太原城不只是存在于史书典籍中的美好过往,不只是停留于我们记忆之中的繁华旧梦,而是再次成为现实,并永远与我们同在!

牧耘心田 MUYUNXINTIAN

长河纳百川
——从历史上看太原的对外开放

"晋水千庐合，汾桥万国从。"盛唐诗人王昌龄面对晋阳城繁华开放的壮观景象，曾经发出这样的感慨。其实，何止是唐朝，当我们把太原放在中华文明5000年的历史背景之下，拂去尘埃，就会发现古老的太原，其实是一个充满生机、开放多元、豪迈大气、刚健质朴的名城。独特的地理环境，加之民族大融合的熏陶、频繁的战争锤炼，使太原成为中国古代不同民族、不同文化交流的大熔炉。辉煌的历史锻造出它开放多元的气质，从古至今绵延不绝，塑造着它的形象、它的个性、它的精神。太原对外开放的历史告诉我们：兼容并包、开放交流，是一个地区、一个民族乃至一个国家兴旺发达的必由之路。只有主动开放,敢于同外界交流,善于吸收外部世界的精华,才能发展壮大,才能永葆生机与活力。

太原的发展史就是一部开放的历史

自古以来,太原就是农耕文明与草原文明交汇、汉族与游牧民族交往的舞台。每当中原王朝强盛时,农业区域便向北发展,影响和接纳靠近中原的游牧民族,促使其接受先进的农业文化,化牧为犁。统治者出于有利于缓和民族矛盾考虑,有意识地将部分游牧民族迁入汉族农业区,使大批少数民族融入中华民族大家庭。此时太原是重要的桥梁与纽带。中原适宜的气候与丰富的物产,总是吸引着游牧于北方大漠的少数民族,当中央政权衰落时,游牧民族便乘机南下,建立政权,这时,太原又成为其南下途中首当其冲的桥头堡。太原自古以来就是不同生产方式、不同文化相碰撞的地带。这种历史定位决定了它不可能封闭,而是积极地开放和主动地接受。

太原地处农耕文明与草原文明的交汇地带,自古以来就是中国北方民族融合的重要区域。夏商周时期,太原地区始终是汉族与北方游牧民族的交往要地。春秋战国时期,汉族向北拓土,与在太原地区活动的戎狄几经冲突与融合,最终完全控制了太原盆地,使之成为向北开拓的前沿阵地。此后,秦汉时期的匈奴、魏晋南北朝时期的鲜卑、羯、氐、羌等游牧民族政权,五代十国时期的沙陀族政权,以及契丹、女真、蒙古、满族等少数民族建立的政权,常与汉族中央政权在太原地区展开争夺战。太原地区在历史上至少经历过四次大的民族融合:一是春秋战国时期汉族向北开拓扩张时,与活动于太原地区的戎狄的征服与被征服之战。二是魏晋南北朝时期汉族与匈奴等所谓"五胡"民族的交往。三是隋唐五代时期的民族大融合。四是宋元时期汉族与契丹、女真、党项、蒙古等族的冲突与融合。为了巩固统治，缓和不同民族间的矛盾，占据太原的汉族政权在征服战争胜利之后，往往采取民族和解、民族共存的政策。到元代末期，太原地区的各民族大致已经完成了融合，汉胡之间文化差异渐少，生活习性趋同。出身异族的军阀不仅名字汉化，甚至表现出对中原文化的认同，他们已经把自己当作中华民族的一分子了。

太原处于北方畜牧文化与黄河流域农耕文化过渡地带。这种经济地理环境，决定了自古以来太原地区就兼具畜牧经济与农耕经济形态，具备相对发达的农业和手工业，以及较为先进的生产技术。在很长一段时间内，太原是粮食与手工业产品的主要生产基地。而北方游牧民族自古逐水草而居，不事生产，长期以来，一直依靠商业贸易、战争掠夺解决其吃穿用度。这种差异性导致汉族与游牧民族很久就在山西，特别是在太原地区展开贸易。两汉时期，太原商业贸易主要是盐铁及其他日用品，太原等地的粮食也经汾河漕运长安。两汉与匈奴时有战争，但双方的商业贸易也较频繁，多在边关进行，称为"关市"。魏晋南北朝时期，各国统治者为了满足自己奢侈的生活及国家求取财富的需要，采取一些措施来促进商业的发展。西晋时，一些官僚贵族还亲自经商。当时，商人地位有很大提高，商业活动频繁，贸易发展繁荣，太原逐渐成为当时北方的贸易中心。在北齐，太原城内已经出现了依靠租赁店铺而获取利润的人。太原也是各地物资集散、珍宝荟萃之地，大量的畜产品、美酒及金银珠宝在此交易。除国内贸易外，太原地区与西域诸国的贸易往来也很频繁。北齐时，中亚人、西亚人出于逐利的需要，成群结队而来，络绎不绝，在太原等地进行贸易。政府还专门设立了供西方商人开展贸易的场所，大大便利了来华外商的生活和商务活动，促进了中外贸易的发展。隋唐时，以晋阳为中心的交通也非常发达，向西南可通长安，再西出则为丝绸之路，向南可出今天井关通今洛阳，东出井陉关可通今北京、今辽宁，以及朝鲜、日本等国家。另外在南北线上，由今广东经今开封北上到晋阳，再由晋阳经今大同到俄罗斯之西伯利亚一带，极大地便利了晋阳与各地的贸易与联系。宋元时期，太原与北方游牧民族的贸易往来增加，太原成为南北方货物的重要中转站和集散地。明清两朝崛起的以太原为依托的山西商人，辗转万里，纵横欧亚，开中国内地开放之先河，为我们谱写了太原人对外开放、与外域交往的辉煌篇章。

太原发展的历史，就是一幅对外开放的画卷。在中华文明形成的初期，太原就是汉族与戎狄交往的重要场所。在封建社会的上升时期，太原则又担负着促进民族融合、缓和民族冲突、传播中华先进文化的重任。随着封建社会的日趋衰落，太原人不甘封闭与保守，把目光投向省外、国外，一次又一次背井离乡去寻找新的市场。

太原历史上对外开放的文化特点

一方水土造就一方文化。历史赋予了太原这种开放互动的品格，这种品格又塑造了太原人卓尔不群的文化秉性。

太原人自古以来就有不甘现状、敢于走出去的传统。太原人很早就显示了向外扩张的雄心与勇气，历史上频频向外地投去关注的目光。战国时期的赵国初以晋阳为都城，经过四世的东征西伐和纵横捭阖之后，拥有了广阔疆域。为了适应参与战国列强间政治、军事、外交角逐，继而称霸中原的需要，赵国先后将国都从地处山西腹地、赵国西北之隅的晋阳，迁到中牟，又迁到邯郸，实现了政治中心的战略转移。此后，赵国逐渐称霸华夏。南北朝时期的北齐，尽管以晋阳为事实上的首都，但始终以邺为首都，也是出于这样的考虑。北齐统治者沉溺于晋阳的锦绣繁华，终日享受，不思进取，终于招至北齐灭亡。隋末，李渊父子坐镇太原，并没有被太原的繁华所陶醉，而是胸怀天下，韬光养晦，静等时局之变，终于起兵南下，走出太原，开创大唐三百年基业。五代十国中的后唐、后晋、后汉等政权都是以太原为根据地，进行割据后，才南下定都于洛阳、开封，实际上当时的战争是太原地方割据势力与中原政权之间的斗争。明清之际的山西商人，秉承前人敢于走出去的传统，为改变自己的命运而跨出太原，走西口、闯关东，走向全国乃至世界。凭着自己吃苦耐劳、扎实勤奋的劲头，南下江南采购茶叶，又北上大漠，向蒙古国和俄罗斯进发，开创了自己的新天地。在率先建立我国最早的金融机构票号的基础上，又走出国门，在日本、韩国建立分支机构。这种敢于走出去的精神，是他们能够成功的关键。近现代以来，太原虽然处于半殖民地半封建社会，但太原人不甘心封闭与落后，向西方人学习，勇于接受新的文明洗礼。在军阀混战中，影响着中原政局；在北伐战争中，为国民革命做出了重大贡献；在抗日战争中，牵制消灭日本侵略者，为抗战的胜利做出了重大贡献。

　　太原人自古就有改革创新的精神。太原地区作为不同文明之间彼此交融、共同发展的场所，这种改革创新的精神自古就在方方面面得到体现。在政治方面，包括太原在内的三晋大地很早就是革新的热土。春秋时期，在领土扩张与争霸势力的角逐中，三晋大地较早冲破了西周礼制的束缚，封建因素最早从晋国萌芽。普遍出现于战国时期的宗法制度的解体，晋国早在春秋中期就开始了。这是对旧体制的一种"革命"，表现在：国君承袭中支庶对正嫡的替代；公族日益衰落，而与国君少有联系的卿族一跃而成为活跃于晋国政治舞台上的一支重要力量。在争战中，只有少讲宗法世袭、多讲才能贤德者方能取胜。如赵盾、赵无恤皆为外族妾、婢所生，按周礼宗法制度是不能继承爵位的，但是他们恰恰成为爵位的坚定继承者。赵国也是中国变法革新的发源地之一。赵国崇尚法制，土地私有制、郡县制、实物租税制度以及以军功赐爵制代替世卿世禄制等封建因素在赵国都出现较早。在经济制度方面，早在春秋晚期，晋国六卿中的赵氏已经废除井田制，改用二百四十步的大亩制，适应了当时社会生产力发展的需要。秦后来吸收了赵氏改革的经验，以二百四十步为一亩，并进一步加以发展，为秦国发展奠定了物质基础。战国时期，赵武灵王在与戎狄的较量中，在军事上实行胡服骑射的改革，提高了赵国军队的战斗力。在此基础上，赵国一跃而成为战国七雄之一。胡服骑射，推动了整个中原骑射的发展，标志着我国由车战时代进入了骑战时代，是中国军事史上的重大事件。以少数民族进攻太原的北齐在汉族制度上大胆变革，在制度上多有建树，北齐在祭祀、婚嫁、饮食、朝会等方面的礼仪制度多为唐人采纳。特别需要指出的是，北齐在吸收汉服的基础上对胡服进行了大胆的改进，其当时流行的上衣下裤的服饰是中国服饰史上的一次重大的革新，其影响一直持续到今天。中唐时期在诗坛上掀起的革新运动，其主题是将《诗经》同唐代现实主义风格融会，这场革新运动也称为新乐府运动，太原诗人白居易是这场革新运动的领军人物和主将。明清活跃在太原地区的晋商，一改中国商人徘徊于国内贸易的局面，开辟通达俄罗斯的万里商路，其在商业贸易运作中创立的种种新的管理制度，其科学性、严密性，甚至可与当代的跨国公司媲美。其对贸易交往中诚信的大力推崇，为当今商业发展树立了光辉典范。他们建立的中国最早的金融机构——票号，正适应了明清经济的发展，其可圈可点之处颇多，令人叹为观止。

太原人自古就有兼收并蓄的胸怀。政治、经济上的开放与民族的融合，促进了他们在文化上的兼收并蓄。考古发现表明，早在夏商时期，太原地区与四周文化的交往就很明显。太谷白燕遗址第四、五期遗存中有许多文化因素与二里头或二里岗早期遗存的文化因素相同，同时也受到夏家店下层文化及鄂尔多斯文化的影响。1988年，在太原南郊区出土的春秋赵卿墓，其中有不少青铜器物兼具中原文化和草原文化的特点。在太原近年来陆续出土的北齐墓中发现了大量壁画，显现出浓郁鲜卑文化与汉文化相互交融的现象，节奏明快、多姿多彩的西域乐舞从北魏就开始涌向太原、涌向中原。据史书记载，北齐胡乐盛行，后主高纬"唯赏胡戎乐，耽爱无已。于是繁手淫声，争新哀怨。故曹妙达、安末弱、安马驹之徒，至有封王开府者，遂服簪缨而为伶人之事"。特别是在虞弘墓中，发现了反映高鼻深目虬髯的古代中亚人生活习俗的石雕，显示了隋代太原人对西域等异域文化的认同与欣赏。公元3世纪以后，大批中亚粟特人由于商业原因和本民族受到突厥、大食等势力侵袭，向东迁移，在中原不少地方随处而居，形成聚落，这些聚落由其政教大首领"萨保"主持。北朝至隋唐时代注籍太原的粟特人数量相当多，从史料上可以看出的就有翟娑摩诃、翟突娑父子及安师、康达、康武通、何氏、安孝臣，他们的祖先是中亚昭武九姓。他们有的入仕北魏、北齐、隋唐各级军政机构，有的一直以商人的形象活跃在当时的太原社会，以后都逐渐融入太原本地。隋唐时期，太原人很重视来自西域的各种风俗，太原继而成为当时中原地区为数不多的几个接受并流行摩尼教的城市之一。据《南部新书》记载，唐太宗"收马乳蒲桃种于苑，并得酒法，仍自损益之，造酒成绿色，芳香酷烈，味兼醍醐，长安始识其味也"。由此,"葡萄美酒"盛传于唐人之口,甚至于传到了河东太原。当时,太原也出产一种名为"燕姬葡萄酒"的美酒。

太原人在对外交流活动中始终坚守务实、诚实、守信的准则。太原地处两大文明的过渡交汇区,两大文明之间的差异导致汉族与游牧民族的交往物质重于文化,贸易多于交流。北方游牧民族居无定所,逐水草而居,生活、生产用品除取自牲畜外,更多地依赖于与南部汉族的贸易或从掠夺战争中获得,他们垂涎中原地区发达的农业和手工业、富饶的物产和温暖的气候。因此,他们在与汉族的交往中,以生产、生活用品等实用品为主要谋取对象。潜移默化之下,太原这一过渡区的人们也形成了务实的作风。表现在文化上,汉胡之间对各自文化的学习与取舍是比较实用的。中原先进文化对胡人影响最大的首推儒学,那些曾流行于南方的玄学过于深奥玄虚,胡人不易领会,而儒学中的安邦治国思想及纲常伦理大义,其精神实质既好把握又适合建立政权的需要,故在太原地区受到推崇。与游牧文化中务实的社会风气相一致,那些以修福事功又简便易行为特征的净土宗等佛教宗派在北方特别是太原地区大为流行。而道教因为提倡尊君和重视外在的宗教形式,历史上曾一度被北方胡族统治者奉为国教。这是儒、释、道在太原历史上盛极一时的重要原因。而摩尼教等宗教,因其过于洋化,不为太原民众所了解,最终不能流传下来。诸如此类务实的传统,影响着太原人,形成了太原人注重实用、主张务实的人生观与价值判断。他们大多不愿投身政治或苦读圣贤书,求取功名,而是为了自身生存,跋山涉水,从事贸易,或奔赴边疆,戎马倥偬。这都与历史上汉胡在太原地区的共存有着直接关系。太原历史为我们留下尚义、忠诚的历史性格。太原人崇尚义气,对义薄云天的英雄世世代代传颂、景仰。春秋义士豫让怀着"士为知己者死"

的信仰，为报智伯之恩慷慨赴死。春秋时程婴与公孙杵臼为护赵氏孤儿舍生取义。明清之际太原商人崇拜关云长忠信两全的英雄气概，格外注重诚信与忠义。他们每到一地首先是修关帝庙，塑关帝像，奉关云长的忠信为圭臬，以忠义诚信作为安身立业的根本准则。各商号大都"重信义，除虚伪"，"贵忠诚，鄙利己"，禁绝以卑劣手段骗取钱财。他们恪守信义，待人宽厚，十分珍视商人与顾客间、商人与商人间、老板与伙计间的信义。诚实守信是太原商人群体在封建社会无法律约束与保障的情况下从小到大、从弱到强，迅速发展，成就几百年不倒基业的根本原因所在。

太原在历史上对外开放的原因

太原的发展史就是一部开放史。即便是在中国封建社会最封闭、最保守的时期，太原与外界的交流也不曾中断。此种态势的形成，既有太原自身的原因，更离不开外部宏观背景的因素。集中起来，主要有以下几点：

中华文化致力于大一统的努力是太原对外开放的历史背景。自西周起，追求大一统便逐渐成为中华文化的核心内容。孔子著《春秋》，开宗明义即称："王正月。"《公羊传》释之曰："王正月也。何言乎王正月？大一统也。"孔子旗帜鲜明地捍卫周王室的正统地位，其微言大义，使乱臣贼子惧，有利于维护大一统的格局。先秦诸子虽然盛行百家争鸣，但对于政治理想，却大都推崇"大一统"。赵国人荀子更甚，不但要"一天下"，而且还要"一制度"，"风俗以一"。秦汉以后，大一统思想被推崇到了"天地之常经，古今之通谊"的高度，并逐渐成为中华各民族共同的政治理念与价值取向。在中国历史上，人们追求和珍惜统一，将统一的时代称作"治世"，而将分裂的时代称作"乱世"。

在任何时候，制造分裂的言论和行动都要受到世人的唾骂。在历史上，任何一个割据势力都不肯长期偏安一隅，割据一方，而无不殚精竭虑，把统一天下、入继大统视作英雄伟业最终的归宿。赵武灵王跃马扬鞭，称雄于战国；秦王嬴政横扫六国，统一中国；汉武帝北击匈奴，交通西域。五胡十六国时期，占据太原的少数民族政权的目标都是要建立全国统一的王朝；五代十国时期，崛起于太原地区的沙陀王朝，也为能够承续正统地位而极尽能事。他们都将统一视作自己的任务而不断努力。正因中国文化具有追求大一统的内在驱动力，从总体上来看，中国的历史，分裂的时期短，统一的时期长，统一终究是不可抗拒的历史大趋势。中华各民族追求统一的过程，就是各民族交往、交流、交融的过程。太原的对外开放正是这一历史洪流中的一支。

儒家文化中"厚德载物"的精神追求和"和同为一家"的民族观，是太原对外开放的思想基础。自秦汉以来，儒学成为中华民族的主流思想，儒家文化所倡导的"厚德载物"的理念，深刻影响着中华民族。其精神实质是主张以宽厚的态度兼容不同的事物，也就是以和为贵的兼容精神。这种强调"和"的价值、追求"和"的观念，是中华民族团结融合的精神纽带，是中华民族历经挑战而生存下来的精神支柱。这种"和"文化表现出与其他文明不同的、独有的文化特点。中国向来不主动向外扩张，但也不拒绝接纳外来事物。这种"和"的理念在民族关系上，表现为对于周边民族和国家，始终以宽容的态度来对待。在政治清明、社会稳定、国力强盛时候，虽然强调"扬国威，徕远人"，追求"四夷降服，海内又安"，但主流是融合而不是战争。所谓"春秋大义"，所谓"内诸夏而外夷狄"，从来都是重文化而非重血统。这种"和同为一家"的民族观和价值观，为民族融合和吸收外来文化提供了良好的国民心理素质。太原当然毫无疑问也受到了这种重文化而轻种族和以文化高低评判华夷的民族观和价值观的影响，进入太原的游牧民族一旦接受了华夏文明的价值观，很快便被当地人接受，进而被中华民族大家庭接纳。太原历史上几次大的胡汉文化融合，都是这种"和同为一家"的兼容精神的生动体现。

　　由民族融合而形成的游走四方的文化积淀，是太原对外开放的原始动力。夏商周以降，特别是春秋战国以来，在太原地区汉族与戎狄之间征服与被征服、扩张与反扩张的互动，并没有带给太原人稳定的生存方式，反而赋予太原人接纳八方风雨的胸襟和向外扩张的欲望。赵氏祖先就有四处游走、游猎放牧的传统，这为其后人积极向外扩张，吸收异族先进文化，实行胡服骑射，进而称雄列国奠定了基础。历史上，在太原地区与汉族融合交汇的基本上都是逐水草而居、在辽阔草原上四处游走的游牧民族。马上民族带给太原人的不仅仅是胡服骑射、易冠移礼，而且还塑造了太原人尚武游侠的精神、奔走四方的个性，历代太原人普遍胸怀奔赴边塞、建功立业的宏图壮志。这是太原多出边塞诗人、多出游侠、多出豪杰的一个主要原因。古代太原地区物产丰富，农业、手工业发达，周边地区物质财富相对贫乏，具有不平衡性，因此，自古以来太原人就有靠贸易谋生的传统。魏晋南北朝时期、隋唐时期，太原又迎来了与西域文明的大交融，特别是中亚粟特人络绎不绝地涌进，带来了异域的物产与风俗习惯，也带来了长途贸易、跋涉逐利的文化思想与价值观，一定程度上强化了太原人从事商贸活动的能力。知礼、诚信、尚武及勤俭、善贾的太原人，具有开阔的心胸、高远的眼光，并且始终渴望着走出去。他们能够走出去，并且能够适应走出去的生活，这一文化基因被世世代代的太原人所传承。

总之，历史上的太原，是一个较为开放的地区。这一开放的态势从远古到现在一直以不同的形式存在着，从未间断。太原人对于推动古代中国北方的经济发展、政治建设，特别是民族融合，起到过巨大的作用，太原在中国历史上的特殊地位也由此奠定。宋元以来，随着环境的改变，政治、经济重心的南迁，太原地理上的优势受到挑战。特别是近代以来，随着铁路运输、海洋运输的兴起，太原人在向外开拓的过程中，屡战屡挫，这些经历，曾经给太原人留下了沉重的心理阴影。太原一度在开放的时代潮流中落后，被外人视为保守封闭的象征。但是拥有2500余年开放历史的太原人，骨子里仍然有着渴望走出去的冲动。在对外开放的大潮中，在与国际接轨的大背景下，太原人奋起直追，乘西部大开发的东风，利用山西高原承东启西的地理优势，传承先祖开拓创新、锐意进取的精神，创造太原新的辉煌。

探寻历史的辉煌

——太原在华夏民族鼎盛时期的作用

太原,唐朝的龙兴之地,在这块土地上,曾经发生过"三家分晋""李唐起兵""宋灭北汉"等重大历史事件,几度深刻影响了中国历史的进程;在这块土地上,曾涌现出赵鞅、李渊、李世民、王之涣、白居易、罗贯中、傅山等许许多多了不起的人物,他们至今还在历史的天空中熠熠生辉,令人敬仰。古老而厚重的太原,凭借其独特的地理位置、人文品格在中国历史上留下了浓墨重彩的篇章。

太原成就了汉朝的"文景之治",使中国封建社会出现了第一个盛世局面

从某种意义上说,太原不啻"文景之治"的实验田或始发站。受命于危难之际的皇四子刘恒,正是在此韬光养晦17年后,才在一片纷乱喧嚣中,小心翼翼地走向高深莫测的长安,登临万众瞩目的九五至尊,从而开启了通往中国封建社会第一个繁荣盛世的大门。

汉高祖十一年（前196年）,刘邦封皇四子刘恒为代王,建都于当时大汉帝国的北方重镇晋阳。年仅8岁的代王刘恒,在晋阳藩居长达17年之久。而这悠悠17载,对于年幼无知的刘恒而言,无疑是一段漫长而孤寂并且充满了荆棘与危险的岁月。但是,正如老子所言:"祸兮福之所倚,福兮祸之所伏。"在历经了17年无情岁月的磨砺之后,刘恒终于从一个"少不更事"的皇子,逐步成长为一位"刚毅果决"的政治家。在太原这一方游离于长安政治斗争旋涡的土地上,在其母薄姬和一班文臣武将的齐心扶持下,他轻徭薄赋,与民休养生息,把当时并不富庶的代国治理得井井有条。在太原,身为同姓藩王的刘恒,谨慎持重,用心处理地方与中央的微妙关系。在太原,刘恒悉心观察北方匈奴的动态,深刻体察了游牧文明与农耕文明之异同,逐渐确立了应对匈奴侵扰威胁的政治军事策略。在太原,刘恒积累了较为丰富的政治、军事和民族关系方面的经验,逐渐学会了治国理政的本事,逐渐成长为一名成熟的政治家。

公元前180年,刘恒回到长安,入继大统,是为汉文帝。刘恒根据在晋阳的实践中取得的新认识,在全国推行以农为本、轻徭薄赋、约法省禁的政策,使生产逐渐得到恢复。得益于在太原的经验,文帝时,逐渐开始加强中央集权,打击地方封建割据势力;得益于在太原的经验,

刘恒开始扭转与匈奴关系中一味和亲的被动态势，转而改革边防军轮换制度，用免税、赐爵、赎罪等办法移民"实边"，增强边防力量，大力提倡养马，训练骑兵，准备对匈奴进行大规模反击。在太原17年治国理政实践经验的基础上，汉文帝刘恒发扬光大了汉高祖刘邦"无为而治"的政治理念，大力休养生息，使社会生产逐渐得到恢复和发展，封建统治进一步巩固。在他和他的出生于晋阳的儿子景帝刘启的努力下，封建社会的第一个盛世"文景之治"终于横空出世。从此，中国封建社会步入了早期的辉煌岁月。

太原造就了充满生机与活力的封建帝国唐朝

太原在李唐王朝统治者特别是李渊、李世民父子心目中具有不寻常的地位，原因主要有以下几个方面：一是太原为李渊父子灭隋兴唐提供了强大的政治、经济与组织保障。李渊父子在太原期间，韬光养晦，积蓄实力，静观天下大势，乘机推翻隋朝，建立了中华民族历史上最值得骄傲的王朝——李唐王朝。太原这块热土，不仅培养了"太原公子"李世民，锻炼了裴寂、刘文静、唐俭、温大雅等重要人物，而且还为李渊父子起兵提供了充足的子弟兵，他们是灭隋建唐重要的生力军。太原丰富的物产和发达的手工业，也为李唐王朝的建立提供了坚实的物质保障。二是太原也是唐太宗李世民事业的起点。李渊出任隋朝太原留守期间，李世民是他唯一带在身边的儿子。李世民在太原生活了两年，人称"太原公子"。李世民在太原期间，为反隋起兵做了积极准备，雄才大略初显气象。在晋阳最初起兵时，李世民是最积极的参与者；起兵南下后，他率领的军队是义军的主力。三是太原是隋唐两朝防范突厥南下的重要堡垒。隋唐两朝，北方的突厥成为威胁中央政权的主要力量。隋时的太原地区北接突厥，李渊、李世民父子在太原期间，广泛接触北方这个强大的游牧民族，在处理与突厥等游牧民族的关系上做到了游刃有余，曾经利用这一因素来牵制隋军，左右中原大势。唐建立后不久，面对太原以北的刘武周与突厥相互联合形成的巨大威胁，李世民以政治家、军事家的战略眼光，以为"太原，王业所基，国之根本，河东殷实，京邑所资"，遂要求亲自带兵收复太原。于是，唐高祖悉发关中兵由李世民统领，令李世民击刘武周。李世民经过半年的时间，击败刘武周，收复太原。唐太宗即位后不久，开始对突厥进行反击，太原成为双方交战的重要地区。当时，李世勋、李靖率领唐军主力，部署在太原以北。经过半年多的战斗，大败突厥。唐太宗对此大加赞誉："朕今委任李世勋于并州，遂使突厥畏威遁走，塞垣安静，岂不胜筑长城耶？"太原对北方边境的安宁有着极其重要的战略意义，四是太原是李渊、李世民父子最怀恋的地方。李渊曾对李世民说："唐固吾国，太原即其地焉。"意思是说，太原是我们真正的祖籍。贞观十六年（642年），唐太宗在武成殿设宴招待太原地区的一些僧道和老人代表时，缅怀往事感慨道："朕少在太原，喜群聚博戏，暑往寒逝，将三十年矣。"他还充满深情地说："飞鸟过故乡，犹踯躅徘徊；况朕于太原起义，遂定天下，复少小游观，诚所不忘。岱礼若毕，或冀于公等相见。"后来，游太原的打算没能实现。唐太宗为此特意发了一封《存问并州父老玺书》，以表达当时的心情。玺书中追述了与太原地区"英雄""贤人"共同取得起义治国的成功，表达了对太原的怀恋："然汉祖悲歌，尝思丰沛，晋皇吟咏，唯在温原，此人情也。"这里，唐太宗以汉高祖思故乡丰沛、晋皇思念故乡温县作比，在他的心目中，显然是把太原视为故乡了。正因为如此，他对太原常是"引领北望，感慕兼深"。最后他又深情地叮嘱道："父老宜约勤乡党，教导后生亲疏子弟，务在忠孝，必使风俗敦厚，异于他方。"

基于李世民对太原青睐有加，他在位期间以及后来的统治者，都先后加封太原为北京、北都，其重要地位远在其他州城府县之上。也基于这样一种关系，唐太宗把总结和宣示自己治国理政的理念，这一重要的政治行为也放在太原。贞观二十年（646年）正月二十六日，唐太宗率群臣游瞽祠，欣然命笔，撰制了《晋祠之铭并序》。行文铿锵上口，自如纵横；引论古今，富有哲理。碑文追溯了晋侯在协助周室、一匡霸业中的丰功伟绩，赞扬了其经仁纬义的美德，说明了其至今遗烈犹存，是由于推行了"德乃民宗，望惟国范"的治国原则。文章还对晋祠的神祠、丛山、流泉等人文和自然景观，进行了铺陈性描述，极赞晋侯"匡世济民"的美德，以说明"皇天无亲，惟德是辅"的道理，在"贤德为治"上作了天人之间的沟通。文章最后还以隋亡唐兴说明暴虐引起天人共愤，贤德取得神助民拥，在位者必须修养自己的品德方可享国长久。《晋祠之铭并序》全面阐述了唐太宗安人定国的政治主张，是唐太宗推行"贞观之治"的指导思想，是李世民留给太原及其民众的宝贵精神财富。

总之，凭借太原的支撑，李渊父子建立了唐王朝；依托太原的实力，"太原公子"李世民成就了"贞观之治"。中国封建社会自此步入黄金时代，太原对李唐王朝的贡献无与伦比。因为太原附近是唐尧故地，因此，李渊父子以"唐"为国号，显示其传承圣人之衣钵的理想，在此基础上建立的唐王朝日渐强大，盛名远播。后来海外各国因之称中国人为"唐人"，称海外华侨、华人聚居的城市街区为唐人街。

太原作为"晋商之都"，孕育了纵横明清五百年、汇通天下的晋商巨贾从明末开始到有清一代，太原就是晋商的重要活动场所，为山西商人走出娘子关，走向世界，提供了一个很大的平台与跳板。特别是清代，以太原为活动中心的晋商支持清政府的政治、军事活动及财政事业，特别是在财力方面，为清王朝的强盛襄助了一臂之力，为康乾盛世的形成提供了强大的物质支撑。

清入关以前，一些晋商往返关内外，从事贩卖活动，同时为满族政权输送物资，甚至有传递文书的行为。据《清实录》载，天命三年（1618年），时有山东、山西、河东、河西、苏州等处在抚顺贸易者16人。清入关初，军费支出猛增，军饷筹措十分困难。如前所述，清廷都察院参政祖可法、张存仁曾建言："至于山东乃粮运之道，山西乃商贾之途，急宜招抚。若二省兵民归我版图，则财赋有出，国用不匮矣。"（《清实录》）清朝在统一全国过程中及历代大规模的军事活动中，大多得到过包括晋商在内的商人的财力支持。康熙年间，清政府在平定准噶尔部封建主骚乱期间，晋商随军贸易，他们跟随清军深入到草原各地，贩运军粮、军马等军需品，同时还与蒙古牧民进行贸易活动。在这一活动中，最著名的是山西商人范毓馪。康熙三十五年（1696年），康熙征讨噶尔丹，在昭莫多战役中尽管清军取得胜利，但由于粮饷供给困难，无法继续深入追击噶尔丹军。当时由政府官吏运粮不仅迟误，而且耗费过大，运1石米需银120两。显然这是官吏经手舞弊侵蚀所致。后来，经过范毓馪的筹划核计，认为只需"三分一足矣"，于是范氏遂以家财运饷万石，"军费一如所计，刻期无后者"。当时范氏的运粮队"出长城，逾瀚海，几千里大抵皆碛卤林莽，亘绝人迹。而所谓瀚海者，积砂为海，绵亘千里，人乏为水，马绝刍牧，因而渴死半道者，枕尸相属也。又积雪苦寒，堕入肌骨"（清乾隆《介休县志·艺文》）。这样的艰险行程，没有很严密的组织纪律是难以完成的。当时范氏将粮饷运至军前，"三军腾饱"。雍正年间，清政府征讨准噶尔部噶尔丹策零，继续用兵西北，范氏又以运粮卓有成绩，受到奖赏。后来，范氏又承担了北路军粮的运输任务。"计谷多寡，道路远近，以次受值。"据记载，范氏先后为清政府运送军粮百余万石，出私财支援军饷，为清政府节省费用600万两。又如，同治时期，左宗棠用兵新疆，山西票号先后借出饷银863万两，支持左的军事行动。

以太原为依托的晋商积极进行"捐输"，对于缓解清政府的财政压力，维持其统治地位起到了积极作用。清政府捐输的名堂很多，数量也很大。因为山西商人富名在外，所以山西是全国捐输最多的一个省。如乾隆二十四年（1759年）伊犁屯田，山西盐商等捐输银20万两，以备屯饷；乾隆三十八年（1773年）金川用兵，太原等府州捐输运本银110万两；乾隆五十七年（1792年）后藏用兵，山西盐商等捐输银50万两；嘉庆年间川楚用兵，山西盐商等捐输银110万两，嘉庆五年（1800年）山西捐输银一百四五十万两。《清实录》卷十一载，嘉庆时"晋省摊捐款项繁多……统计每年摊捐银八万二千余两"。咸丰初，管理户部事务的祁寯藻上奏称："自咸丰二年二月起……三年正月止，绅商士民捐输银数，则山西、陕西、四川三省最多。山西共计捐银一百五十九万九千三百余两。"（《军机处录副》祁寯藻奏折）。山西商民捐银占全国捐银的37%，为全国捐输之首。同治三年（1864年），又因新疆用兵，筹饷银，解运难，山陕商人又在新疆地方兑充大量军饷。清人徐继畬说："晋省前后捐输五六次，数逾千万。"（《松龛全集》卷三）

太原被誉为"晋商之都"。清朝末年，晋商发挥票号这一金融机构的作用，为清政府垫借款，缓解了清政府的财政压力。从同治年间开始，各省及税关应解京饷、协饷，往往因款项不备，常由山西票号借支垫汇。如粤海关同治三年（1864年）、四年（1865年）上解京饷分别由山西票号垫借总额的18%、27%。同治五年（1866年），广东省财政拮据，由山西票号借垫汇解京饷15万两，占该省应汇解京饷的21%。光绪二十年（1894年），清户部因财政拮据，分别向京都、汉口、广东的山西票号借银124万两。庚子事变，慈禧太后挟光绪帝逃出北京，开支费用一时无有着落，生活相当困难，又由山西票号借给清廷银40万两，帮助清廷渡过了难关。晋商是清政府交存生息银两的主要对象。所谓生息银两，是指政府将公款交给商人而获取利息，到一定时候再收回本金的一种放贷行为。生息银两是政府依靠商人解决财政困难的一种方式。如乾隆二十一年（1756年），山西当局将司库存闲款银8万两，交商以1分生息。至六年后，除归新旧帑本外，可存息本银7万余两，每年生息8600余两，足敷通省惠兵之用。晋商票号对清政府的影响力是巨大的，在清末，政府拟议成立大清银行，拟定由山西票号为主体筹建，只是由于晋商的慎重，与之失之交臂，但也反映出晋商票号在清统治者心目中的地位。

  太原在中国历史上，地位很重要，作用很特殊，无数事实证明了这样一个规律：得晋阳者得中原，得中原者得天下。这种独特的地位，是历史赋予的，是时代造就的，并在不同时期，以不同的形式展现出来，影响着中国历史发展的进程。太原，曾经辉煌，今又流芳，在未来的日子里，定将继续书写灿烂的篇章。

跋

屈指算来，到 2024 年，我从职场转身已经 10 年了，故而我的年龄在倏忽间也就增加了 10 岁。年龄是人生命的数字记录。随着社会的发展和生活水平的提高，人民的健康指数也在不断攀升，现在已很难准确划分人生阶段，如青年、中年、壮年、老年等。但从社会学的角度来讲，人还是应该在不同的年龄阶段，干好不同的事情。

从学习阶段来说，虽然我亦是小学上完上初中，初中上完上高中，也曾上过中专，但这个阶段的学习都是在社会变革时期，上一段，停一段，断断续续，松松紧紧，直至恢复高考后又上了大学。现在回想起来，唯一不后悔的，就是当年并没有因为生活条件的艰苦、"学而无用"论的盛行而自甘堕落。冥冥之中，或为追求知识，或为独步高远，在坎坷中走出了重重关隘。

工作之后，因年龄较大，非常珍惜这来之不易的机会。几十年的体制内工作，从来都是上班比别人早、下班比别人晚，从没因个人的私事影响过工作。遇有急难愁盼问题，不计名利，刻苦努力，常常以圆满履行职责为准则。凡是待人接物，谨悌上下，尊重左右，把同僚和属下作为兄弟姐妹来交往。也曾求新图变，无论学习、借鉴，突破条条框框，在所职守的岗位上，亦取得创新成果。诚然，在为人处世方面，有许多不足，尽管难以用文字来概括，但昭然的结局，足以让人感叹不已。

在工作之余，我钟情于笔墨。长期以来，星期天往往泡在新华书店，旧书摊上也时常有我的身影。遇同学同事相聚，必谈图书信息；约文朋书友雅集，总为论古谈今。然而，职场并非道场，术业有专攻，职能各不同。即使喜欢读书，热爱文化，但在单位里，由于分工不同，工读矛盾总是制约着梦想。但是，行走职场，只要用心，也有成就学问的机会。特别是在行政机关，比如外出调研、考察参观和文化交流等期间，处处留心皆学问。正如古人所讲，读万卷书不如行万里路。行万里路就容易接触各色人等，在陌路相逢中，就可能遇见良师，结交益友。正因为如此，几十年来，在职场时，我四处奔波，学习参观；从职场转身后，我遍览了祖国的大好河山，也接触到国外的社会制度和文化品类。这些阅历都有助于我开阔眼界、放大格局、成就梦想。

不管社会对年龄阶段如何划分，到了法定退休年龄都要转身。长期以来，由于读书、行路、阅人、融悟，自己在离开职场的时候并未眷恋，更未怨天尤人。胸有丘壑天地宽，我还没有读完万卷书，也还没行够万里路。因此，在我即将离开工作岗位时，前前后后，足有10余位老领导盛邀我参加这个协会、组建那个学会，还有社会上的一些朋友，让我参与他们的经营活动，对此，我都一一婉言谢绝。那时，也许是怀疑自己失去平台后，难以胜任组织协调工作。现在回想起来，其实都是思想问题。好不容易职场转身，无拘无束，无忧无虑。何况又有人说，60岁到70岁是人生的第二个黄金期，我可以充分地放飞自我，可以做很多以前自己想做而没有时间做的事，可以开始新的生活。我可以安心品读，弥补初心；我可以随意涂鸦，抚慰追求；我可以专心书艺，再修再悟；我可以游目骋怀，心系河山；我可以眷恋乡关，自牧心田。我可以过一种随心所欲、春播秋收般的田园生活。

年龄这个生命的数字记录，可以从不同角度来看。从生理年龄来讲，有英年早逝，也有期颐不老；从心理年龄来讲，有未老先衰，也有壮心不已。从社会年龄来讲，只要有平台，只要有目标，只要有信念，越是年长，特别是摆脱了名缰利锁之后，越能梦想成真。哪怕是对社会发展作用不大，但对于提高自身的修养和价值，则是有益的。10年来，我满怀热情，丈量了过去没有走过的路，饱览了中华文明五千年的辉煌；翻阅品悟了过去没有接触过的古代经典，与中华民族优秀传统文化渐行渐近。书艺水平虽然没有根本性的突破，但每年春节，在我的故乡，家家户户的门上贴的都是我书写的春联，遍及全国各地的我的亲朋好友家，也都悬挂着我的书作。闲来浮想联翩，闭门造车，平均两年也能汇集一本书，到现在已有《光韵璀璨》《满目青山》《回望乡关》《与岁月同行》《致敬岁月》等书籍出版。我亦贪图安逸，追求享乐。好抽烟，辛辛苦苦提笔弄文，但稿费依然不够烟钱。爱喝酒，往往是参加饭局，才能够开怀畅饮，因为这酒喝得再多自己也不用花钱。喝酒其实是个好事情。电影《红高粱》里的《酒神曲》中这样说："喝了咱的酒，上下通气不咳嗽。喝了咱的酒，滋阴壮阳嘴不臭。喝了咱的酒，一人敢走青刹口。喝了咱的酒，见了皇帝不磕头。"当然这是文艺作品，也是十足的酒话。但是能喝酒，起码说明还能承受酒精的作用，进而说明还有能干好这个年龄段事情的体力和心力。

即便如此，我们还是要善待年龄，在什么年龄段干什么年龄段的事情。既不虚度年华，也不枉留遗憾。年龄这个东西，你愈不把它当回事，你愈精神饱满；你愈在意它，你愈毛病百出。就像修行的人一样，

跋

忘失菩提心，轻则懈怠废弛，重则道心全退。即使花甲转身，也要有发心。发心既可彰显心灵的尊贵，又可化为自身的决心、恒心和毅力，"发心恻隐显至诚"，只要有发心，就没有干不成的事。这不，我又有一本书将要出版了，名曰《牧耘心田》，献给我不断跋涉的古稀之年。感谢山西教育出版社的康健先生和乡贤吴鹏程方家为本书出版所做出的友情襄助。

是为跋。